어새신즈 프라이드

암살교사와 수경쌍희 **10**

귀족계급을 근본적으로
뒤흔들지도 모르는 위험인자, 그 팔라딘 소녀를

흔적도 남기지 말고 처치, 하라.

엘리제 엔젤

메리다의 사촌자매로 《팔라딘》
클래스를 지닌 우수한 마나 능력자.
귀족과 평민 사이에서 일어난
항쟁의 열쇠를 쥔 인물로서 《백야
기병단》으로부터 목숨을 위협받게 된다.

「슬슬 답장이 있어도 좋으련만……」

「같은 반 하급생이 성 프리데스위데는 감옥이다」라고 말했어요.

그런 식으로 여겨지는 것이 슬퍼서 견딜 수 없어요.

작년까지의 프리데스위데가 얼마나 멋진 곳이었나 보여주고 싶은데.

저도 그 나날이 그리워요.

다시 하루라도 빨리 선생님의 레슨을 받을 수 있는 날을 꿈꾸며.

메리다로부터—

메리다 엔젤

《팔라딘》 가문 출생이지만 마나를 가지지 않았던 소녀. 쿠퍼와 만날 수 없는 학원 생활에 동료들과 함께 저항하고자 한다.

「반드시 완수하겠다. —심장에서 피눈물이 배어 나올지라도.」

쿠퍼 방피르

《백야 기병단》 소속의 암살자로 메리다의
가정교사. 백야로부터 엘리제 암살을
명령받고 단신으로 프리데스위데에
잠입하는데…….

「그 소녀의 생살여탈은 내게 있다. 누구에게도 넘기지 않아.」

쿠퍼는 동요를 얼굴에 드러내지 않는다.
상응하는 고난은 각오하고 있었던바……
이 앞으로도 쿠퍼와 메리다, 로제티와
엘리제에게는 시련의 여정이 기다리고 있다.
말하자면 눈앞의 남자는 그 입구의 문지기.
격파하지 않으면 길은 없다!

「미리 말해두겠는데 나는 네가 가는 곳곳마다 탄환을 흠씬 뿌릴 거야. 지금이야 주민들이 외출해서 얼마 안 되지만 시가지에 들어가면 유탄의 위험도 커지겠지?」

애거스티 본즈

《백야 기병단》 단장, 통칭 아버지가 변장한 모습. 암살 명령을 내린 쿠퍼를 감시하기 위해 엔젤 저택에 접근한다.

어디에 가더라도 우리는 영원히 하나야.

사무라이 클래스의 칼을 손에 들고 《무능영애》와 같은 마나를 방출해보인 엘리제. 다른 한쪽은 팔라딘 클래스의 장검을 당당하게 치켜들고 《팔라딘》 그 자체인 은백색 마나를 과시하는 메리다. 누구도 그 광경을 받아들이기 어려워 멍하니 서 있을 수밖에 없었다.

준비는 됐어? 엘리.

「쿠퍼 선생님이랑 알게 된 것, 그게 이유의 전부야.」

이런 광경, 사랑하는 사람의 시선에는 공연히 음탕하게 비치지나 않을는지……

나는 왜 아까부터 이렇게 부끄러운 일을 겪고 있는 거야?

어새신즈 프라이드

ASSASSINSPRIDE

❖ 암살교사와 수경쌍희 ❖

10

아마기 케이

NOVEL ENGINE

쿠퍼 방피르

《백야 기병단》에 소속된 마나 능력자.
클래스는 《사무라이》. 메리다의
가정교사 겸 암살자로서 파견됐으나
임무를 어기고 메리다를 육성하고 있다.

메리다 엔젤

3대 공작 가문인 《팔라딘》
가문 출생이지만 마나를 가지지
않은 소녀. 무능영애라고
멸시당해도 마음이 꺾이지 않은,
다부지고도 심지가 강한 노력가.

엘리제 엔젤

메리다의 사촌 자매로 《팔라딘》
클래스를 가진 마나 능력자.
학년 제일의 실력을 자랑한다.
말이 없고 무표정.

로제티 프리켓

정예부대 《성도 친위대》에
소속된 엘리트.
클래스는 《메이든》.
현재는 엘리제의 가정교사.

뮬 라 모르

3대 공작 가문의 일각
《디아볼로스》의 영애.
다른 영애들과 동갑이지만
어른스러운 신비한 분위기가 특징.

살라샤 쉬크잘

3대 공작 가문 《드라군》의 영애로
뮬과는 같은 학교에 다니는 친구.
얌전하고 심약하다.

세르주 쉬크잘

젊은 나이로 작위를 이은 《드라군》
공작이자 살라샤의 오빠.
《혁신파》의 수괴라는 얼굴도 가진다.

블랙 마디아

《백야 기병단》에 소속된
변장의 엑스퍼트.
클래스는 자유자재의
모방능력을 가진 《클라운》.

윌리엄 진

란칸스로프 테러 집단
《여명 희병단》에 소속된
구울 청년.
은밀하게 쿠퍼와 내통하고 있다.

네르바 마르티요

메리다의 동급생으로
그녀와 관계성의 변화.
최근엔 관계성의 변화.
클래스는 《글래디에이터》.

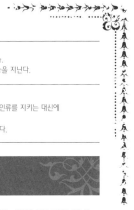

란칸스로프	밤의 어둠에 저주받은 생물이 괴물로 변한 모습. 다양한 종족으로 나뉘고, 아니마라고 하는 이능을 지닌다.
마나	란칸스로프에 대항하기 위한 힘. 이것을 지닌 자는 란칸스로프의 위협으로부터 인류를 지키는 대신에 귀족의 지위를 가진다. 능력의 방향성에 따라 다양한 클래스로 구분된다.

기본 클래스

펜서	높은 방어성능과 지원능력을 자랑하는 방어특화의 방패 클래스.	글래디에이터	공격·방어가 두루 빼어난 성능을 가지는 돌격형 클래스.
사무라이	민첩성이 뛰어나고, 《은밀》 어빌리티를 보유한 암살자 클래스.	거너	다양한 총기에 마나를 담아 싸우는 원거리전에 특화된 클래스.
메이든	마나 그 자체를 구현화에서 싸우는 일에 뛰어난 클래스.	위저드	공격지원에 특화되었으며, 《주술》이라는 디버프 계열 스킬을 가지는 후위 클래스.
클레릭	방어지원능력과 아군에게 자신의 마나 를 나누어주는 《자애》를 가지는 후위 클래스.	클라운	다른 7개 클래스의 이능을 모방할 수 있는 특수한 클래스.

상위 클래스
3대 기사 공작 가문인 엔젤 가문, 쉬크잘 가문,
라 모르 가문만이 계승하는 특별한 클래스.

팔라딘	전투력, 아군 지원, 그 밖의 모든 부문에서 높은 수준을 자랑하는 만능 클래스. 전 클래스 중 유일하게 회복 어빌리티 《축복》을 지닌다. 엔젤 공작 가문이 대대로 계승.
드라군	《비상》 어빌리티를 가지는 클래스. 가공할 만한 도약력과 체공능력을 살려 관성을 남김없이 공 격력으로 바꾼다. 쉬크잘 가문이 지니는 클래스.
디아볼로스	상대의 마나를 흡수할 수 있는 고유 어빌리티를 가져, 정면전투에서는 비할 데 없는 강력함을 발휘하는 최강의 섬멸 클래스. 라 모르 가문이 계승.

HOMEROOM EARLIER

　"생이별한 여동생, 뭐 그런 거냐? 사진 속의 그 애."

　예기치 않게 지척에서 날아온 물음에 《그》는 깜짝 놀라 얼굴을 들었다.

　테이블 맞은편에서 마흔을 넘은 남자가 몸을 내밀고서 《그》의 손가를 들여다보고 있다.

　다박수염이 눈에 띄는 그 간들거리는 낯짝에 《그》는 힘껏 입술을 구부려주었다.

　"뭐어?"

　"아까부터 무척 열심히 보고 있던데."

　"임무 내용을 머리에 넣어두는 건 당연한 일이잖아."

　자기가 그렇게 가르쳐놓고. 저도 모르게 아이 같은 음성으로 중얼거린다.

　시선을 무시하고 다시 손가로 눈길을 낮춘다. 손에 쥔 몇 장의 양피지에는 어떤 인물을 중심으로 한 정보가 빼곡히 적혀 있고 좌측 상단에 사진이 붙어 있었다.

　무미건조한 세피아 색에도 불구하고 사진 그 자체가 빛나고 있는 듯한 착각이 든다 ——.

실내에는 그 밖에 누구의 모습도 없었다. 그렇다기보다 지금 이 《공간》이 어디까지 이어져 있는지부터 분명치 않다. 사방을 커튼이 겹겹이 막고 있고, 그 건너편은 어둠이기 때문이다.

　소파가 둘. 장식품은 꽃병이 딱 하나. 생활감이 전혀 없다.

　아니, 테이블에 놓인 재떨이와 거기에 처박힌 무수한 담배. 천장으로 피어오르는 연기만이 유일하게 생물적인 《흔들림》을 그리고 있었다.

　다박수염 남자는 진지하게 수긍하면서 소파 등받이에 체중을 맡긴다.

　"암, 그래야지. 네가 훌륭한 기사로 자라주어서 애비는 기쁘다. 이번 중대한 임무 역시 네게 맡기길 너무너무 잘했어."

　"기사는 기사라도 《존재하지 않는》 기사지."

　"정의와도 명예와도 무관──."

　"한낱 사신이야."

　흥, 《그》는 코웃음 치고 양피지를 벗긴다.

　다박수염 남자는 담배를 다시 물고서 한 박자 쉬었다 말한다.

　"그 사진…… 두 번째 사진의 아가씨."

　"응?"

　"역시 옛날의 너를 닮았어."

　《그》는 양피지를 바꾸고서 남자가 말하는 《두 번째》라는 것을 든다.

　엘리제 엔젤의 자료──.

　이번 임무의 타깃인 메리다 엔젤과는 사촌 자매 관계다. 엔젤 기사 공작 가문 분가의 딸. 《무능영애》로 불리며 제자리걸음을 하고 있는 메리다 양과는 대조적으로 이미 팔라딘의 마나를 획득하고 눈에 띄게 두각을 나타내고 있다고 한다.

나이는 열셋.

거울에 비친 천사같이 아름답다…….

──나를 닮았다고?

시선으로 물어보자 다박수염 남자는 무언가를 그리워하며 계속해서 말했다.

"《백야 기병단(길드 잭레이븐)》에 들어온 지 얼마 안 됐을 때 너는 자주 그런 얼굴을 했었거든."

어떤 얼굴을 말하는 것인지──.

다시금 사진을 쳐다봐도 이 엘리제 양에게는 대체로 표정이라는 것이 없었다. 그 점이 바로 거울을 보는 것처럼 닮은 천사 자매의 커다란 차이다. 메리다 양이 웃음을 띤다면 그것은 태양의 눈부심일 것이다. 그에 비해 엘리제 양의 미모는 달의 고요함을 연상케 한다.

환상의 시대에 존재했었던 태양과 달── 이 세상 것이 아니라는 의미에서는 똑같을까.

결국 이 남자는 지금 자신을 놀리는 것이다. 그렇게 판단한 순간 《그》는 퍼뜩 정신이 들었다.

리포트에 완전히 몰두하고 말았다. 남은 내용은 가는 길에 머리에 집어넣어야겠다. 소파 옆 트렁크를 집어 들면서 일어난다.

"이제 가는 거냐?"

"응, 슬슬 열차 시간이야."

"성실해서 좋아── 잘해라, 《쿠퍼 방피르》 군."

한순간 누구 이름인가 하고 《그》는 눈을 깜빡인다.

엉뚱한 소리가 아님을 금세 깨달았다.

그것이 오늘부터 《나》의 이름이다──.

"말 안 해도 알아서 잘할 거야."

트렁크를 손에 들고 발길을 되돌리자 상사는 마지막까지 말을 걸어 왔다.

"뭐, 생각보다 빨리 돌아올지도 모르지만 말이지?"

"그렇게 되지 않기를 바랄게."

그리고, 하며 그는 방을 가로막은 커튼 앞에서 뒤돌았다.

천천히 집게손가락을 들이민다.

"아까 농담은 두 번 다시 하지 마."

다박수염의 상사는 평소 보이지 않는 난처한 표정을 지으며 머리를 긁었다.

쿠퍼는 팔을 내리고 내뱉듯이 말한다.

"내가 생이별한 여동생은 따로 있어."

커튼의 틈을 빠져나가 그 너머의 어둠으로.

아니, 정확히는 어둠을 넘은 곳에 있는 빛의 세계로──.

거기서 그 《여동생》과 재회하리라고는, 그는 상상조차 하지 못했다.

† † †

"사실 나, 혼자라 불안해서 견딜 수 없었는데……. 이 도시에 오자마자 친절한 사람과 만나서 다행이야! 왠지 앞으로 일이 다 잘 풀릴 것 같아!"

"그거 다행이네요. 그럼 언젠가 또 다른 곳에서 뵙죠."

"응, 또 봐! 반드시, 반드시 또 만나 줘!"

청년의 손바닥을 두 손으로 쥐고 몇 번이나 위아래로 흔들고 나서 로제티는 한 발 먼저 돌아섰다. 길고 긴 계단을 구르지 않도록 주의하며 후다닥 내려오다, 도중에 뒤돌아본다.

훤칠한 청년의 실루엣이 계단 위에서 조그맣게 손을 흔들고 있었다.

로제티도 크게 손을 흔들고 그의 온기를 꽉 쥔다.

반대쪽 손으로 여행 가방을 휘두르고서 힘차게 발을 내디뎠다.

"……잘 풀릴 것 같아."

실은 혼자가 되자마자 약간이지만 다시 쓸쓸해지기 시작한 것은 비밀이다. 낯선 도시라는 것이 그만큼 불안하다…….

카디널스 학교구. 앞으로 3년간 일하게 될 도시다. 온갖 분야의 아카데미가 즐비한 프란돌의 두뇌. 길을 가는 학생들이 언젠가는 저명인으로 크게 발돋움하는 걸까. 학교도 다니고, 좋겠다──라며 태평하게 부러워해 본다.

마나 능력자가 된 이래 정상적인 학생 경험이 없음에도 불구하고 어른들로부터는 "학교 물이 빠지지 않았다."라며 자주 야단맞았다.

이유가 뭘까. 자기 나름대로 고민하고 겨우 깨달았다.

바로 학생 경험이 없어서다.

학생이고 싶었다는 동경심이, 언제까지고 자신을 《어엿한 어른》으로 성장시켜주지 않는 것은 아닐까. 하지만 어엿한 어른이란 게 대체 뭐지? 어쩌면 어딘가에 그런 어른으로 레벨 업 시켜주는 약이나 책을 팔고 있을지도?

그런 공상을 하며 여기저기 신기한 듯이 두리번거리며 걷다 문득 미아가 되었음을 깨달았다. "아이고." 소리를 내며 주머니를 뒤진다.

고맙습니다. 구세주인 메모지가 정확한 목적지를 가르쳐 주었다. 가이드북의 지도와 대조하여 약간 지나쳤음을 확인한다.

목적지는 학교구에서 가장 말끔한 고급 주택가――.

자연공원을 한 바퀴 우회하고 번화가로 돌아가기로 했다. 역에서부터 여기까지 온 발자취를 지도 위에서 더듬어 보면 뱀이 꿈틀거리고 있는 것처럼도 보일 것이다. 시간은―― 괜찮다. 아직 《아가씨》의 등교 시간에는 충분히 맞춰 갈 수 있다.

지각은 절대 용납되지 않을 것이다.

상대는 프란돌 계급구조의 정점인 기사 공작 가문의 영애니까.

로제티는 왼손의 짐이 무거워졌음을 자각했다.

발걸음이 살짝 둔해진다.

설마 우회 루트를 골랐던 것도 무의식중에 했던 선택인 걸까…….

"엘리제 아가씨……. 어떤 아이일까."

갑작스레 정해진 일이기 때문에 간단한 프로필밖에 정보를 얻지 못했다. 더구나 기사 공작 가문. 평민 출신인 로제티 입장에서 보면 "뭔가 굉장할 것 같아!" 정도밖에 인상이 없는 구름 위의 상대다.

내가 가정교사를 해도 되나? 그 불안을 도무지 씻을 수가 없다.

목적지인 고급 주택가가 다가옴에 따라 학생이 아닌 세련된 귀부인이나 신사의 모습이 눈에 띄기 시작했다. 자신이 이 자리에 어울리지 않는 기분이 강하게 들어서 로제티는 더욱더 위축된다.

지도에 표시한 저택이 겨우 눈과 코 앞으로 다가오기 시작했을 무렵.

돌연 로제티는 그리운 기분을 들게 하는 광경과 마주쳤다.

여자애 하나가 숨바꼭질을 하고 있었다.

──귀족 아가씨도 숨바꼭질하는구나.

여자애는 가로수가 우거진 곳에 몸을 숨기고 로제티가 온 방향과는 반대쪽, 번화가 앞을 가만히 살피고 있었다. 그런데 정말로 숨바꼭질 중인 걸까? 선명한 붉은 장미 교복을 입고 있지만 유년학교 학생으로는 보이지 않는다. 아직 천진난만하지만 미끈한 손발에는 희미한 성적 매력마저 느껴졌다.

은색 머리칼이 《나뭇잎 사이로 쏟아지는 등불》 아래에서 별과 같이 반짝인다.

혹시나 해 자신의 경험을 살려 로제티는 여자애 옆에 쭈그리고 앉았다.

"몸이 좀 안 좋니?"

움찔하며 뒤돌아본 여자애가 뒤늦게 로제티의 존재를 깨달았다.

그 강아지 같은 눈동자와 핑크색 입술이 떨리는 모습에 로제티는 심장이 두근거렸다. 도회지 아이는 예쁘구나! 여동생으로 삼고 싶은 욕구를 간신히 억누른다.

여행 가방을 내려놓고 양쪽 무릎을 안으며 차분히 시선을 낮췄다.

"이런 곳에서 뭐 하고 있나~ 싶어서."

"……숨어 있는 거, 예요."

"누구한테 쫓기고 있어?"

도리도리, 여자애는 고개를 젓고 웅크리고 앉았다.

"이제 곧 집에…… 손님이 오니까."

"아─ 그래서 그렇구나─."

우리 교회에도 이런 아이가 있었지, 하고 로제티는 마음속 깊이 납득한다. 같은 고아인 남동생과 여동생들을 떠올린 것이다. 아버지인 블로섬을 찾아 손님이 올 때 힘차게 맞이하는 형제가 있는가 하면 방구석에 틀어박히는 형제도 있었다.

대부분 책을 읽든지 혼자 놀아서 손님이 떠날 때까지 존재감을 지운다.

의외로 자기 형제한테는 세게 나오는 아이일수록 그런 경향이 있었다.

　요컨대 이 은발 여자애도 그런 타입으로, 손님과 얼굴을 맞대기가 고역인 것이리라. 이대로 내버려 두고 싶지 않던 로제티는 소녀가 눈치를 줄 때까지는 함께하기로 했다.

　나란히 수풀 뒤에 웅크리고 앉자 여자애는 툭툭 자신의 사정을 들려주기 시작한다.

　"……새 가정교사 선생님이 와."

　"오— 가정교사—. 너, 장래가 촉망되나 보구나."

　"성도 친위대(크레스트 레기온) 소속의, 엄청 젊고 《엘리트》인 사람이래."

　여자애는 무릎을 안고 입술을 깨물었다.

　"……분명히 아주 엄격한 사람일 거야. 매일 야단맞을 거야."

　"확실히 성도 친위대는 엘리트 특유의 마인드를 가졌달까, 다른 기병단 사람들을 당연히 자기 아래라고 생각하는 구석이 있으니 말이지~. 그런 소리 들어도 아니라고 하기 어렵다니까."

　무심코 푸념을 하다 말고 로제티는 황급히 두 손바닥을 흔들었다.

　"그, 그래도 고약한 사람만 있는 건 아니거든? 나 같은 평민 출신한테도 친절히 대해주는 선배도 있고……. 뭐, 그 사람은 나 때문에 한동안 임무에 나가기 힘들어진 상태지만— 아, 이런 얘기 할 때가 아니지!"

　여자애의 수정 같은 눈동자가 응시하자 로제티는 저도 모르게 시선을 피했다.

"아니— 실은 나도 말이야— 오늘부터 이 도시에서 가정교사 일을 하게 되는데, 상대가 놀랍게도 기사 공작 가문의 아가씨래. 왠지 거꾸로 내가 야단맞을 것 같다니까⋯⋯. '당신의 레슨은 부족한 점투성이에요!' 같은 말을 들으면 어떡하냐고⋯⋯."

은발 여자애는 점점 더 신중하게 작은 머리를 갸웃거렸다.

"⋯⋯언니, 성함이 어떻게?"

"서, 성함은 무슨, 야단스럽게! 나는 평범하기 그지없는 프리켓이라는 가정교사로, 너처럼 가정환경이 좋아 보이는 아가씨한테——."

"엘리제 아가씨!! 아가씨! 어디로 가신 겁니까?!"

그 날카로운 목소리가 울려온 순간 여자애의 얼굴에서 표정이 싹 사라졌다.

깨끗이 단념하고 일어난다. 수풀에서 나가자 마침 근처 대문에서 하녀복 차림의 노파가 뛰쳐나온 참이었다.

"엘리제 아가씨!"

서슴없이 걸어와서 여자애의 머리카락과 어깨를 신경질적으로 턴다.

"이제 곧 가정교사 분이 오신다고 말씀드렸잖아요!"

"⋯⋯선생님을 마중하고 있었어요."

"뭐라고요?"

로제티가 여행 가방을 손에 들고 황급히 수풀에서 뛰어나왔다.

군데군데 풀을 붙인 그 모습에 노파는 사뭇 당황하면서도 미소를 짓는다.

"어머——《일대후작(캐리어 마키스)》로제티 프리켓 선생님——."

"에, 에헤헤~ 늦었습니다아~. 잠깐, 그럼, 그 아이가——."

여자애가 새삼 로제티를 돌아보았다.

무표정한 그녀가 입을 열기 전에 그 어깨를 손톱으로 누르고 노파가 말한다.

"엔젤 기사 공작 가문의 진정한 후계자, 엘리제 엔젤 님이셔요. 앞으로 3년간, 철저하게! 당신에게 지도를 받겠습니다."

"어어어~……."

"저택으로 드시지요. 환영합니다, 선생님."

채근하듯 노파는 다짜고짜 대문을 가리켰다.

이미 학원 갈 시간이 다 되어서 첫 대면도 하는 둥 마는 둥 엘리제는 저택을 나가 버렸다. 터벅터벅 혼자 통학로를 걸어가는 뒷모습이 배웅하는 로제티에게 쓸쓸함을 남겼다.

로제티와 마찬가지로 대문 옆에 서 있는 노파, 미세스 오셀로가 고압적으로 말했다.

"허리 펴세요!"

오히려 이 할머니 쪽이야말로 기력이 남아도는 것 같은데…….

바늘처럼 꼿꼿이 서서 엘리제를 배웅하며 미세스 오셀로는 말했다.

"저 모습을 보면 알겠지만 아가씨는 감정이 희박한 구석이 있어요. 첫 대면인 분하고는 교류가 어려울지도 모르겠지만 얼마든지 엄격하게 지도해주셔도 됩니다!"

"네에. 그래도——."

오셀로가 찌릿 노려봐서 로제티는 말하다 말고 입을 다물었다.

말마따나 엘리제 아가씨는 그다지 표정이 변하지 않으니 무슨 생각을 하는 건지 파악하기 힘들다. 하지만 정말로 미세스 오셀로의 말처럼 '감정이 희박'한 걸까?

콕. 로제티의 가슴이 아프다.

어딘가에서 비슷한 얼굴을 본 기억이 있다. 어디였는지는 생각나지 않는다. 누구의 얼굴이었는지는 안개 저편……. 하지만 예전에, 그렇다. 로제티가 아주 어렸을 무렵, 도저히 내버려둘 수 없던《그 아이》가 지금의 엘리제와 똑같은 표정을 띠고 있었다.

결코 감정이 희박한 것이 아니다.

저것은《울음을 참고 있는 얼굴》이다——.

† † †

그 만남의 날로부터, 계절은 돌고 돌아.

LESSON: Ⅰ ～묘지에서 온 메시지～

　메리다가 입학하고 3년째, 마지막 학년이 시작되는 봄. 그녀가 보내온 오늘까지, 성 프리데스위데 여학원에서는 다양한 사건이 일어났지만──.

　오늘만큼 숨 막히는 광경은 처음이었다. 원래대로라면 축복의 날이다. 새 1학년의 입학식이기 때문이다. ……메리다의 기억에도 생생한, 마치 어제 일처럼 떠올릴 수 있는 입학식.

　그날, 스테인드글라스를 통해 비쳐드는 《빛》은 일곱 가지 색으로 빛나고 있었다.

　하지만 지금, 대성당에는 정적만이 가득 차 있다.

　약 300명의 전교생 누구나가 희망을 잃은 것처럼 머리를 숙이고 있었다. 학년, 명부 순으로 가지런하게 선 줄에서 지금 또 한 명의 천진난만한 소녀가 걸어 나온다.

　새 교복을 입은 그 신입생은 자그마한 몸을 떨고 있었다.

　"다음."

　검은 까마귀 같은 인상의 여성이 인정미가 전혀 없는 목소리로 학생을 불렀다. 화려한 장식이 거의 없는 검은 드레스가 흡사 상복 같다. 손에 든 회초리도 검정.

아까부터 계속 인상을 쓰고 있는데, 저러고 있지 않으면 어디가 덧나기라도 한 걸까. 열세 살 신입생에게 질타가 날아간다.

"빨리. 앞으로!"

"네, 네……!"

아직 일면식도 없는 전교생 앞에 한 명씩 끌려가고 있다. 엄청난 중압감을 느끼고 있을 것이다.

그것을 견디는 태도마저 심사대상이라고도 하는 듯이 검은 까마귀 여성은 눈을 번뜩였다.

"신발 벗어."

회초리로 가리키는 곳에는 쿠션에 놓인 구두 한 켤레가 있었다.

참으로 눈부시다──.

그도 당연한 것이 그 구두는 유리로 만들어져 있었다. 단지 빛을 받고 있을 뿐인데 무엇보다도 아름다운 색으로 빛난다. 순간순간 눈꺼풀로 셔터를 누를 때마다 다른 가치를 비췄다.

무도회에라도 신고 가면 마음에 둔 남성을 반하게 만들 것이다.

하지만 그런 까닭에 사이즈가 약간 어른용으로 보였다. 적어도 성장기의 계단을 막 오르기 시작한 발이라면 틀림없이 뒤꿈치가 남을 것이다.

그런데 이럴 수가. 유리 구두는 그 모순을 아랑곳하지 않았다. 시키는 대로 신입생 소녀가 한쪽 구두를 신자── 메리다는 눈도 깜빡이지 않았다. 어느 틈엔가 아무런 위화감도 없이 구두는 스르륵 하고 크기를 바꾸어 작은 발을 감쌌다.

신입생 소녀는 눈을 껌벅였다. 본인조차 놀랄 틈도 없었던 것이리라.

　그러나 문제는 거기서부터──.

　그 구두가 그저 아름답고 환상적이기만 했다면 얼마나 좋았을까. 소녀의 발에 딱 맞은 구두가, 다시 한번 발등을 깊이 물어 버린 것처럼 보였다.

　놓치지 않겠다는 것처럼.

　검은 까마귀 여성이 뒤에서 신입생의 어깨에 손을 올렸다.

　귓가에서 속삭인다.

　"자, 가르쳐다오. 네 클래스는 뭐어지?"

　"……."

　"신중히 대답해야 할 거야. 만약 허튼소리를 입에 담으면──."

　가냘픈 어깨에 손가락이 꾹 파고든다.

　"유리 구두는 네게 벌을 내릴 테니까. 발톱을 깨고, 발가락을 찌부러뜨리고, 뒤꿈치를 잘라서."

　귀에 저주를 내뱉는다.

　"다시는 걷지 못하게 될지도 몰라!"

　"히익……!"

　신입생의 목구멍이 오므라들었다. 보고 있자니 가여워서 견딜 수가 없다.

　그녀는 둑이 무너진 것처럼 떠들어댔다.

　"제, 제…… 제 클래스는, 사무라이입니다! 거짓이 아니에요!!"

"──좋아."

검은 까마귀 여성이 한 박자 늦게 신호를 보내자 유리 구두는 순순히 제물을 풀어줬다. 신입생 소녀는 부리나케 발을 뽑았고 그 기세에 뒤로 휘청거린다.

검은 까마귀 여성은 벌써 흥미를 잃은 것처럼 회초리를 흔들었다.

"저 옆으로 가 있어. 《사무라이 반》 줄은 가장 끝── 빛이 닿지 않는 곳이야. 자자, 많이 밀려 있으니까── 다음 학생은 앞으로!"

그리고 나서 또 한 명, 단두대로 내쫓기는 것처럼 여학생이 걸어 나온다.

《선별》이 끝난 학생은 줄로 돌아가기 전에 들러야 하는 장소가 있었다. 학원 강사가 아닌 정장 치마 차림의 부인들이 벽 쪽에서 그녀를 기다리고 있다.

한 명 한 명 다가오는 학생들에게 사무적으로 재촉했다.

"자기 신발 벗어. 오늘부터 이 지정 구두를 신는 거야. 꾸물거리지 마!"

실크 구두였다. 구두는 각자의 발에 착착 맞도록 단계적으로 사이즈가 준비되어 있다. 영문도 모르는 학생들이 맨발을 내밀면 익숙한 손놀림으로 두 발에 실크 구두를 신기고 끈으로 발목에다 단단히 고정한다.

소녀의 천진난만한 얼굴이 고통에 일그러지는 것이 보였다.

저렇게 꽉 묶으면 자국이 남아버릴 것이 확실하다. 메리다를 비롯한 대부분의 학생들이 망연자실한 눈길을 보내지만, 정장 차림의 부인들은 조금도 개의치 않고 걷기 힘들어하는 소녀를 줄로 되돌려 보낼 뿐이다.

"──다음!"

그러고 있는 동안에 차례로 학생들이 선별을 받고, 마침내 자신의 차례가 왔다. 메리다는 일부러 부츠 뒤꿈치를 소리높이 울리며 걷기 시작한다.

어두컴컴한 가운데 금발이 나부낀다──.

황금색 머리끝이 빛을 반사해서, 검은 까마귀 여성은 가는 눈을 더욱 가늘게 했다.

"호오…… 당신이."

"메리다 엔젤. 3학년. 사무라이 클래스입니다."

단호하게 내뱉어주자 검은 까마귀 여성은 손바닥을 슥 들었다.

"──확인할 필요도 없겠지. 그 유명한 《무능영애》인데."

"……!"

"다음."

메리다는 잠시 그녀를 째려봐 주고 싶었지만 상대방은 이미 다음 학생에게 관심을 옮긴 상태였다. 흥, 메리다도 유리 구두를 무시하고 정장 차림 무리에게 향한다.

"신발 벗어. 정말이지, 요즘 애들은."

부인분들은 부츠가 특히 마음에 안 드시는 눈치다. 획일적인 실크 구두를 들이민다.

메리다는 원하는 대로 부츠를 벗어 준 다음 상대의 손에서 실크 구두를 빼앗았다.

"알아서 신을게요."

웅크리고 앉아 좌우 차례로 끈을 묶어 발목에 고정한다. 확실히 걷기 힘들게 만들어 놓았다. 굽이 높다. 익숙해지지 않으면 똑바로 일어나기만 해도 핏기가 가실 것이다. 1학년에게는 특히 가혹하다 싶은데, 정장 차림의 부인들은 조금도 개의치 않는다.

"어쩜 저리도 무뚝뚝할까."

소곤소곤, 다 들리는 목소리로 끈적거리게 속삭이고 있다.

"페르구스 공이 정나미가 떨어지는 것도 무리가 아니네요."

"……!"

메리다는 입술을 꽉 깨물고 참았다.

솔직히 말하면 사랑하는 사람이 신겨주길 바랐다. 그의 섬세한 손가락이 발끝을 살며시 쪼아주면, 어떤 하루일지라도 전력으로 달려나갈 용기가 생기니까.

하지만 지난 2년간 하루도 빠짐없이 곁을 지켜주었던 그의 모습은 지금 없다.

저 검은 까마귀 같은 여성이 나타나는 것과 교대로 학원에서 추방당해 버렸다——.

"엘리제 엔젤 님!!"

들은 적 없는 날카로운 목소리가 갑자기 울려서 메리다는 퍼뜩 얼굴을 들었다.

뒤돌아보고서 재차 놀란다.

검은 까마귀 여성이 미소를 띠고 있었기 때문이다. 하지만 그녀의 얼굴은 빨리도 우거지상이 되어 가고 있는 것 같다. 억지로 지은 미소는 더할 나위 없이 섬뜩하게 보였다.

엘리제는 평소처럼 무표정하게 신발 끈을 풀려고 했다.

그것을 검은 까마귀 여성은 메리다 때와는 비슷하면서도 다른 이유로 막았다.

"당신은 됐어요. 확인할 필요도 없지요…… 눈부신 팔라딘!"

"…………."

"당신은 단 한 명뿐인 팔라딘 클래스. 단 한 명으로 이루어진 특별한 《반》이 되는 거예요. 자, 제 옆에 나란히 서요……. 신입생은 오늘 중으로 엘리제 엔젤 님의 얼굴을 기억해 두세요!"

엘리제는 일단 얼굴을 돌리고서 메리다 쪽을 보려고 했다.

정확히는 실크 구두를 가득 가지고 기다리는 부인들이 있는 곳으로. 하지만 그것을 또다시 검은 까마귀 여성이 붙든다.

"당신은 됐어요. 발이라도 다치면 어쩌려고!"

아무리 그래도 이 발언에는 남은 전교생이 일제히 불만을 드러냈다.

성당 여기저기에서 가시 꽃이 난발한다.

"그럼 저희 발은요?"

"왜 저렇게 위험한 걸 신어야 하는 거람."

"어째서 엘리제 님만……."

검은 까마귀 여성은 찰싹! 하고 손바닥으로 회초리를 울렸다.

"정숙! 집회 중에 수다라니, 상스럽게."

다시 학생들이 잠잠해진다.

메리다는 엘리제에게 다가가고 싶은 기분을 참고서 자신이 있어야 하는 위치로 향했다. 즉 같은 사무라이 클래스를 지닌 학생들이 모인《반》의, 줄의, 선두에.

이렇게 하여 신입생을 포함한 300명의 학생들이 클래스별로 여덟 줄로 나뉘었다.

딱 한 명인 상급 클래스 엘리제는 구경거리인 양 서 있다.

이 많은 인원을 다스리고도 검은 까마귀 여성은 득의양양한 모습조차 보이지 않는다. 오로지 엄격한 표정을 지을 뿐이다.

"프리데스위데 이사장, 벨라헤이디어."

간결하게 이름을 대고 여학생들의 줄을 쏘아본다.

의도적으로 사무라이 반에만 시선을 보내지 않는 것을 메리다는 눈치챘다.

"미스 벨라. 그렇게 불러주세요. 오늘부터는 제가 여러분의 교육을 맡습니다. 블랑망제 학원장의 시대는 기가 막힐 정도로 너그러운 교풍이었던 것 같은데——."

짜악, 하고 무심하게 회초리 소리를 울리는 미스 벨라.

"제가 이 느슨한 학원을 하나부터 다시 교육하겠습니다. 우선 학생 여러분은 오늘부터 매일 그 지정 구두를 신고 생활할 것!"

술렁이는 소리가 번지고 곧 3학년 한 명이 줄의 선두에서 손을 슥 올린다.

메리다와는 1학년 때부터 같은 교실에서 알고 지내는, 새로이 학생회장에 당선된 유피 슈트레제다. 의연하게 이사장을 향해 목소리를 높인다.

"하지만 벨라헤이디어. 이렇게 뒤꿈치가 높은 구두로는 마나 연습을 할 수 없습니다."

"안 해도 돼요."

이 말에는 유피만이 아니라 대부분의 학생이 귀를 의심했다.

성 프리데스위데 여학원은 마나 능력자를, 수습기사를 양성하는 학교다. 그런데 "연습을 안 해도 된다."라니, 대체 무슨 심산인가. 의심의 눈초리 몇백 개가 날아드는데도 벨라헤이디어 이사장은 도무지 자신의 발언을 돌아보는 기색이 없다.

이따금 자신의 손바닥을 회초리로 때리면서 계속 말했다.

"여러분이 매일 어떠한 교육을 받을지는 제가 적절하게 재검토하겠습니다. 여러분은 먼저, 우리의 《순혈사상》을 잘 이해해 주었으면 합니다."

"순혈사상?"

특히 1학년들 사이에서 물음표가 난무했다.

그것도 당연한 것이, 순혈사상은 구시대의 사고방식이기 때문이다. 공부에도 열심인 메리다가 주위의 학생들에게라도 들려줄 생각으로 설명을 해줬다.

"순혈사상이란 전통적인 귀족 집안에 대대로 내려오는 믿음인데. —— 마나는 피에 깃들고 피에 의해 계승된다. 마나는 그 성질에 따라 열한 개의 클래스로 나뉘어 있다. 다른 성질을 지닌 마나, 즉 피를 섞으면 아니 된다……. 펜서는 펜서의 가계와, 글래디에이터는 글래디에이터의 가계와 혼인을 맺음으로써 《강하고 순수한 피》를 계속 지킬 수 있다고 하는 사고방식이지."

메리다는 어린 시절, 이 사상을 알았을 때의 감정을 떠올리고 기분이 나빠졌다.

순혈사상가에게 있어 평민과의 혼인은 당치도 않은 일. 메리다의 어머니, 메리노아 엔젤에게 얼마나 비난이 거셌을지는 상상하기 어렵지 않다. 하지만 그녀는 어린 메리다가 그런 차가운 세간의 바람을 절대로 느끼지 않도록 최선을 다했다.

지금도 생각나는 것은 자신을 꼭 껴안아주는 그 따뜻한 팔뿐이다――.

고개를 젓고 메리다는 감상을 떨친다.

후배들에게 꼴사나운 얼굴을 보여주기는 싫다. 입술을 내밀고 마저 말한다.

"물론 학술적인 근거가 없는 이야기야. 하지만 뿌리 깊은 사고방식이기는 해. 다만 너희도 몰랐듯이 순혈사상가의 활동은 이미 몇십 년은 된 해묵은 이야기인 줄 알았는데……."

메리다 역시 도서관의 책에서 몇 번인가 본 적이 있는 정도다. 실제로 이 귀로 누군가의 입을 통해 듣게 되리라고는 생각도 하지 않았다.

오늘 이 시간, 벨라헤이디어 이사장이 학원에 올 때까지는――.

이사장은 회초리를 밑동에서부터 끝부분까지 어루만지면서 말했다.

"새로 등화 기병단(길드 페르닉스) 단장에 취임하신 슈나이젠은 진성 순혈사상가."

휘잉. 휘둘러진 회초리 끝이 공기를 가른다.

"그분은 현대 귀족이 가져야 할 바람직한 자세와 프란돌을 둘러싼 상황에 심히 골머리를 앓고 계십니다. 결코 잊을 수 없는, 저번 달에 일어난 세르주 쉬크잘의 혁명, 쿠데타!"

메리다는 반사적으로 얼굴을 숙였다. 이사장의 목소리는 가차 없다.

"그 사건 이후, 기사 공작 가문의 위신은 땅에 떨어지고, 시민활동가들은 지금이라는 듯이 프란돌의 귀족체제를 부정……. 급기야 기병단 불필요론 소리까지 나오는 형편입니다!!"

짜악! 지금까지 중에 가장 감정을 담은 회초리 소리가 울려 퍼졌다.

300명의 여학생들은 어느새 전원이 침울하게 고개를 숙이고 이사장의 말을 듣고 있었다.

"슈나이젠 단장은 극도로 해이해진 이 세상을 바로잡기 위해서 진력하고 계십니다. 그 일환으로 교육개혁을 선언하셨어요. 여기에 따르면——."

이사장은 길디긴 양피지를 꺼냈다.

어디에 무엇이 쓰여 있는지 숙지하고 있는 걸까. 막힘없이 양피지를 말아 올리고 필요한 부분을 찾아낸다. 성당 전체에 들리게끔 소리높이 계속해서 말했다.

"《학교장이 부재중인 기간에는 이사회 또는 후원회의 책임자가 그 자리를 겸할 것》."

양피지를 내리고 여봐란듯이 학생들의 줄을 바라본다.

"다시 말해 바로 저군요?"

어째선지 야단맞고 있는 것 같아서 학생들은 더욱더 고개를 숙인다.

벨라헤이디어 이사장은 다시 양피지를 말고 회초리 끝으로 바닥을 두세 번 때렸다.

"샬롯 블랑망제 선생님은 안타까운 사건으로 인해 크게 다치고 지난 학기로 학원장직을 사임하셨습니다. 후임은 아직 결정되지 않았어요. 따라서 당분간 제가! 성 프리데스위데의 책임자를 겸임하겠습니다."

벽 쪽으로 쫓겨나 있는 강사진이 원통한 듯이 표정을 일그러뜨리는 것이 메리다에게도 보였다.

사실 블랑망제…… 학원장은 후임 후보를 정확히 지명하고 갔다. 그런데 득달같이 나타난 저 벨라헤이디어 이사장이 교육 영장인가 하는 것을 내세워 온갖 트집을 잡아 기각하고 학원을 빼앗은 것이다…….

장본인은 여전히 조금도 웃지 않는다.

그러기는커녕 불쾌하게조차 보인다.

"금일부로 프리데스위데는 전원 기숙사 제도를 도입하겠습니다."

조용하게, 지금까지의 상식을 찢어발기고 전혀 다른 것으로 새로 만들고 있다.

"제 허가 없이 외출은 허락되지 않습니다. 수업은 학년이 아니라 클래스별로. 각자의 반에서 기숙사 방 배정을 결정하겠습니다. 주의하세요, 누군가 한 명이 규칙을 어기면 같은 반 전원이! 동일한 벌을 받게 되니까요."

딱, 힘줄이 불거진 손가락으로 신호를 보낸다.

그러자 대성당의 문이 열리고, 휘황찬란한 실루엣이 속속 몰려들었다. 그 얼음 덩어리 같은 발소리에 학생들은 뒤돌았고, 그리고 색채가 없는 아마조네스 병정을 목도한다.

《글래스 펫》.

프리데스위데의 비경, 모든 것이 유리로 만들어진 궁전 《글래스몬드 팰리스》. 글래스 펫은 옛 시대부터 그곳에서 살고 있는 유리 생명체다. 학원과는 어떠한 계약으로 우호 관계인 모양이나, 적어도 메리다는 1년 중 한정된 아주 짧은 기간 외에 그들의 모습을 본 적은 없다.

하물며 이렇게 궁전 바깥을 나돌아다니는 것은 전대미문이다.

오랫동안 종사하고 있는 강사진도 같은 심정인가 보다. 모두 깜짝 놀라 몸을 쭉 내밀고 있다.

이사장만은 비로소 만족한 듯 입꼬리를 올리고 있었다.

"발키리 부대."

온 성당의 시선이 다시 자신에게 돌아오는 것을 기다리고 나서 계속한다.

"그녀들이 학원의 풍기를 지키고 있습니다. 규율을 우습게 아는 학생은 유리가 알아서 처단해줄 거예요. 참으로 믿음직한 이

웃이군요. 호호오!"

"자, 잠시만요, 미스 벨라헤이디어."

고참 강사 한 명이 결국 참지 못하겠다는 듯이 의견을 말했다.

"글래스 펫은 우리의 부하가 아닙니다. 친구예요. 그런 계약입니다! 그것을 가벼이 여기다가 어떤 천벌이 떨어질지…….적어도 블랑망제 학원장님은 그들의 존엄을 소중히 하셨어요!"

"유리가, 친구."

벨라헤이디어 이사장은 코웃음 쳤다. 실크 구두를 나눠주고 있었던 다른 이사회 사람들도 대놓고 웃음을 터뜨린다. 의견을 말한 고참 강사는 머리에 피가 확 올랐다.

"만약 그들에게 존엄이 있다면 하고 싶지 않은 짓은 거절하지 않겠어요?"

발키리 부대는 이사장의 말대로 엄숙하게 학생들의 줄을 에워싸고 있다.

숨결조차 없이. 정교한 유리 세공품이 아닌 다른 무엇으로는 도통 보이지 않는다.

"지금은 제가, 성 프리데스위데의 최고 책임자."

학원장은 이제야 득의양양한 미소를 띠었다.

"계약에 따라 그들에게《부탁》을 할 권리는 제게 있습니다."

찌릿. 엄격한 시선을 강사진에게 보낸다.

"당신들의 인사도 말이죠."

"……!"

고참 강사는 물러날 수밖에 없었다. 벨라헤이디어 이사장의 의도를 깨달은 것이다. 그녀는 틈을 보아 현직 강사를 추방하고 대신 자기 뜻을 따를 순혈사상자를 앉혀 성 프리데스위데를 뿌리부터 다시 만들 셈이다.

자신들이 없어지면 아무도 학생을 지킬 수 없다.

말대꾸할 수 있는 사람은 한 명도 없었다──.

라클라 마디아 선생만은 유일하게, 벽에 기대어 가만히 돌아가는 과정을 지켜보고 있었다. 선생 자리에 어울리지 않는 아이가 왜 교직에 종사하고 있지? 마디아야말로 이사장이 최우선으로 눈여겨보고 있음이 분명했다.

메리다 바로 옆에서 작게 흐느껴 우는 목소리가 들렸다.

신입생 여자애 하나가 더 참을 수 없었는지 눈물을 흘리고 있었다.

"저는…… 프리데스위데는 멋진 마녀님이 다스리고 계시는 따뜻한 집이라고 들었는데……."

메리다는 그녀의 어깨를 살며시 안아 주는 것밖에 할 수 없었다.

눈물은 그치지 않는다.

"언제부터 이런 《감옥》이 되어버린 건가요……? 벌써 집에 돌아가고 싶어요……. 이런…… 이런 줄 알았다면……────────."

성 프리데스위데를 선택하지 않았을 텐데──.

메리다는 입술을 꽉 깨물었다. 그 고통스러운 마음에 절절히 공감했기 때문이다.

메리다 역시 오늘이 자신의 입학식이었다면 좌절했을지도 모른다. 메리다가 입학했을 때에는 의지할 수 있는 멋진 레이디들이 있었다. 셴파 언니, 크리스타 학생회장, 미토나 선배 그리고 전교생의 어머니인 샬롯 블랑망제 학원장——. 하지만 그녀들은 한 명, 또 한 명 학원에서 떠나 지금은 아무도 남아 있지 않다.

2년간 빠짐없이 메리다의 곁에 있어 주었던 청년의 실루엣 역시 사라진 상태다.

"쿠퍼 선생님……."

속삭여도 닿지 않고, 내쉰 숨결은 단지 차가운 공기에 녹아 사라진다.

벨라헤이디어 이사장은 침울한 분위기를 조금도 신경 쓰지 않았다.

"오해는 하지 마세요?"

학생들은 작은 희망에 매달리듯이 시선을 올린다.

이사장의 말은 유리보다 훨씬 무기질적인 인조물로 느껴졌다.

"이 모두 여러분을 소중히 생각하기 때문이에요……. 여러분이 학원을 졸업할 무렵에는 반드시 누구나가 시선을 빼앗길 만한 장밋빛 레이디로 완성해 드리겠습니다."

멀리서 성문이 닫히는 소리가 들렸다.

감옥이라, 실로 정확한 표현이라고 메리다는 생각했다.

† † †

　확실히 그《혁명》이후로 세상의 형세는 바뀌었다──.

　쿠퍼 방피르는 시내를 걸으며 그 사실을 실감했다. 주위는 딱히 이전까지와 다름없다. 그러나 자신을 향하는 시선에서 느끼는 바가 있다.

　군복을 보는 시민들의 눈.

　그것이 요즈음 역력히 차가워지기 시작했다. 길을 걸으면 통행인들이 은근히 피한다. 등에 화살과 같은 적의가 푹푹 날아와 꽂힌다. 장을 보러 가면 부자연스러운 속도로 【CLOSED】팻말이 달리고, 그런 일이 며칠이나 계속되니 쿠퍼도 결국 인정할 수밖에 없었다.

　기병단에 대한 시민의 인식이 유례없을 정도로 악화되었음을.

　아니, 군인에 대한 인식이라기보다는 귀족에 대한, 이라고 하는 편이 정확할까.

　그것을 알고 난 뒤로 쿠퍼는 필요할 때 말고는 군복을 입지 않았다.

　오늘 역시 메리다와 도피행을 하고 있었던 나날처럼 재킷을 껴입었다.

　"각박한 세상이구만."

　야외 카페 구석에서 마흔을 넘은 남자가 씁쓸하게 말했다.

　닳고 해진 정장 차림의 남자다. 가십을 좇아 일주일은 사방팔방 뛰어다녔다고 주장하는 듯한 꾀죄죄한 모습. 이빨 자국투성이인 담배를 문 채 신문을 펼치고 있다.

기사의 내용이 눈에 날아와 박히기라도 하는지.

"내가 젊었을 적엔 말이야, 군복을 보란 듯이 과시하며 걷기만 해도 사내들은 부러운 시선을 보내고, 부인들의 화제를 독차지하고 그랬어. 그런데 요즘은 이게 뭐냐, 군인이라고 하면 커피 하나 제대로 못 시키니 원!"

쿠퍼는 바짝 다가오는 연기를 물리치고 테이블에서 컵을 집어 들었다.

"호오, 당신에게도 《젊었을 적》이라는 것이 있었군."

"아무렴, 애비를 뭐라고 생각하는 거냐."

"뒷골목에서 쑥 나온 줄 알았지."

컵 가장자리에 입술을 대고 한 모금. 참고로 쿠퍼는 뼛속까지 홍차파다.

마흔을 넘은 남자는, 즉 일반인 속에 섞여 있는 백야 기병단의 단장은 망연자실해서 신문지에 얼굴을 푹 숨겼다. 쿠퍼는 인쇄용지 너머로 말을 계속해 준다.

"무리도 아니지. 아무리 《무혈주의자》라곤 해도 워울프족이 프란돌 시민에게 준 정신적 고통은 헤아릴 수 없었을 거야. 그런데도 기병단은 오랫동안 셀레스트텔레스 개선문 지구로 모습을 감춘 데다가 적에게 가담하는 부대까지 나타났으니……."

쿠퍼 자신도 한심한 기억을 돌이켜보면서 고개를 젓는다.

"비난받아도 할 말 없어."

"더구나 그 상황을 초래한 것이 기사 공작 가문의 톱이었으니까 말이지."

쿠퍼는 한쪽 눈썹을 움찔거렸지만 상대는 눈치채지 못했을 것이다.

상사도 신문지 너머로 탁한 목소리를 던져온다.

"시민은 아득바득 일해서 세금을 납부하고 귀족은 진두에서 적을 막는 대신에 우아하고 화려한 생활이 용인되지―― 그런데 유사시에 기병단이 전혀 도움되지 않는다고 여겨지면 어떻게 될까? 누가 무력한 신에게 부지런히 공물을 바치겠어?"

상사는 신문을 넘기고, 팔이 피곤한지 읽는 위치를 내렸다.

못마땅해하는 얼굴이 보인다.

"계급제도에 이의를 제기하는 활동가는 바로 지금이라는 듯이 부르짖고 있어. '이대로 국가의 운영을 귀족에게 의존해도 좋은가. 일어서라, 시민이여!' 이러면서."

"이전까지였다면 '허튼소리'라고 흘려들었을 텐데――."

"현실미를 띠기 시작했다……. 매우 안 좋은 흐름이야."

쿠퍼는 여유 있는 척하며 등받이에 체중을 떠맡겼다.

"과연 그럴까?"

상사의 눈동자가 힐끗 위를 향한다. 쿠퍼는 잡담인 양 계속해서 말했다.

"당신도 알고 있잖아? 요 몇 년 내내 나도는 이야기를. 프란돌에는 전력이 부족하다――. 특히 기병단의 최고 전력, 기사 공작 가문의 일각인 드라군 쉬크잘은 이제 살라샤 님과 쿠샤나 님밖에 없는 상태잖아."

바로 그 이유로 세르주는 그 혁명에 나섰다고 들었다. 쉬크잘 가문의 전사들은 흉악한 저주에 침식당해 대부분이 벌써 세상을 떠나고 말았다. 남은 얼마 안 되는 자들이 가계의 유지에 힘쓰고 있으나 주위로부터의 중압은 끊이지 않는다고 한다.

세르주는 프란돌 시민이 절망에 사로잡히지 않도록 의식 개혁을 꾀할 셈이었다.

그것은 어떤 의미에서 이루어졌다.

그 자신이 죄인의 신분으로 떨어지는 것과 맞바꾸어———.

"물론, 마나 능력자도 아닌 자를 진두에 세우고 싶은 건 아니야."

쿠퍼는 애써 감정을 누르고 자신의 주장을 펼친다.

"하지만 위기의식을 높이 가지는 것은 시민들에게 있어 나쁜 일은 아닐 테지?"

"그건 네가 그렇게 생각하고 싶은 것뿐 아니냐."

무슨 헛소리야, 하고 쿠퍼는 어이없어하면서 테이블 위를 살폈다.

회중시계를 집어 들고 바늘 위치를 확인한다.

"———이제 슬슬 시간이 된 것 같은데?"

"그렇군. 갈까."

상사는 힘껏 컵을 들이켜고서 신문지와 함께 테이블에 남겼다.

일어난다.

기분 탓인지 거리에는 어쩐지 쓸쓸한 바람이 불고 있었다. 이미 계절은 봄인데…… 메리다는 지금쯤 시업식 중일까. 화원을 닮은 그 학원의, 가슴을 가득 채워주는 달콤한 공기와 멀어진 지 오래다.

담배 냄새 나는 상사와 동행해 학교구의 번화가 방면으로.

길거리 예능인들의 컬러풀한 모습이 보이지 않는다. 쩌렁쩌렁한 호객 소리도 들리지 않고 대신 바람이 불고 있었다. 전단지가 날아온다. 【사상가 해밀턴의 강연회 오후 7시 시작】──.

최근엔 이벤트 회장도 시민활동가들에게 우선적으로 할당되고, 그들의 스피치에는 많은 주민이 몰려든다고 한다. 쿠퍼도 한 번 관심을 보였으나 무심코 군복을 입고 갔다가 사람들에게 따끔한 눈초리를 받고 이유 없는 빈정거림을 들어야 했다.

언제부터 이 도시는 이렇게 되어 버린 걸까──.

"여기다."

상사가 선택한 가게는 점집이었다. 허술한 외관에 입구도 검은 막에 가려져 단골이 아니면 절대로 접근할 일이 없을 법한 분위기. 심지어 가게로 이어지는 문은 계단을 내려간 지하에 있었다. 이 정도로 환영할 생각이 없는 접객업이라는 것도 희한하다.

점내는 기묘한 이야기에 나오는 《흔하디흔한 수상한 가게》 같은 느낌.

수상쩍은 점쟁이와 수상쩍은 상사가 이야기를 끝맺자 가게 안쪽으로 가는 통로가 나타난다.

막다른 곳에 문이다.

상사가 턱으로 지시해서 쿠퍼는 먼저 문 앞으로 가 신중하게 손잡이를 쥐었다.

아무런 저항도 없이 돌려진다.

천천히 안으로 열린다──.

직후, 실내에서 뻗어온 팔이 쿠퍼의 머리를 꼼짝 못 하게 잡았다.

"여어여어여어여어, 기다리고 있었어, 쿠퍼 군!"

"우와아……."

아무 거리낌도 없이 어깨동무하고 실내로 끌어들인 이는 새카만 옷을 입은 세르주 쉬크잘 공작이었다. ──실례, 이미 자격을 상실했으므로 《일반인 세르주》다.

"일반인 세르주 님. 무척 일찍 돌아오셨군요?"

"이야~ 사실은 아직 돌아와서는 안 되니까 이렇게 비밀리에 연락을 취했을 뿐이지만 말이지? 자네의 신랄한 목소리를 들으니 돌아왔다는 느낌이 드는군."

"조금 더 건전하게 살아 주십시오."

두세 번 더 농담을 계속하려다 쿠퍼는 갑자기 입을 다물었다.

세르주의 왼쪽 소매가 공허하게 흔들리는 것을 알아챈 것이다.

혁명을 일으킨 응보로 공작의 지위와 함께 잘려 버린 한쪽 팔 ── 그것은 이제 두 번 다시 원래대로 돌아오지 않는다. 나아가 실질적인 처벌로서 그는 야계 잠입조사라는 임무를 선고받은 상태일 터. 가볍게 귀향해도 될 처지가 아니다…….

침묵의 의미를 깨달았는지 세르주도 장난을 관뒀다. 상사가 문을 꼭 닫는 것을 기다리고 나서 셋이 테이블을 둘러싼다.

　세르주가 말을 꺼냈다.

　"――맞아, 원래는 당분간 돌아오지 않을 예정이었는데 야계에서 조사를 하는 중에 마음에 걸리는 물품 몇 개를 발견해서 말이지. 최근 프란돌의 정세는 대충 듣고 있던 터라 조속히 알려두는 편이 좋을까 싶어 들어왔어."

　"마음에 걸리는 물품이라는 것은?"

　"먼저 가벼운 물건부터―― 이거다."

　얼룩이 눈에 띄는 목제 테이블에 세르주는 손바닥을 얹는다.

　똑, 하고 놓은 것은 로켓(Locket) 펜던트였다. 무척 오래돼 보인다. 재질은…… 금속인가? 시선의 재촉에 쿠퍼는 그것을 손가락으로 집어 들었다.

　힘을 가하니 쉽게 뚜껑이 열렸다.

　로켓이라고 하면 작은 용기 안에 편지나 부적 등을 넣어두는 것이 일반적이다. 사진도 많이들 넣는다. 쿠퍼는 타원형 용기 안쪽을 응시하고서 곧 깜짝 놀라 숨을 죽였다.

　로켓에는 한 소녀의 사진이 넣어져 있었다.

　신비스런 흑발의 요정 같은 분위기의 소녀.

　"뮬 님……?!"

　"역시 자네도 그렇게 생각하나?"

　쿠퍼는 로켓의 내용물로부터 눈을 뗄 수 없었다.

　흑수정이라고 부를 만한 이 특징적인 머리칼 색은 확실히 그녀를 연상케 한다. 디아볼로스 클래스를 대대로 계승하는 기사 공작 가문, 라 모르 가문의 외동딸 뮬……. 올해로 메리다와 같은 열다섯 살이 될 것이다.

로켓은 열화되어 있긴 했지만 안에 있는 사진은 컬러로 찍혀 있고 보존상태도 양호하다. 그렇지 않으면 '얼굴이 닮았다' 정도로 끝났을 텐데……. 그러나 뮬과 판박이인 사진의 소녀는 어리다. 아직 열 살도 돼 보이지 않는다.

세르주는 로켓의 뒤쪽을 손가락으로 가리켰다. 쿠퍼는 뒤집어본다.

공용어로 문자가 새겨져 있었다.

【틴다리아】──.

"무슨 의미입니까?"

시선을 던지지만 세르주도, 백야의 상사도 고개를 좌우로 저을 뿐이었다.

사전에 실려 있는 말은 아닌 듯하다…….

쿠퍼는 다시 한번 사진의 소녀와 눈을 맞추고 나서 뚜껑을 닫았다.

"이것을 야계에서 발견했다고 하셨습니까?"

"응, 뭔가── 터무니없이 거대한 유적이 있더라고. 나도 놀랐어."

"만일을 위해 뮬 님에게 알리는 편이 좋지 않겠습니까."

세르주는 천천히 고개를 젓는다.

"그게, 연락이 되지 않았어. 나는 그다지 프란돌에 오래 있을 수 없으니 자네를 통해 확인할 수 있을까?"

"네에……."

"타인인데 우연히 닮은 걸지도 모르지만 말이지. ——하지만, 《이쪽》은 그렇게 얼버무리지도 못해."

쿠퍼가 로켓을 품에 넣는 것과 교대로 세르주는 다른 물품을 꺼낸다.

극히 최근에 찍혔음을 알 수 있는 사진이었다. 테이블에 놓는다.

"아까 말한 유적과는 또 다른 장소에서 발견한 거야. 찍혀 있는 것을 봐줘."

쿠퍼와 백야의 상사가 두 방향에서 몸을 내민다.

찍혀 있는 것은 으스스해 보이는 묘지였다.

이쪽도 마찬가지로 유적 같다. 일찍이 인간들이 살았던 터전. 이제는 누구의 손길도 닿지 않고, 다만 흉포한 린간스로프에게 후벼지고 있을 뿐인 곳이다.

사진의 중심에 삭은 묘비가 찍혀 있었다.

묘비명은【잔 크롬 클로버】——.

"잔 크롬……. 레이볼트 재단의 클로버 사장과 같은 이름……?!"

"요즘 여러 가지로 회자되는 거기군."

백야의 상사는 사진을 물끄러미 쳐다보면서 마음에 안 든다는 듯이 투덜거린다.

레이볼트 재단. 무기・병기 제조 공방의 한 파벌이다. 쿠퍼도 작년 강철궁 박람회에서 사장 본인과 만났었다. 재단은 예전부터 '과학기술에 의한, 마나에 의존하치 않는 국가방위'를 이념으로 내걸고 있으며── 그렇다, 귀족에게 역풍이 불고 있는 지금 세상에서 평민계급의 열광적인 지지를 등에 업고 급격하게 세력을 확대하는 중이다.

그 사장의 묘가 공교롭게도 야계의 벽지에서 발견됐다고 한다.

사진은 합성으로는 보이지 않는다.

애당초 누군가가 거짓말을 할 필요조차 없다.

그래도 쿠퍼는 묻지 않고는 배길 수 없었다.

"가짜 아닙니까?"

세르주는 남은 오른손을 가슴팍에 댄다.

"이젠 천벌도 안 무서워── 묘를 파헤쳐봤지. 거기에는 확실히 란칸스로프가 아닌, 인간 남성의 것으로 보이는 백골 사체가 잠들어 있었어."

"어떻게 된 일일까요⋯⋯."

쿠퍼는 턱에 손가락을 댔다.

이전에 흥미를 느끼고 조사한 그의 경력을 반추해본다.

"클로버 사장이라고 하면 3년── 아니, 4년 전에 증기과학 실험의 대규모 실패에 휘말려 생사의 기로를 헤맸다고 들었습니다. 육체의 절반을 기계로 교체해 간신히 목숨을 부지했다고."

상사도 수긍한다.

"그래, 본디 어디에나 있을 법한⋯⋯ 부잣집 도련님 연구원에 불과했던 모양인데, 큰 부상에서의 회복을 경계로 피에로 같은 모습과, 그——.”

표현하기 어렵다는 식으로 두 팔을 어설프게 흔든다.

“아주 괴짜가 됐다고 하더군. 마치 사람이 바뀐 것처럼.”

“본인은 ‘신의 계시를 받았다’고 했었지만⋯⋯.”

“신, 이라.”

상사는 사진을 집어 들고, 그것 역시 쿠퍼에게 내밀었다.

받지 않을 수 없긴 했지만 쿠퍼도 거북한 표정이 된다.

“⋯⋯확인하고 와라? ‘당신, 진즉에 죽지 않았습니까?’ 라고 물어보기라도 하란 얘기?”

“아니, 지금의 기병단과 재단은——.”

상사는 잠깐 입을 다물고 단어를 선택한다.

“계급제도의 철폐를 바라는 시민들과 순혈사상이 살아난 등화 기병단은 일촉즉발의 예민한 관계다. ——레이볼트 재단은 《민중 측》이지. 군인으로서 섣부른 소리를 하면 선전포고로 받아들일지도 몰라.”

“반대로 그들의 《약점》이 될 수도 있다, 는 건가.”

만약 레이볼트 재단에, 클로버 사장의 배경에 어떤 비밀이 숨겨져 있다고 한다면 그것이 그들과의 교섭재료가 될지도 모른다.

적어도 아무 방편도 없이 모든 것을 털어놓아서는 안 되리라⋯⋯.

쿠퍼는 강철궁 박람회에서 있었던 클로버와의 교류를 돌이켜보았다. 언동은 기묘했지만 우호적이긴 했었다. 우호적이긴 했어도 본심까지는 보이지 않았지만.

　강철궁 박람회라고 하니——.

　그날의 사건 뒤로 모습을 감추고 여태껏 도통 소식을 파악할 수 없는 메리다의 조부 몰드류 경은 과연 지금 어디에서 무엇을 하고 있을까…….

　"안성맞춤이게도 바로 근처에 있다."

　상사의 목소리가 갑자기 귀에 들어와서 쿠퍼는 퍼뜩 얼굴을 들었다.

　"……누가?"

　"앙? 누구긴, 클로버 사장이지. 거, 이제 곧 카디널스 학교구에서 성대하게 열리잖아, 《조하르 신비 학술회》가."

　"아, 그렇지."

　"올해는 클로버 사장도 비장의 논문을 발표한다나 해서 주목받고 있다더라."

　아이고, 하며 어깨를 으쓱한다.

　"마침 지금 재단이 신기술 발표회를 하고 있어. 들으러 가볼까?"

　쿠퍼가 시선을 보내자 세르주는 실크해트를 깊숙이 눌러썼다.

　'약속장소에는 사복으로.'라는 지시의 의미를 쿠퍼는 지금에야 이해했다.

　"가자."

사진을 품에 넣고 동시에 로켓 감촉을 확인하고 나서 쿠퍼는 고개를 끄덕인다.

　무엇이 기다리고 있는지, 정체를 알 수 없는 마음속 술렁임을 느끼면서——.

† † †

　조하르 신비 학술회—— 또는 그냥 조하르 학회. 프란돌의 두뇌라고 일컬어지는 카디널스 학교구에서 1년에 한 번 개최되는 도시 최대 규모의 연구발표회다. 각 분야 최고봉의 학자와 연구원들이 도시 의회의 높으신 분들을 상대로 탐구성과를 피로하는 자리이다.

　무엇이 『신비』인가 하면, 학회에 참가할 수 있는 것은 극히 한정된 인간들로, 일반에는 대략적인 개요밖에 공개되지 않는다는 점이다. 초청받는 것 자체가 영예……. 조하르 학회에는 매년 유명한 저명인이 한자리에 모여 신문지를 떠들썩하게 만든다.

　학회는 단 하룻밤——.

　다만 이튿날에는 참가자 간의 친교를 목적으로 한 무도회가 예정되어 있다고 한다. 올해 회장은 매그놀리아 필 아카데미……. 유서 있는 대학으로, 조하르 학회 자체에도 강당을 제공하고 있는 것으로 알고 있다.

　일개 군인인 자신에게는 인연이 없는 곳—— 이라고 말할 정세가 아닐지도 모른다.

백야의 상사 그리고 실크해트를 쓴 세르주와 길을 걸어가자 쿠퍼의 시야에 자연공원이 보이기 시작했다. 평소의 탁 트인 풍경에는 형형색색의 천막이 즐비하게 늘어서 있다. 많은 주민이 모여 있었다. 서커스 같은 분위기다.

"레이볼트 재단이 전세 냈다고 하더군."

상사가 어딘가 마음에 안 든다는 듯이 말했다.

"요즘엔 어디 할 것 없이 《재단 환영》 무드야. 바로 얼마 전까지는 추기 플랜트나 몰드류 무구 상공회에 가려져 존재감이 없었는데도 말이지."

모인 사람의 모습을 멀리서 보니 《극구 칭찬하고 있다》는 인상이 들었다.

스테이지가 설치되어 있고 그 주위에 많은 시민이 몰려들어 있었다. 쿠퍼 일행 세 명도 제일 뒷줄에 선다. 대인기 오페라 가수가 콘서트라도 여나 했더니 스테이지 위에 있는 것은 마이크를 쥔 《피에로》였다.

바로 클로버 사장이다.

"레이디이————스 & 젠틀멘!! 회장을 찾아주신 여러분, 안녕하십니까!"

열렬한 환호성이 터졌다. 스타야, 뭐야? 쿠퍼는 기가 막혔다.

분명 강철궁 박람회 때만 해도 아무도 저자를 상대하지 않았는데——.

클로버 사장 특유의 페이스는 여전했다.

"오늘 제 발표회에 모여 주셔서 정말로 고맙습니다! 조하르 학회를 앞에 두고 여러분에게 꼭 보여드리고 싶은 성과가 있었습니다! ──서론은 생략하고 바로 보여드리지요, 이쪽입니다!"

짜잔, 하고 대차로 운반해온 물건에 쿠퍼뿐만 아니라 관객 모두가 눈을 부릅떴다.

끼익, 끼익, 끼익!! 하는 귀에 거슬리는 비명이 울린다.

호박 머리 괴물── 란칸스로프다.

펌킨 헤드라고 불리는 최하급 종족. 튼튼해 보이는 여러 겹의 밴드로 강철 구속대에 동여매어 있다. 유일하게 자유로운 머리를 마구 흔든다.

확실히 펌킨 헤드 정도라면 힘으로 가둘 수 있을 것이다. 그러나 어떠한 힘으로 인해 저 구속이 풀리면? 쿠퍼를 비롯한 마나 능력자가 이 자리에 있지 않다면? 해방된 괴물은 틀림없이 눈앞의 인간들에게 살의를 겨눌 것이다. 이 많은 관중 가운데 피해자가 몇 명이나 나올지 모른다.

난데없는 란칸스로프의 출현에 아무래도 열기가 식은 시민들이 스테이지에서 한발 뒤로 물러났다.

하지만 펌킨 헤드 바로 옆에서 클로버 사장은 말한다.

"제가 오늘 여러분에게 전하고 싶은 바는 '겁내지 말라'는 것입니다."

구속대는 기계로 된 장치였다. 바이저 부분이 내려가자 펌킨 헤드의 머리 부분이 덮여 가려지고, 비명과 함께 강철 내부로 가두어진다.

보다 듣기 쉬워진 스피치를, 클로버 사장은 이어 간다.

"저희 일반인은 학교에서 배웁니다. 란칸스로프에게서 도망쳐야 한다. 몸을 숨겨야 한다. 결코 맞서면 안 된다고……. 하지만 그것이 옳은 걸까요? 만약 자신의 소중한 누군가가 당장에라도 란칸스로프에게 습격당할 상황이라면? 그래도 당신은 모른 체하겠습니까?!"

"어떻게 그래!"

관중의 어딘가에서 위세 좋은 목소리가 날아왔다. 주로 남성 손님들이 앞다투어 수긍한다.

클로버의 피에로 페인팅이 빙그레, 미소를 부각시켰다.

"그렇습니다. 우리 일반 시민에게는 귀족분들과 같은 마나는 없습니다. 하지만 소중한 사람을 지키고 싶은 용기는 분명히 있습니다……!"

"용기……."

"란칸스로프에게는 아니마라고 하는, 철보다도 굳세고 튼튼한 갑옷이 있습니다."

억양 있는 음성이 그의 모습과 어우러져 연기라고 느끼지 않게 만든다.

"하지만, 이를테면 단단한 껍데기를 가진 곤충일지라도 우리는 그것을 가볍게 밟아 뭉갤 수 있습니다. 마찬가지로 란칸스로프의 아니마를 쳐부술 무기만 손에 넣는다면, 마나가 없는 우리도 소중한 사람을 지킬 수 있는 겁니다."

꽈악. 두 주먹을 쥐었다.

"힘만 있다면."

"힘⋯⋯!!"

관중들의 눈동자에 어딘가 위험한 불길이 깃드는 것을 쿠퍼는 감지했다.

클로버 사장은 오른손에 마이크를 들고 왼손 손가락으로 딱, 신호를 주었다.

"오늘은 그것을 여러분에게 보여드리지요."

먼저 스테이지에 올라온 것은 근육이 울퉁불퉁한 거구의 남자였다. 몸집이 얼마나 큰가 하면 사이즈가 맞는 윗도리가 없어 야만족 같은 옷을 칭칭 감고 있을 정도이다. 두 손에 손잡이를 쥐고 거대한 해머를 바닥에 질질 끌면서 걸어 나온다.

어깨에 멨다.

상반신 근육이 더욱 부풀어 오른다.

긴 손잡이를 양손으로 쥐고서 양다리를 벌리고 떡 버틴다. 돌격과 함께 상체를 비틀고 한 박자 늦게 움직이기 시작한 해머가 바닥에서 떨어졌다.

위잉. 공기가 신음한다.

거대한 쇳덩어리가 공기를 끌어들이면서 2회전.

3회전째에서 크게 후방으로 높이 올라가고――.

내려친다!

고막을 찢는 대음성이 충격파가 되어 스테이지 위에서 확산됐다. 관중은 공포에 떨며 몸을 젖힌다. 쿠퍼, 세르주, 상사 세 사람민은 눈 하나 깜빡하지 않고 그것을 바라보았다.

해머는 정확히 구속대 윗부분을 타격했다.

바이저가 접속 부분까지 깡그리 터져 사방으로 튀었다.

긴 손잡이가 부러지고, 거구의 남자는 참지 못해 그것을 떨어뜨렸다.

"우오옷!!"

반동으로 팔뼈가 부러진 것이다. 스테이지에 쓰러져 몸부림치며 뒹군다.

하지만 그런데도 여전히 구속대의 중심에는──.

펌킨 헤드가 상처 하나 없이 멀쩡했다.

다시 드러난 안면이 멍하니 관중을 쳐다보고 있다.

"말도 안 돼………."

어디선가 탄식이 흘러나왔다.

아주 조용해진 관중에 클로버 사장은 이때다 하고 말을 건다.

"──보시다시피 유감스럽지만 단순한 타격력, 절단력, 관통력으로는 아무리 강도를 늘리더라도 그들에게 유효한 대미지를 줄 수 없었습니다. 그래서 우리 레이볼트 재단은 달리 접근하기로 했습니다. 자자, 다음, 다음!"

쾌활한 목소리와 함께 거구의 남자가 쫓겨나가고 교대로 다른 사람이 스테이지에 올라왔다. 이번에는 분위기가 전혀 다른, 흰옷을 입은 비실비실한 남자다. 키만 한 가방을 짊어졌는데 가방으로부터 뻗어 나온 파이프를 양손으로 쥐고 있었다.

쿠퍼의 코가 킁킁 하고 움직인다.

안 좋은 예감이 들어 줄의 맨 뒤에서 두세 발자국 더 물러섰다.

스테이지 앞의 관중들은 '이번에는 꼭 좀' 이라고 하는 듯한 기대의 눈길로 몸을 내밀고 있다.

클로버 사장은 서론도 꺼내지 않았다.

"발사!"

흰옷을 입은 남자가 방아쇠를 당기자 고약한 냄새와 함께 검은 액체가 파이프 끝에서 쫙 뿜어져 나갔다.

직후에 발화.

구속대를 맹렬한 기세로 불이 뒤덮고 열파가 팽창했다. 맨 앞줄의 관중은 견디지 못하고 잔디 위를 구른다. 비명이 나왔다. 그러나 불길은 전혀 가라앉지 않는다.

맹렬한 불길이 핥은 구속대 위에서는 펌킨 헤드가 날뛰고 있었다.

절규가 울려 퍼진다.

관중은 두려움보다도 흥미가 앞섰다.

"통하는데⋯⋯!"

오옷, 하고 환호성 같은 웅성거림이 번진다. 모두 아슬아슬한 위치까지 몸을 내밀고 스테이지 위의 광경에 시선을 고정한다. 불길 너머로 악마와 같은 그림자가 흔들거리고 있었다.

아무도 마음에 두지 않았지만──.

그 단계에서 작은 아이를 동반한 가족 손님이 슬쩍 회장을 떠난 것을 쿠퍼 일행만은 알아챘다. 펌킨 헤드의 비명이 한없이 음량을 늘리는 가운데, 질 수 없다며 클로버 사장이 마이크 너머로 소리를 지른다.

"보셨습니까?! 란칸스로프에게 타격을 입히는 수단은 확실히 존재했습니다! 저는 자연의 에너지를 과학으로 제어하는 일에 주목했습니다. 그럼 우리가 접할 수 있는 가장 거대한 자연 에너지는 무엇일까요?"

딱, 손가락을 튕기자 이제야 화염방사기가 가라앉는다.

구속대에는── 적어도 어린아이에게는 절대로 보여줘선 안 될, 불에 타 문드러진 펌킨 헤드의 모습이 거기에 있었다. 이제는 비명 소리도 쉬웠겠다. 그러나 질긴 밴드가 그에게 쓰러지는 것을 용납하지 않고. 아니마 갑옷이 죽음을 허락하지 않는다.

흰옷을 입은 남자가 물러나고 대신 대규모 장치가 운반되었다.

대부분 사람에게는 낯설 테지만 쿠퍼는 비슷한 설비를 알고 있다. 그의 제2의 고향, 지저도시 샹가르타에는 무수히 세워져 있는 물건이기 때문이다. 오로라로부터 쏟아지는 벼락을 처리하기 위해 유도전파를 발사하는 《피뢰탑》이다.

꼼짝 못 하는 펌킨 헤드에게 몇 가지 도구가 추가로 부착됐다.

천사의 고리처럼 생긴 둥근 형태의 장치가 그의 머리 위에 고정된다.

엔지니어가 어떤 조작을 하고 장치가 우우웅 하는 소리를 내기 시작했을 때 쿠퍼는 깨달았다.

──이것이 악마의 발상인가.

귀를 막고 시선을 돌린다. 세르주도 실크해트를 깊이 끌어내렸다.

무슨 일이 일어날지는 생각할 것도 없다.

천둥소리가 무시무시한 섬광을 동반하고 날아와 회장을 새하얗게 물들였다. 몇 초간, 아무것도 들리지 않을 정도로 엄청난 음량이 울렸다. 천막의 천이 거칠게 펄럭이고 공원의 나무라는 나무는 잎사귀가 스치는 소리로 일제히 항의의 목소리를 낸다. 들새와 다람쥐들은 벌써 멀찍이 도망가 있었다.

클로버 사장은 한쪽 귀만 막고서 마이크를 굳게 들고 뭐라 뭐라 떠들고 있었다.

몇 초 지나서야 겨우 목소리가 들리기 시작했다.

"보십시오!!"

갑작스러운 벼락에 발칵 뒤집혔던 관중들도 조심조심 스테이지를 올려다본다.

상황을 즉시 파악한 자는 있었을까.

구속대는 새카맣게 그을리고 찌부러져서 원형이 거의 보이지 않는다. 갈기갈기 찢어진 밴드가 축 늘어지고 그 한가운데에 보기에도 무참한 괴물의 실루엣이 서 있다.

호박의 머리는 박살 나 있었다.

이제 비명조차 지를 수 없을 것이다——.

클로버 사장은 주먹을 불끈 쥐고 치켜들었다.

"이겼습니다!"

시선이 모이는 것을 기다리고서 소리높이 외친다.

"마나 능력자가 아닌 제가 란칸스로프를 쓰러뜨렸습니다!"

"우오오오오오오오오오오옷!!"

혈기왕성한 남자들이 맨 먼저 일어나 짐승 같은 포효를 질렀다.

식을 줄 모르고 타오르는 열의에 쿠퍼는 한 발자국 더 관중들로부터 거리를 둔다. 이미 시민들은 넋을 잃은 것처럼 스테이지로 몰려들었다. 클로버 사장은 몸짓으로 그들을 막으면서도 역시나라고 해야 할지 매끄럽게 대본을 낭독한다.

전부 미리 쓴 각본대로일 것이다.

"저는 이 성과를 가지고 프란돌 평의회에 호소하여 평민에서 유래하고, 평민이 행하는, 평민을 위한 새로운 군대를 설립할 생각입니다. 그 이름도 《흑천 기병단(길드 오다인)》!!"

"지지한다————————!"

기가 막힌 타이밍에 환호성이 날아왔다. 보나 마나 바람잡이를 고용한 것이리라.

이미 박수를 보내고, 휘파람을 불고, 환호성을 지르는 것 이외에 관중들의 선택지는 없었다. 사람들이 보내는 기대의 눈길을 한 몸에 받으면서 클로버 사장은 감사를 표한다.

"고맙습니다. 하지만, 하지만! 저희가 이 번개 에너지를 자유자재로 다룰 수 있게 되려면 아직 실험이 더 필요합니다. 카디널스 학교구에 사는 여러분께서 아무쪼록 잠시만 더 재단의 실험에 함께해 주셨으면 합니다……."

냉정해진 다음 따져보면 반대의견도 나올 것이다.

그러나 이 단계에서 저렇게 나오는 게 아주 교활하다. 교묘하다고 해야 할지……. 아무튼 아직 박수 소리가 그치지 않는 동안에 더욱 기묘한 장치가 스테이지로 운반됐다.

기계 나팔, 인가? 거대한 축음기같이도 보인다.

"여러분은《비》를 아십니까?"

모르는 경우도 종종 있으니까 우려스럽다. 쿠퍼처럼 프란돌 각지를 뛰어다니는 일을 하고 있다면 몰라도 유리 용기에 보호받는 캠벨에서만 생활하는 상류시민들은《기후》라는 것을 책으로만 아는 케이스도 심심찮게 있다.

쿠퍼는 어렴풋이, 레이볼트 재단이 어떤 실험을 꾀하고 있는지 점점 이해되었다. 어쩐지 사람들의 열광 이상으로 주위가 찌는 듯한 기분이 들었기 때문이다.

분무기로 습도를 올리고 있다. 공기 중에 대량의 수분이 떠돌고 있다.

그런데도 초봄이라곤 생각되지 않을 만큼 춥다──.

기계 나팔에서 무엇이 튀어나올지는 상상하기에 어렵지 않았다.

"스위치 온."

클로버 사장이 가볍게 장치의 레버를 누른다.

그러자 나팔 안쪽에서 무시무시한 기세로 하얀 연기가 솟아나왔다. ──아니, 연기가 아니다. 이것은《구름》이다. 수분을 먹고 한없이 팽창하면서 순식간에 상공으로 치솟아가 회색 천장을 만든다.

입을 떡 벌리고 있는 관중에게 클로버 사장은 말했다.

"재단의 비밀병기, 인공 구름 생성장치《벌룬 시드》."

관중의 시선이 돌아온다. 클로버 사장은 말끝에 열의를 담았다.

"뇌우를, 저는 이 손에 넣고 싶습니다. 기후를 조종하는 것은 그야말로 신의 힘!! 이미 학교구 구청장의 허가는 받았습니다. 연구성과를 완성하기 위해서, 이 《랜턴 속》이라는 제한된 환경이 꼭 필요합니다!"

시민들은 얼굴을 마주 보았다. 아무리 그래도 즉시 손뼉을 칠 만큼 생각이 없지는 않았다.

바람잡이가 약간 초조한 듯 굵직하게 소리를 지른다.

"하고 싶은 대로 다 해! 우리는 당신들 재단 편이야!"

"고맙습니다! 정말 고──맙────습니다!!"

"그런데──."

미성이 연극 같은 대화를 막았다.

스윽. 손을 든 자는 세르주였다. 시선이 집중됐다. 과거와는 인상이 전혀 다른 검은 옷차림에 실크해트를 쓰고 있으니, 설마 대역죄인인 그가 이 자리에 몰래 들어와 있다고는 아무도 알아채지 못할 것이다.

단정한 입가를 히죽 구부린다.

"아무리 강대한 병기를 손에 넣은들 과연 귀족이 지배하는 프란돌의 상층부가 당신들의 주장을 받아들일까요? 흑천 기병단, 이라고 했습니까?"

모자 안에서 눈동자가 날카롭게 빛났다.

"군사만이 아니라 조만간 정치에도 참견할 생각이 아니신지?"

관중의 시선이 다시 돌아가 스테이지 위로 집중됐다.

예상대로 광대 짓은 연기라는 생각을 역력히 들게 한다.

"……말씀하시는 바는 지당합니다. 하지만! 저는 반드시 평의회가 우리 흑천 기병단의 설립을 인정하게 되리라 확신하고 있습니다."

"호오?"

"그를 위한 근거를 저는 조하르 학회에서 발표할 생각입니다."

쿠퍼도 퍼뜩 얼굴을 들었다.

듣고 보니 이런 공적인 자리에서의 퍼포먼스 따위는 그들에게 여흥에 불과하다. 진짜는 선택받은 자만 참가가 허락되는 학계 최고봉의 조하르 신비 학술회── 거기에서 클로버 사장이 발표할 예정인 논문에 세간의 이목이 쏠린 게 아니었던가.

머지않아 학회 요지집에 대략적인 개요만은 실릴 그것은 바로
──.

'마나 능력의 기원에 관해서.'

두근. 쿠퍼의 심장이 뛰었다. 자신도 모르는 이유에 의해.

클로버 사장은 대학교수같이 집게손가락을 세운다.

"우리는 지금까지 생각 한번 하지 않았죠. 왜, 프란돌에 귀족이 군림하는가. 그들은 어디에서 온 것인가. 마나 능력이란 무엇으로부터 유래하는 것인가?"

장난스럽게 고개를 갸우뚱한다.

"기사 공작 가문이란?"

갑자기 시민들도 흥미가 돋은 모양이다. 이미 클로버도 세르

주가 아니라 모여 있는 모든 관중을 향해서 감정이 풍부한 연설을 들려준다.

"저는 어떤 가설을 손에 넣었습니다. 이것을 발표하면 의회는 어쩔 수 없이 기병단의 존재를 인정할 겁니다. 저는 이것을 대대적으로 공표할 날이 너무나 기다려져서 못 견디겠습니다! 시민 여러분에게 연구성과를 전하고 싶어 못 배기겠어요!!"

휘파람이 날아왔다. 이번에는 선동당해 날아온 것이 아니다.

작금의 세상 물정이 완전히 클로버 사장의 순풍이 되어 있었다.

"우리 시민의 영웅! 레이볼트 재단!"

"귀족 놈들에게 평민의 긍지를 보란 듯이 보여줘!"

"흑천 기병단이라고 했지! 내가 제일 먼저 지원할 거야!"

환호성은 가속도적으로 불어났고 클로버 사장도 배우처럼 손을 흔들었다.

"고맙습니다! 정말── 고──맙────습니다! 오─호호호호!!"

누군가 갑자기 쿠퍼의 어깨를 두드렸다.

백야의 상사가 이미 흥미를 잃은 것처럼 발길을 돌리고 있다.

클로버의 강연에 무언가 느낀 것일까?

"저놈의 사상은 위험하다."

이런 말을 한다. 쿠퍼는 발걸음을 멈추지 않는 그를 바싹 뒤따르면서 눈살을 찌푸렸다.

"으음?"

"네게 새 임무를 주마. 관계자 입막음이다. 놈이 조하르 학회에서 무엇을 발표할 생각인지 사전에 파악해 와라. 내용 여하에 따라서는 놈이 없어져야 한다. 동시에 레이볼트 재단의 약점을 찾도록. 뒤가 구린 데가 한두 개는 있겠지."

"약점?——그런 것이 없다면?"

"억지로라도 만들어."

쿠퍼는 자신을 보지도 않는 상사의 어깨를 붙잡아 뒤돌아보게 한다.

"잠깐. 이봐, 아버지. 뭘 알고 있어?"

상사의 탁한 눈동자가 쿠퍼를 돌아본다.

"나는 아무것도 몰라."

"뭐……!"

"모른다는 걸로 되어 있다."

쿠퍼의 손을 털고 상사는 다시 걷기 시작했다.

남겨진 쿠퍼는 세르주와 얼굴을 마주 보았다. 그도 남은 팔로 어깨를 으쓱해 보인다.

별수 없이, 그저 머리 위를 올려다볼 수밖에 없었다.

지상의 열광과는 정반대로 하늘은 이미 쥐색 구름으로 가득 메워져 있었다.

† † †

보기만 해도 우울해지는 탁한 하늘이 유리로 된 천장 너머로 보인다.

아무래도 구청장이 협력하고 있는 만큼 레이볼트 재단의 인공 구름 계획은 신속히 유포된 모양이다. 비가 올지도 모른다고 한다. 랜턴 내부에⋯⋯. 《우산》이라는 관습조차 고층 구획에는 존재하지 않는데, 수로가 범람이라도 하면 어떡할 셈인지.

　"실로 이상한 기분이 드는군."

　옆에 있는 세르주가 똑같이 유리로 된 천장을 올려다보며 말했다.

　카디널스 학교구, 그 역의 홈이다.

　그는 한쪽 팔에 트렁크를 들고 있었다⋯⋯.

　오늘 열차로 프란돌을 떠나기로 된 것이다. 참으로 분주하게도 움직인다.

　"살라샤 님은 보러 가시지 않는 겁니까?"

　알고 있지만 쿠퍼는 묻는다.

　배웅은 자신 단 한 명이다. 죄인 세르주는 여전히 모자를 깊숙이 쓰고 있다.

　쓴웃음과 함께 천천히 고개를 저었다.

　"지금 보러 가면 야단맞을 거야. '성실하게 일해주세요.' 라며 말이지."

　"지당합니다."

　백야의 상사마저 용건이 끝나니 냉큼 북새통에 섞여 사라져버렸다.

　열차의 발차 시각이 다가오고 있다⋯⋯.

　"⋯⋯야계에서의 임무는."

쿠퍼는 어중간하게 입을 다물었다.

무엇을 묻겠다는 것일까. 그 벌은, 결코 녹록지 않다.

힘들지는 않습니까? 이런 것을 물어서 어떤 대답을 기대할 수 있단 말인가.

세르주는 쾌활하게 웃었다.

"걱정 안 해도 돼. 네 덕분에 말이지. 프랑켄슈타인족이 아주 잘해주거든."

"그렇습니까."

쿠퍼는 앉음새를 고치고 새삼스레 등을 폈다.

"그럼 이 상태로 일 잘하고 와주십시오."

"이야~ 꼭 비서 같군. 자네야말로 내 동생을 잘 부탁하지. ──아, 맞다!《이 녀석》을 완전히 깜빡할 뻔했네."

세르주는 오른손으로 트렁크를 놓고, 오른손으로 윗도리 품을 뒤졌다. 분주하다.

신중히 무엇인가를 꺼낸다.

내민 것은 편지 한 통.

"……뭡니까?"

적어도 세르주가 쓴 것은 아닐 것이다.

좌우간 상당히 낡았다. 원형을 보존하고 있는 것이 기적이다. 누레진 수준을 넘어 마른 나뭇잎처럼 바싹 상한 상태. 받기가 상당히 조심스러워질 수밖에 없었다.

봉투는 열려 있었다. 내부의 편지지── 이 역시 억지로 힘을 주면 손가락 모양으로 똑 떨어져 버릴 것 같다. 종이가 스치는 소리마저 신경 쓰면서 천천히 꺼낸다.

세르주가 말한다.

"단장에게는 잠자코 있었지만, 사실 그것도 내가 야계에서 찾은 거야. 그── 뮬을 닮은 아이의 사진이 담긴 로켓과 같은 장소에 숨겨져 있었어."

"네? 왜 잠자코 있었던 겁니까?"

"……걱정돼서."

그 말만 하고 세르주는 시선으로 재촉한다.

쿠퍼는 간신히 꺼낸 편지지로 시선을 떨어뜨려 봤다.

『사랑하는 쿠퍼 님에게──.』

깜짝 놀랐다. 쿠퍼의 표정 변화를 보고 세르주도 고개를 끄덕인다.

"연애편지 같지? 뮬이 자네에게 보내는."

게다가 몹시 길다. 편지지에 쿠퍼를 향한 연모가 죽 쓰여 있다. ……같은 의미의 말을 표현을 바꾸어 몇 번이나 반복하고 있다. 쿠퍼는 오묘한 표정을 지었다. 세르주는 연극배우같이 과장된 몸짓을 했다.

"나도 아주 혼란스러웠어. 오히려 무덤보다도 이것을 발견해서 황급히 돌아왔다고 말해도 돼. 그런데 로켓 하나면 몰라도 그런 것을 제출하면 백야 기병단이 자네들을 경계하게 될 테니까. 그래서 자네가 은밀히 진상을 밝혀줬으면 해서 말이지. ──뭐, 하나에서부터 열까지 전부 우연일 가능성도 있을지도 모르겠지만."

"진짜입니다."

세르주의 눈이 휘둥그레졌다. 쿠퍼도 말해 버리고 나서 퍼뜩 깨닫는다.

세르주는 살피는 듯한 눈매가 되었다.

"……알아보는 거야?"

"음, 아니요."

쿠퍼는 고개를 젓고 편지지를 내린다.

"감입니다."

"감이라."

타이밍이 좋은 건지 어떤 건지, 플랫폼에 기적 소리가 울려 퍼졌다.

세르주는 다시금 트렁크를 들어 올리고 열차 트랩에 발을 올린다.

희미하게 연기가 날리고 쿠퍼의 발밑을 기었다.

"만약 백야와의 일로 뭔가 납득이 가지 않는 것이 있으면——."

홈과 열차 차이, 살짝 떨어진 맞은편에서 세르주가 말한다.

"라 모르 공을 추궁해보면 좋을지도 몰라."

"알메디아 님을?"

"응. 작년 여름에 선조 레이시 라 모르와 다툼이 있었잖아? 레이시 라 모르의 연구서를 통해 알메디아 아주머님은 무언가를 알아낸 것 같아. 하지만 그것을 결코 우리에게는 밝히려고 하지 않았어. ……경계했기 때문일 테지."

열차가 천천히 움직이기 시작했다. 세르주는 트렁크를 놓고서 두 손가락을 홱 흔든다.

"자네에게 기대하고 있어. 또 만나세!"

쿠퍼도 같은 동작으로 회답한다. 세르주의 모습은 열차와 함께 순식간에 멀어졌다.

기적이 운다.

열차는 매끄럽게 플랫폼을 떠나고, 그 뒤에는 쿠퍼의 장신을 뒤덮을 정도로 커다란 하얀 연기만이 남았다. 작별 인사말처럼 먼 하늘에서 피리 소리가 들렸다.

다들 무언가를 숨기고 있다——.

지금까지 믿었던 것이 급속히 현실미를 잃어버리고 있다. 다시 혼자 남게 된 쿠퍼는 자신이 나이브해졌음을 자각했다. 어째서 인가? 상상하기 어렵지 않다. 평소라면 이 요일 이 시간은 학원에 있을 테니까.

메리다 아가씨……——.

이사장의 방침으로 앞으로 프리데스위데는 전원 기숙사제가 된다고 한다. 외부인인 쿠퍼는 말 한마디 못 하고 내쫓기고 말 았다. 블랑망제 학원장이 있을 때는 그런 취급은 받지 않는데 도…… 그 학원장이 학원을 떠났으니 별 수 없다만.

거리의 풍경이 어둡다.

날이 흐려서?

이전까지는 생각한 적도 없었다.

홀로 걷는 길이 이토록 추웠다니——.

역에서 빠른 걸음으로 길을 돌아가, 겨우 낯익은 저택의 대문이 보이기 시작했다.

이곳은 이제 쿠퍼에게 있어 집이나 마찬가지다. 비가 오기 전에 돌아와서 다행이다. 쥐색 하늘의 기분이 점점 나빠지고 있다. 새카만 악의에 물들여져 가는 것 같다.

앞뜰의 식물원을 빠져나가니 저택이 보였다.

은신처 같은 2층 건물.

아가씨와 한정된 하인, 여섯 명만 사는 것이 딱 좋다———.

실내에서 웃음소리가 들렸다.

쿠퍼도 안도의 한숨을 흘리면서 현관문을 열었다.

"다녀왔습니다."

『———와하하! 나 원, 우리 아들 녀석, 참 부러운 직장에서 일하고 자빠졌었구만!』

이거는……. 소리가 날 정도로 쿠퍼의 얼굴에서 핏기가 싹 가셨다.

응접실에서 불빛이 새고 있다.

손님이 있다.

쿠퍼가 잘 아는 남자의 목소리다. 뒷골목이 어울리는, 결코 이러한 장소에 있어선 안 될 남자. 메이드장 에이미의 응답이 들려왔다.

『어머, 아니에요. 저희가 쿠퍼 씨에게 도움받고 있는 걸요.』

『아아, 내 말이. 우리 집에도 쬐끄만 딸내미가, 뭐, 있기는 있지만 말이죠. 요게 또 어찌나 건방진지 면전에서 목소리도 들려주질 않는다니까요.』

『어머, 귀여워라. 분명 부끄러워서 그러는 걸 거예요.』

쿠퍼가 현관에서 우두커니 서 있자 복도 모퉁이에서 얼굴이 쏙 보였다.

메이드 동료인 니체다.

"쿠퍼 씨, 어서 오세요. 손님이 와 계세요."

"제게…… 말입니까?"

어둑어둑한 것이 지금은 다행이다. 폭포 같은 식은땀을 들키지 않고 끝난다.

다른 메이드들, 마일라나 그레이스의 얼굴도 살짝 보인다. 지금까지 쿠퍼가 완전히 비밀에 부쳐왔던 것도 있어서 그의 사생활에 흥미진진한 모습이다.

그러나 쑥스러워하고 있을 여유 따윈 없다.

현실을 인정하지 않을 수도 없어 쿠퍼는 응접실로 발길을 옮겼다.

실낱같은 희망을 저버리고 손님용 소파에 마흔을 넘은 남자가 앉아 있다.

쟁반을 손에 든 에이미가 바로 쿠퍼를 발견했다.

"쿠퍼 씨, 귀가가 늦어서 걱정하고 있었어요."

"이 망나니 자식! 어디를 싸돌아다니고 있었던 거냐?"

남자는——쿠퍼의 직속상사, 즉 비공식 조직 백야 기병단의 단장은 자연공원에서 헤어졌을 때 그 모습 그대로였다. 삶에 찌든 정장 차림. 군인이라고 해도 믿지 못할 것이다.

하물며 언제든지 뽑을 수 있는 위치에 권총을 숨기고 있는 것을 어찌 상상할 수 있으랴.

쿠퍼는 이 상황에서 어떻게 응답을 하면 좋을지 감도 잡을 수 없었다.

어떤 설정으로 이 자리에 있는 걸까?

긴 침묵이 부자연스러워지기 전에 상사가 씨익 웃는다.

"인마, 오랜만이라고 내 얼굴을 잊어버린 거냐? 네가 아카데미에 있었을 때 지도 교관을 맡아준 애거스티 본즈다! 교수라고, 교수."

"쿠퍼 씨는 학사 학위도 가지고 있었군요!"

에이미의 눈동자가 순수하게 반짝였다. 쿠퍼는 겨우 상황을 이해하긴 했지만, 상사가 미리 쓴 각본대로 이 자리를 원만하게 끝내는 것에 엄청난 혐오감을 느꼈다.

에이미의 등을 밀어 응접실에서 쫓아낸다.

"죄송합니다. 이 사람과 복잡한 이야기가 있어서 그런데 자리를 비워주시겠습니까."

"네, 네? 저기, 쿠퍼 씨…….."

"다른 메이드 여러분에게도 잠시 접근하지 말라고 일러주세요."

다짜고짜 복도로 밀어낸 단계에서 에이미는 불안한 듯이 쳐다보았다.

"……혹시 뭔가 쿠퍼 씨에게 상처를 주는 짓을 저질렀나요?"

지금의 쿠퍼에게는 얼버무려 넘길 말도 피오르지 않아 입술을 깨물 수밖에 없었다.

에이미는 조용히 인사하고 어두운 복도를 떠났다.

목소리가 들리지 않는 거리가 되고 나서, 쿠퍼는 발끈하여 뒤돌아본다.

"뭘 하는 거야, 당신……!"

"아이고, 무서워라."

애거스티 본즈라는 가명을 댄 남자는 소파에서 담배에 불을 붙이고 있다.

라이터를 품에 넣고 하얀 연기를 내뿜었다.

"나야말로 묻겠는데, 넌 어디를 싸돌아다니고 있었던 거냐? 배웅이냐?"

"그건……."

"그 대죄인의."

기요틴보다 무자비하게 그의 말은 쿠퍼의 양심을 잘랐다.

침울한 공기가 가득 찬다. 힐난당하는 것은 생각할 것도 없이 쿠퍼 쪽이었다.

"너 요즘 진짜 사람 좋더라."

"……그렇지 않아."

"혁명으로 말썽일 때부터 그렇게 생각했다. 네가 처음부터 냉철하게 상황을 판별하고 적을 보자마자 베어 죽였다면 그 혼란은 일어날 수 없었어. 아니야?"

이 말에는 쿠퍼도 희미한 짜증과 함께 고개를 저었다.

"그렇게 단순하지는 않았어. 정작 중요한 때 있지도 않았던 주제에……."

"그래? 그럼 이번엔 어떠냐. 나는 관계자 입막음을 명했는데, 너, 클로버 사장에게도 나쁜 감정은 없지? 만약 내가 '지금 당장 가서 놈의 숨통을 끊고 와라'라고 명령하면 그거 실행할 수 있겠어? 백야의 암살자로서──."

쿠퍼는 침묵을 지킬 수밖에 없었다.

해 보이겠다, 라고 대답하는 것은 간단하다.

하지만 지금 그렇게 말한들 아이의 항변으로밖에 들리지 않겠다는 기분이 들어서…….

"성 프리데스위데에는 블랙 마디아가 남아 있다."

상사는 쉴 틈을 주지 않고 거듭 치고 들어왔다.

"만약 네가 임무에 실패해서 레이볼트 재단을 막지 못한 경우 마디아가 《무능영애》에게 클래스 변이술을 시도할 거야."

"뭐, 뭐어?!"

"귀족체제가 유례없을 정도로 흔들리는 지금, 무능영애는 존재 자체로 《약점》이야. 페르구스 엔젤 순왕작에게 있어 최대의 약점이지. 적이 이 이상 공세를 높인다면, 우리는 작은 틈을 부숴야만 한다. 그렇게라도 해야 해."

어리석은 생각이다. 그것을 쿠퍼는 몸짓으로 보여주었다.

프란돌에게 있어 미증유의 위기. 워울프족의 위협은 사라진 것이 아니었나.

왜 이 마당에 와서 인간끼리 《적과 아군》으로 나뉘어야 한단 말인가…….

"뭐, 네가 똑바로 업무에 힘쓰면 그만인 이야기지만."

완급을 주는 것처럼 애거스티는 태평하게 말한다.

그러나 눈이 웃지 않았다.

"나도 《교수》로서 조하르 학회에는 관심이 있으니까 당분간 이 도시에 체류할 거다. 가끔 네 모습도 보러 올 거야. 일 잘하고 있나 어떤가를——."

쿠퍼는 기가 막혀 말도 안 나온다고 해야 할지, 반론할 기력조차 잃어버렸다.

레이볼트 재단은 아무래도 국정을 뒤흔들 정도로 강력한 히든 카드를 쥐고 있는 모양이다. 쿠퍼가 만약 《관계자 입막음》에 실패했을 경우, 대항책으로서 메리다에게 클래스 변이술이 이루어지고 그녀는 팔라딘 클래스로 다시 만들어진다. 위험한 수술이다. 메리다의 정신은 파괴되어 마음을 잃고, 최악의 경우에는 목숨을 잃는다…….

당연히 그녀와 친한 자들에게서 슬픔의 목소리가 나올 것이다.

백야는 그 슬픔조차도 봉쇄하겠다는 뜻이다. 《애거스티》가 일부러 저택에 얼굴을 내밀러 온 이유는 생각할 필요도 없다. 메리다에게 마수가 뻗칠 때는, 동시에 전속 메이드들 에이미, 마일라, 니체, 그레이스에게도 사신의 낫이 내리쳐지리라——.

이것은 족쇄다.

쿠퍼에게 물리는 족쇄. 애거스티의 진단대로 현재 쿠퍼는 어둠의 세계로부터 반보 나와 있다. 아직 되돌아가기는 쉽지만,

되돌아가고 싶지 않다는 감정도 부정할 수 없다. 그러한 빛을
향한 갈망을 가지고 노는 수단을 눈앞의 추악한 남자는 아주 잘
알고 있다.

사신이 비웃는다.

"잘해라."

쿠퍼가 만약 갈림길에서 발을 헛디딘다면——.

가족처럼 사랑하는 사람들이 죽는 것이다.

LESSON: II ～미(美)는 갑옷, 지혜는 방패～

친애하는 쿠퍼 선생님──.

신학기가 시작되고 일주일이 지났어요. 저택에 있는 다른 사람들은 별고 없나요?

저는 기숙사 생활에도 이제 익숙해졌어요. 하지만 수업은 따분함 그 자체라서…….

오늘 저는 이미 배운 마나 기관의 기본구조에 관해서 복습했어요. 1학년 때 선생님이 가정교사로 오신 날에 가르쳐주신 거예요.

외출은 일주일에 한 번, 이사장님의 인솔로 교회 미사에 데리고 가주신대요. 하지만 저희 사무라이 반만 '사람 수 조정'이라는 이유로 제외되고 말았어요.

무엇 때문이라고 생각하세요?

같은 반 하급생이 "성 프리데스위데는 감옥이다."라고 말했어요. 그런 식으로 여겨지는 것이 슬퍼서 견딜 수 없어요.

작년까지의 프리데스위데가 얼마나 멋진 곳이었나 보여주고 싶은데.

저도 그 나날이 그리워요.

다시 하루라도 빨리 선생님의 레슨을 받을 수 있는 날을 꿈꾸며.

　메리다로부터──.

† † †

　수백 개의 우체통이 죽 늘어선 광경은 압권이다. 메리다가 학원 우편실을 찾는 것은 어느새 일과가 되어 있었다. 오늘도 자신의 명찰이 끼워진 서랍을 실낱같은 희망을 품은 채 연다.

　덜그럭. 공허한 개폐음과 함께 텅 빈 속이 드러났다.

　한숨과 같이 서랍을 닫는다.

　하루하루 그리움만 쌓이는 형편이다.

　"슬슬 답장이 있어도 좋으련만……."

　쿠퍼라면 그날 바로 답장해줄 줄 알았다. 그런데 지금까지 메리다가 몇 통이나 편지를 보내는 동안 답장은 한 번도 오지 않았다. 혹시 집에 무슨 일이 있었던 걸까? 메리다는 휑한 우편실을 뒤로한다.

　그리고 또 다른 일과를 위해 학원 정문으로.

　성문은 굳게 닫혀 있고 유리 발키리 둘이 파수꾼 자격으로 서 있었다. 메리다는 허리를 펴고 소용없음을 알면서도 질문을 던져본다.

　"집에 돌아가고 싶어. 통과시켜주지 않을래?"

　인형들의 머리가 시원한 소리를 울리며 메리다를 향했다.

『——학교장의 허가를 제시해주십시오.』

"그런 건 필요 없어."

『그럼 통과시킬 수 없습니다.』

시원한 음색과 함께 정면으로 얼굴을 되돌린다.

그것을 끝으로 그녀들은 메리다에게 관심을 보이지 않았다. 모든 글래스 펫이 다 그렇지만 뇌까지 유리로 만들어진 것처럼 융통성이 없다. 메리다는 시비를 걸듯이 쏘아붙였다.

"수고해."

몸을 홱 돌린다.

교내에 학생의 모습은 뜸했다. 그도 당연한 것이 다른 반 학생과 이야기를 하기만 해도 순혈사상에 반한다는 얼토당토않은 이유로 감점을 당하기 때문이다. 감점이 쌓이면 반 전원의 책임이 되어 대우가 악화된다.

보다 낡은 기숙사 방으로 옮겨지거나 시사에서 열외당하거나 하는 식으로.

무엇이 이사장의 역린을 건드릴지 모르니 감점을 전부 피할 방법 같은 것은 없다.

그렇다면 최대한 눈에 띄지 않는 것이 상책이다. 교실에서는 말하지 않고, 불필요한 외출은 삼가고, 발키리 부대의 시야로부터 빠른 걸음으로 멀어진다——.

그 결과가 현재의 스산한 학원 광경이었다.

담소 소리도 들리지 않는다. 홍차의 향기도, 달콤한 과자 냄새도 나지 않는다.

대신 날카로운 강철 소리가 났다.

왠지 모르게 발길을 옮겨본다.

예상대로 연무장에서 한 학생이 수업을 받고 있었다. 조금 이상한 광경이다. 널찍한 모래밭에 학생은 단 한 명. 그 한 명을 상대로 다섯 명의 강사가 붙어 있다.

팔라딘의 장검이 두 번, 세 번, 준열하게 바람을 가른다.

유리 발키리가 말없이 수업을 감시하고 있었다.

메리다의 뒤에서 발소리가 다가온다. 동급생 한 명이 살그머니 옆에 나란히 섰다.

"왜 엘리제 님만."

메리다는 자신이 비난받는 듯한 기분이 들어 가슴이 답답해졌다.

물론 동급생에게 그런 뜻은 없을 것이다. 다만 못마땅하게 연무장을 노려보고 있다.

"알아? 저 애한테만 기숙사에 특별실이 준비되고 필요한 것은 뭐든 날라다 준대. 우리는 소꿉장난 같은 수업이나 강제로 받고 있는데……. 이번에는 학원 밖 특별강사를 초빙한다더라. 진짜, 기사 공작 가문이 대단하긴 하다, 그치?"

"하지만 엘리는 저항하고 있는 것 같아."

이런 때 반드시 메리다는 커버를 쳐준다.

연무장을 살짝 가리켰다.

"봐봐, 발키리가 수업을 감시하고 있어. 엘리가 착실히 수업을 받을 거라고 이사장님이 신뢰하시지 않는다는 뜻이야. 자유가 없는 건 우리랑 똑같아."

"아, 그래? 미안해."

푸념할 상대를 잘못 찾았다는 듯이 동급생은 물러났다.

"너희는 자매였지?"

메리다는 슬픈 듯이 미간을 찌푸렸다. 동급생도 상당히 울분이 쌓여 있는 것 같다.

그녀와는 반이 다르다. 이런 식으로 이야기하고 있기만 해도 수상히 여길지도 모른다. 작별 인사도 하는 둥 마는 둥 메리다와 동급생은 반대방향으로 발을 옮기며 연무장을 떠났다.

강철 소리에 미련을 남긴 채.

스스럼없이 이야기할 수 있는 것은 같은 사무라이 반 학생뿐이었다. 메리다는 서둘러 기숙사에 돌아간 다음 자기 반에 배정된 담화실로 들어갔다.

1학년부터 3학년까지의 사무라이 레이디들이 한창 이야기꽃을 피우는 중이었다.

메리다는 겨우 안도하며 가슴을 쓸어내리고 난로 앞 소파로 향했다.

거기는 상급생 특등석이다. 지금은 난로에 불은 지피지 않았다.

같은 학년, 같은 클래스인 수 지안이라는 학생이 먼저 온 손님처럼 앉아 있었다.

애용하는 칼을 단단히 쥐고 미동도 하지 않았던 그녀는 메리다가 옆에 앉는 것을 기다려 말한다.

"어느 반이고 상황은 똑같은 것 같아."

명랑하고 쾌활하다고 해야 하나, 서론 없이 말을 시작하는 게 그녀답다.

할 일이 없어 따분한 메리다는 쿠션을 안았다.

"우리 사무라이 반만 그런 게 아니었어?"

"응, 모든 반이 기본적인 강의의 반복에 실기는 일절 없어. ──그 이사장은 우리에게 마나를 쓰게 할 생각이 없는 것 같아. 그러면서 꽃꽂이나 악기 연주에 회화(繪畫), 그런 교양수업에만 예년 이상으로 힘이 들어가 있어."

수는 영양 같은 다리를 슥 들어 올린다.

굽이 높은 실크 구두가 신겨져 있었다.

"특히 이사장은 조하르 학회의 무도회에 집착하는 것 같아."

학계 저명인의 친교를 목적으로 열리는 매그놀리아 필 아카데미의 무도회……. 학교구의 모든 대학에 참가해달라는 요청이 들어와 있는데, 학생 가운데 특히 우수한 몇 명이 모교의 위신을 짊어지고 그 영예로운 파티에 임하는 것이 허용된다고 한다.

성 프리데스위데에서는 누가 나가게 될까?

……난로 안의 어둠이 꼼지락꼼지락 꿈틀거렸다.

메리다의 눈이 휘둥그레졌다.

"누, 누구야?!"

비명을 지르자 담화실이 아주 조용해졌다.

수는 퍼뜩 일어나서 애도의 칼자루에 손을 댄다.

난로 안에 누군가가 숨어 있었다. 성 프리데스위데의 붉은 장미 교복을 입고 있다. 본 기억이 있는 헤어스타일. "영차." 하고 난로 울타리를 뛰어넘고서야 얼굴을 들었다.

표정이 확 환해진다.

"메리다 언니!"

어처구니없게도 난로에서 나타난 것은 바로 하급생 티치카 스타치였다. 그녀와는 반이—— 클래스가 다르다. 메리다는 눈을 껌뻑거리면서도 그녀를 꽉 껴안아줬다.

"티치카?! 대, 대체 왜 그런 곳에서 나온 거야?!"

담화실이 시끄러워졌다. 들키기라도 한다면 크게 야단맞을 것이다.

이 티치카도 신학기가 시작될 때까지는 무슨 일이 있을 때마다 메리다에게 달라붙었다. 그 공백을 메우는 것처럼 사랑스러운 후배는 메리다에게 볼을 비빈다.

"에헤헤~ 티치카는 작년부터 기숙사생이어서 조사를 꽤 많이 해두었답니다. 사실 난로 안에는 숨겨진 문이 있어서 기숙사의 다른 곳이랑 이어져 있어요~."

"그, 그런 비밀이 있었구나……."

"다른 반에도 가르쳐주자는 이야기가 나와서, 각각 연락통이 가 있어요. 티치카는 메리다 언니에게 연락을 보내라는 지시를 받았고요~!"

난로에 불을 지피지 않았을 때만 몰래 왕래할 수 있는 셈이다.

확실히 어느 정도 학생들의 자유에 기여할 것이다.

그러나 메리다는 살며시 티치카의 어깨를 뗐다.

입술을 깨문 채 천천히 고개를 젓는다.

"──그럼 못써, 티치카. 경솔하게 이 길을 사용해선 안 돼."

"네에?"

수 지안도 못마땅한 얼굴로 수긍했다.

"동감이야. 다들 불만이 쌓여 있어. 처음엔 신중해지겠지만 여러 번 반복하는 동안 '해선 안 될 짓을 하고 있다'는 위기감이 사라져갈 거야. 만약 단 한 명의 실수로 이 비밀 통로의 존재가 발각되면 같은 반뿐만 아니라 전교생이 처벌받게 돼."

단호하게 고개를 좌우로 흔드는 수.

"아무도 쓰지 못하게 하는 게 최선이야."

"그럴 수가…………."

메리다는 후방을 돌아보았다.

30명 넘는 학생이 마른침을 삼키고 있다.

모두 난로에 뛰어들어 친한 사람을 만나러 가고 싶다고 말하려는 듯이──.

"너희도 들어줘."

하급생들뿐만 아니라 몇 안 되는 동급생의 시선도 모인다.

"지금, 성 프리데스위데에는 폭풍이 와 있어. 무서운 까마귀가 우리를 노리고도 있지. 이런 때는 함부로 날개를 펼치면 안 돼. 가만히 견뎌야 해! 걱정 마. 언젠가 틀림없이 폭풍이 물러가고 맑은 하늘이 보일 거야."

"하지만 언니……."

콩콩, 담화실 문을 노크하는 소리가 들렸다.

깜짝 놀라 모두 돌아보는 것과 동시에 대답도 기다리지 않고 문이 열린다.

들어온 것은 검은 까마귀 벨라헤이디어 이사장이었다.

회초리를 손에 들고 사무라이 레이디들을 힐끗 노려본다.

"이즈음 매일 사무라이 클래스 학생이 외출을 요청하며 정문을 방문하고 있는 것 같더군요."

메리다는 표정을 다잡고 앞으로 나왔다.

"제가 그랬습니다."

"호오? 다른 반 학생을 데리고 온 것도?"

수가 즉시 티치카를 감싸줬으나 까마귀의 눈은 속일 수 없었던 모양이다.

작은 눈동자가 빛난다.

"스타치 이사의 딸…… 아마 클레릭 클래스였죠? 가엾게도 상급생이 명령해서 거역하지 못한 거겠죠."

"아, 아니에요!! 저는 스스로──."

"됐어, 티치카."

메리다는 재빨리 그녀의 발언을 막았다.

최악의 상황이라도 난로에 있는 비밀 통로의 존재는 계속해서 숨겨야 한다…….

이사장은 납득했다는 듯이 살짝 고개를 끄덕였다.

"학원장실에서 이야기하죠."

기계처럼 몸을 돌린다. 메리다도 대꾸하지 않고 뒤를 따랐다.

"언니⋯⋯."

울먹이는 표정의 티치카에게 마지막으로 말을 걸어주고 싶었다. 하지만 메리다는 그 마음을 훈계한다. 자기 자신의 입으로 말했다. 지금은 견뎌야 할 때.

폭풍의 날을 견디고 또 견디면——.

반격의 기회는 반드시 올 것이다.

† † †

본심을 말하면 그 방에 발을 들이고 싶지 않았다.

블랑망제 학원장 이외의 누군가가 제집인 양 그곳에 눌러앉고 있는 광경을 보고 싶지 않았기 때문이다. 하지만 감상에만 사로잡혀 있을 순 없다. 벨라헤이디어 이사장은 열쇠를 사용해 학원장실 문을 열었다. 그녀의 뒤를 메리다도 따른다.

물론 이제 그곳에는 그 다정한 마녀의 모습은 없다——.

메리다는 홀로, 검고 악한 여왕과 대결해야만 했다.

"미스 엔젤. 입학식 날부터 느끼고 있었어요. 당신의 그 눈——."

책상 앞에서 벨라헤이디어는 메리다를 홱 돌아본다.

"내 교육 방식에 불만이 있는 것 같군요?"

메리다는 의연하게 허리를 폈다.

이 기회를 기다리고 있었다.

"이사장님에게 부탁이 있습니다. 연무장 사용을 허가해주시지 않겠습니까."

"뭐라고요?"

"학생들의 자율연습을 허락해주셨으면 합니다."

커리큘럼에 들어가 있지 않다면 우리끼리 마나 연습을 하면 된다.

스스로 공부가 하고 싶다는 의사를 꺾을 수는 없을 것이다.

그렇지만 이사장은 당치도 않다는 듯이 고개를 젓는다.

"그럴 필요는 없습니다. 여러분에게는 충분한 교육을 제공하고 있을 텐데요."

"그렇게 생각하고 계시는 건 이사장님뿐입니다."

벨라헤이디어의 눈썹이 꿈틀거렸다.

메리다는 쌓아두고 있었던 말을 더욱더 격하게 전달한다.

"저희는 어엿한, 싸울 줄 아는 레이디가 되기 위해서 이곳에 왔습니다. 강사 선생님들도 답답해하고 계시는 것을 알 수 있어요. 다른 이사회 분들은 입학식만 마치고 돌아가셨습니다. 현재 프리데스위데에서 당신 편을 들 사람은 한 명도 없어요."

철썩!! 회초리가 책상을 때렸다.

이사장은 안 그래도 엄격한 표정을 한층 더 분노로 일그러뜨렸다.

"건방진 소리를……. 좋아요, 가르쳐드리죠."

"네?"

"여러분이 기사로서 무기를 쥘 일은 결단코 없어요."

회초리 끝을 손가락으로 만지작거리며 벨라헤이디어는 말한다.

"마나를 봉인하고 다양한 교양을 갈고닦은 숙녀가 되세요. 그리고 좋은 아내, 좋은 어머니가 되기 위해 학원에서 배우고 사회로 나가는 겁니다. ——순혈사상의 초석으로.”

이사장이 말하고자 하는 바를 헤아린 메리다는 머리에 열이 확 올랐다.

“우리, 학생을…… 뭐라고 생각하는 거죠?! 우린 인형이 아니에요!”

“다 너 때문이야, 메리다 엔젤.”

벨라헤이디어가 몸을 쑥 내밀어왔다. 메리다는 당황한다.

메리다가 보고 있는 앞에서 짙은 화장이 울화통 터진다는 듯이 일그러졌다.

“너라는 존재가 평민계급을 기어오르게 한다고.”

“네……?”

“무능영애—— 기사 공작 가문이지만 열등한 피를 가진 저주받은 아이! 하지만 마나를 사용하지 않는 입장이 되면 문제없겠지? 성 프리데스위데 학생 전원이 《무능영애》가 되면 너라는 오점을 티 안 나게 화원 속에 섞어놓을 수 있어.”

메리다의 다리가 휘청거렸다. 의식하지 못하고 두 발, 세 발 움직이다 벽에 부딪힌다.

손가락이 새하얘져 있었다.

“그, 그러면 당신은 그 때문에 학원을 감옥으로 만든 거네요……? 누구보다도 저를 가두기 위해서…… 《무능영애》를 세상에서 지워버리기 위해서!”

몹시 춥다 싶었더니 학원장실 난로에도 불이 피워져 있지 않았다.

장작 대신 대량의 재가 쌓여 있다.

타고 남은 종잇조각이 시야에 들어왔다.

『메리다 아가씨에게———.』

가슴이 철렁한 메리다는 난로 옆에 웅크리고 앉았다.

몇십 통의 편지가 재가 되어 있었다. 메리다 앞으로 온 것만이 아니다. 하지만 거뭇해진 서면으로는 누가 어느 학생에게 보냈는지조차 판별할 수 없었다.

"쓸데없는 짓은 그만두세요. 교복만 더러워지니까."

메리다는 분노로 가득 차 등 뒤의 악마를 노려본다.

"……학생 누구에게도 편지가 안 오는 이유가 있었어! 당신이 빼돌리고 있었던 거네요?!"

"세상에, 남이 들으면 오해할 소릴. 일단 맡은 것뿐이에요. 제가 읽어선 안 된다고 판단한 상대에게서 온 편지는 전부 개봉하지 않고 찢어버리고 있어요."

이사장은 팔을 들고 '딱' 소리를 냈다.

"당신에게는 반성이 필요한 것 같군요."

유리 발키리 둘이 뛰어들어 왔다. 추억의 장소인 학원장실이라는 상황이 메리다의 족쇄가 되었다. 잠깐 망설인 틈에 발키리 둘은 순식간에 메리다의 양팔을 붙잡았다.

일주일이나 훈련을 못했기 때문이다! 이미 신경이 둔해졌다.

"이거 놔!"

유리 인형들은 대답도 하지 않았다.

이사장은 담백하게 명령한다.

"지하실에 처넣어두세요. 이틀 굶기면 얌전해지겠죠."

위팔을 단단히 눌린 채로 메리다는 이사장을 쏘아보았다.

"나는 무슨 일이 있어도 당신에게 사과하지 않을 거야."

립스틱을 바른 이사장의 입술이 비쭉 구부러진다.

"역시 평민의 딸이네."

"……!"

"페르구스 공에게 버림받은 것도 당연———."

직후, 섬광이 가로질렀다.

두 발키리의 머리가 펑! 산산조각 났다. 메리다의 눈이 휘둥그레졌다. 발키리들이 힘을 잃고 옆으로 쓰러져 메리다는 금방 자유를 되찾았다.

이사장의 입술이 파르르 떨린다.

"무슨 일이지?!"

열린 문 건너편에 작은 실루엣이 서 있었다.

메리다보다도 연하지만 강사용 제복을 단정히 차려입은 라클라 마디아 선생이다.

"학원 지하는 감옥이 아니야."

앞으로 내밀고 있었던 팔을 쓱 내린다. 메리다의 눈에는 보였다. 틀림없이 저 손가락으로 픽 두 개를 예리하게 날린 것이다. 낭비가 일절 없는 정밀한 사격이다.

최소한으로 필요했던 마나가 라클라의 눈앞을 휘리릭 돌다 사라졌다.

"학생을 체벌하는 것을 못 본 체할 수는 없지."

"일개 강사가 어디서……!! 교육영장을 잊어버렸나요?!"

"공교롭게도——."

라클라 선생의 눈동자에는 나이에 맞지 않는 역전의 관록이 감돌고 있었다.

"나는 학교장의 의뢰가 아니라 다른 루트를 통해 배속되어 있다. 내 인사를 당신이 이래라저래라 할 수는 없어."

"……!"

상황이 불리함을 헤아린 벨라헤이디어는 입을 다물었다.

하다못해 허세라도 부리려는 것인지 입술을 일그러뜨리고 내뱉는다.

"네, 그렇겠죠. 지금은."

"…………."

이 이상 있어도 헛되겠다고 생각한 메리다는 학원장실을 떠나기로 했다. 머리 없는 발키리들을 내버려 두고 라클라 선생의 옆으로 달려간다.

쿠웅. 문을 닫고 나서야 겨우 이사장의 시선이 셧아웃 됐다.

"고맙습니다, 라클라 선생님."

라클라 선생은 바로는 대답하지 않고 몸을 돌린다. 학원장실이 있는 높은 탑을 내려가 연락통로에 도착하고서야 메리다를 돌아봐 주었다.

"나는 메시지를 가져왔을 뿐이야."

"메시지?"

"학생회실로 오란다. 상대는 가면 알 거야."

메리다는 아무 의심도 없이 씽긋 웃었다.

"네, 알겠습니다."

그러자 라클라 선생은 뭔가 숨을 삼킨 것처럼 보였다.

하지만 이내 얼굴을 돌린다. 장난을 숨기는 아이처럼.

말해야만 하는 것을 나중으로 미루는 것처럼──.

"……빨리 가."

왠지 비뚤어진 목소리로 그렇게 중얼거렸다.

† † †

학생회실에는 반가운 얼굴들이 모여 있었다.

"어서 와, 메리다!"

학생회장인 유피 슈트레제가 맨 먼저 환영해준다. 남지 못지 않은 노마도, 단발머리가 사랑스러운 소니아도 1학년 때부터 여러 차례 함께 유닛을 이뤘던 친구들이다. 유년학교 학생처럼 몸집이 작은 미도가 메리다의 가슴에 뛰어들어 왔다.

"메릴린!"

메리다도 오랜만에 만면의 미소와 함께 껴안아준다.

"메리메리! 린다! 보고 싶었어!"

"둘 중 하나만 해줄래?"

쓴웃음과 함께 허그를 푼다. 왜 자신이 이 자리에 불렸는지 메리다는 금방 알 수 있었다. 소파에 다섯 번째 사람이, 마지막 한 명이 앉아 있는 것이 보였기 때문이다.

일어남과 동시에 은발이 들썩인다.

"리타……!"

학수고대한 것처럼, 엘리제는 메리다를 힘껏 부둥켜안았다. 쌍둥이인 양 두 사람의 신장은 똑같다. 퍼즐같이 찰싹 붙어 볼을 비빈다.

자매의 우정은 보는 사람이 부끄러워질 정도로 뜨거웠다.

잠시 기다리고 나서 유피는 다시 말을 걸어주었다.

"있잖아, 너희도 학생회에 들어오지 않을래?"

"응?"

"지금 멤버를 모집하고 있는 참이거든."

그녀가 시선을 보내자 소니아도, 노마도, 미도도 당연하다는 얼굴로 끄덕인다.

그로 인해 메리다는 깨달았다.

"아하! 학생회라면 분반이랑 상관없는 거구나?"

"맞아. 그리고 멤버 지명권은 학생회장에게 있어―― 미스 벨라헤이디어도 참견할 수 없을 거야. 여기를 저항세력의 거점으로 삼는 거지!"

미도는 질세라 손을 들었다.

"난 서기니까 그런 줄 알아――!"

노마는 그럴싸하게 팔짱을 낀다.

"나는 서무. 그다지 일을 하지 않는, 서무야."

소니아는 조심스레 손가락을 만지작거린다.

"그러면 나는 회계를 봐야 하나⋯⋯. 메리다나 엘리제가 부회장을 해줄 수 있을까?"

메리다는 밝은 표정으로 곧장 엘리제에게 돌아선다.

"누가 할래? 엘리."

엘리제는 복잡한 표정으로 고개를 숙이고 있었다. 불안을 씻을 수 없는 것이리라. 무리도 아니다. 벨라헤이디어 이사장이 얌전히 수수방관할 거라곤 생각되지 않는다.

하지만 메리다는 그녀의 횡포에 맞서기로 했다.

"걱정 마, 엘리."

자매의 어깨를 잡는 손에 감정을 꾹 담는다.

"지금은 쿠퍼 선생님도, 로제티 님도 없지만 우리가 협력하면 어떻게든 될 거야. 반드시 승산이 있을 거라구. 응?"

자신을 향해서도 몇 번씩이나 타이른다.

잠시 말이 막혔던 모습의 엘리제는 겨우 얼굴을 들었다.

그리고 고개를 좌우로 흔든다.

부정이다――.

"미안해, 다들. 나는 학생회에 안 들어가."

"응⋯⋯?"

메리다의 손에서 힘이 빠졌다. 그 손을 엘리제는 자기 어깨에서 조용히 치운다.

두 사람의 중간에서 꾹, 깍지를 꼈다.

"엘리⋯⋯?"

그때의 사촌 자매의 얼굴을 메리다는 여러 번 본 기억이 있다.

특히 그녀가 '무능영애' 소리를 들으며 소원했을 무렵에. 당시, 사람과 어울리는 데 겁이 많은 엘리제는 누구에게도 속내를 터놓지 못해 자주 이런 표정을 지었었다.

보는 이의 가슴이 더욱 세게 조이는 것 같은——.

금방이라도 울음이 터질 것을 참고 있는 것 같은 얼굴로.

그녀는 말한다.

"리타. 우리는 함께 있지 않는 편이 좋을 것 같아."

발 키 리

종족 : 글래스 펫

HP	250		방어력	75	민첩력	300
공격력	300					

특 성

유리의 기억 / 시야 공유 / 청각 공유 / 지식 공유

개 요

글래스몬드 팰리스 안에서도 '왕의 친위대'라고 불리는, 우수한 스테이터스의 글래스 펫. 개개의 높은 능력으로
압도하는 것이 문지기 발퀴레라면, 발키리 부대의 특색은 그 연계능력에서 뚜렷이 나타난다고 할 수 있다.
그녀들의 존재를 비롯하여 궁전의 '옥좌의 방'도 그렇고, 글래스몬드 팰리스에는 그것을 다스리고 있었던 《주인》
의 흔적이 다수 남겨져 있으나, 그가 과연 누구였는지는 오늘날에 이르러서도 수수께끼에 싸여 있다.

LESSON: Ⅲ ～기계로 된 네 이파리～

쿠퍼가 백야의 《애거스티 교수》에게서 명받은 임무에 착수하고 보름──.

초조함은 날로 심해지고 있다. 메리다로부터, 자신이 보낸 편지에 대해 아무런 대답이 없는 것도 마음에 걸린다. 클로버 사장의 신변조사도 이렇다 할 수확은 없다. 그렇다, 전혀, 무엇 하나 진전이 없는 것이다. 시간이 멈춰버린 것처럼……

오늘도 다를 바 없이, 쿠퍼는 학교구의 대학에 가서 무위한 시간을 보내고 있었다.

클로버 사장의 논문에 얽힌 진상을 찾아──.

조하르 학회의 요지집에는 예상대로 민감하지 않은 개요밖에 적혀 있지 않았다. 하지만 전혀 단서가 없는 건 아니다. 논문을 작성하면서 과거의 문헌이든 연구서든 참조했을 것이다. 그것을 캐내면 된다. 그가 어떤 자료를 의지하고 있었는지를 통해 역산하면 저절로 연구내용도 보이기 시작할 터──.

조사를 시작한 첫날은 그렇게 생각했었지만.

어떻게 된 영문인지, 클로버 사장이 도서관을 이용한 흔적은 전혀 남아 있지 않았다. 학교구에 존재하는 모든 아카데미를 닥치는 대로 방문했지만 헛발질로 끝났다. 그는 자기 연구실만으로 논문을 완결시켰다는 말인 걸까……?

그렇다면 교열을 받았을 수는 있으니까 그것을 알아보자.

잘못된 문장이나 미비한 점을 문서 전문가가 체크하였을 것이다. 영예로운 조하르 학회라면 더더욱 발표 내용에는 세심한 주의를 기울였을 터…….

이 역시 기대가 어긋났다! 클로버 사장은 어느 교정자에게도 의뢰하지 않은 것이다. 어지간히도 자기 논문에 자신이 있는 모양이다.

그렇게 하루, 또 하루 진척이 없는 나날이 지나고——.

마침내 조하르 신비 학술회 개최가 내일로 다가왔다.

쿠퍼에게 있어서는 임무의 제한시간이기도 하다.

그 최종일, 쿠퍼는 결심하고 어느 대학의 강의에 몰래 들어가 있었다. 교편을 잡고 있는 사람은 고고학의 권위자 디젤 교수. 누구인고 하면, 잔 크롬 클로버가 아카데미에 재적하고 있었던 시절 그의 지도교수였다는 인물이다.

그라면 제자로부터 논문 내용에 관해 상담 중일지도 모른다.

조하르 학회에 앞서 클로버의 발표 내용을 파악하고 있을지도…….

다만 이건 상당히 위험한 작업이다. 디젤 교수의 속을 직접 떠본다는 것은, 클로버 사장에게도 스파이의 존재가 알려질 가능성이 있는 것이니까. 하지만 이제 시간이 없다. 오늘 중으로 어떤 단서를 손에 넣지 못하면 백야 기병단이 《관계자 입막음》을 위해서 어떤 비정한 수단에 나설지 모를 일이다.

쿠퍼는 지금, 옆에서 보면 난제에 시달리는 학생으로밖에 보이지 않을 것이다.

안경 속에서 눈동자가 힐끗 빛난다.

──디젤 교수에게 접촉해야 하나?

새하얀 리포트 위에서 주먹을 꽉 쥔다.

──아직 성급한 생각인가?

이따금 근처 책상의 여자 그룹으로부터 뜨거운 시선이 날아오지만, 지금은 그럴 때가 아니다. 주위의 학생들이 열심히 깃털 펜을 움직이는 가운데 쿠퍼는 그저 식은땀을 흘리면서 교단을 계속 노려보았다.

강의 내용은 쇠귀에 경 읽기다.

"내가 과거 네 차례 탐험으로 확신한 사실은, 예전의 프란돌이 모종의 연구시설이었다는 거다. 무슨 연구를 했을까? 무슨 목적으로 이토록 거대한 설비가 필요했단 말인가? 그에 대해서는 지저도시 샹가르타를 비롯해 대륙 각지에 남아 있는 유적이 실마리를 제공해주고 있지. 내 생각을 뒷받침하는 제7차 글라세라 실험의 아주 흥미로운 결과에 대해서── 음, 시간이 벌써 이렇게."

말하는 도중에 종이 울린다.

강당의 공기가 단숨에 이완됐다. 교수는 자료를 정리하면서 당부한다.

"나는 또 다음 주부터 탐구여행에 나간다. 리포트는 내일까지 제출하도록. ──그럼 강의는 여기까지! 후훗, 고대의 수수께끼가 내 피를 끓어오르게 하는구나."

디젤 교수는 만족스러운 듯이 강당을 떠나려고 한다. 쿠퍼도 자리에서 일어났다.

──가야 하나?!

장렬히 산화할 각오로 그에게 직접 접근하겠다고 결의했을 때였다.

한발 앞서 다른 학생이 옆을 달려나갔다.

화려하게 차려입은 여학생이다.

"저기~ 교수님! 잠깐 괜찮으세요~?"

말투에서부터 전문분야를 배우러 왔다고는 생각되지 않는 경박함이 배어 나왔다.

디젤 교수도 의아하다는 듯이 멈추어 선다.

"……강의에 대한 질문인가?"

"어─ 아뇨─ 그게 아니고 묻고 싶은 게 있어서 그런데요."

그녀는 자신의 관자놀이에 손가락을 찌르고 돌리며 말했다.

어딘가에서 본 기억이 있는 붉은 머리다…….

"으음, 일단 뭐였더라……. 아, 그래, 그래! 교수님의 논문을 읽었어요~. 그 미스터였나, 하레였나, 아메였나 하는──."

"미스트 할리의 황금도시설, 말인가?"

"네, 그거요!"

쿠퍼는 남몰래 눈가를 가리고 하늘을 쳐다보았다. 가슴속으로 디젤 교수에게 참회한다.

붉은 머리의 엉터리 학생은 전혀 기세를 줄이지 않았다.

"그래서, 전문가이신 교수님에게 묻고 싶은데요. 만약 아시는 게 있다면 가르쳐주지 않을래요? 내일 조하르 학회에서 발표될 예정인━."

"그럼 나도 질문하겠네."

관록 있는 목소리로 디젤 교수는 상대의 대사를 잘랐다.

붉은 머리 학생은 눈을 껌벅였다.

"……네?"

"미스트 할리를 조사할 때 나는 보트를 타고 3번가 부지로 건너갔는데, 나중에 그것이 실수였음을 깨달았다. 지반 침하가 수질에 영향을 주고 있을 가능성을 고려하지 않았기 때문이지. 그래서 어쩔 수 없이 터피 콘피를 대신 사용했는데, 그것도 지금 와서 생각하면 최선은 아니었던 것 같아. ━이 모순에 쫓기고 있어서 말이지. 어떡해야 보다 나의 이론을 보강할 수 있을 것 같나? 자네 나름의 생각을 들려주지 않겠나."

"……………………………으음."

식은땀이 줄줄 흐르는 것이 눈에 보였다.

일단 대답을 기다려준 것만으로도 배려했다고 할 수 있으리라. 교수는 태연하게 인사를 한다.

"그럼 이만 실례하겠네."

제지할 틈도 없이 강당을 나가버린다. 붉은 머리 학생은 뒤늦게 퍼뜩 정신을 차렸다. 황급히 문으로 뒤따라갔지만, 뭐라고 말을 걸어야 할지 생각나지 않는 모습으로 우물거린다.

종국에는 울먹이며 끈질기게 매달렸다.

"저, 저기! 클로버 사장의 논문이라는 게 뭐예요~??"

"바봅니까."

파앙. 쿠퍼는 뒤에서 그녀의 머리를 때렸다.

"아야?!" 하고 뒤돌아본 그녀는 안경 너머로 쿠퍼를 보고 눈을 부릅뜬다.

"이크, 쿠잖아! 여기서 뭐 하는 거야?!"

"당신을 혼내러 왔습니다."

큰소리치면서 그녀의 목덜미를 붙잡고 부랴부랴 그 자리를 떠나는 쿠퍼.

다행히도 교수나 주위 학생에게 필요 이상으로 의심받지 않고 끝나긴 했지만…….

진짜로 어설픈 조사가 무엇인지 직접 보여준 로제티 덕분에 당초의 계획은 좌절되었다.

† † †

"그래, 쿠 쪽도 수확은 없구나."

"그쪽이야말로, 친위대이기에 가능한 정보망에 기대하고 있었습니다만…….."

대학 카페. 학생으로 분장한 쿠퍼와 로제티는 이마를 맞대고 있었다.

테이블 위에서 한숨이 섞인다.

"클로버 사장의 논문의 단서, 이 정도로 아무것도 안 나올 줄은 몰랐어."

로제티 역시 같은 시기에 프리데스위데에서 쫓겨났다.

페르구스 엔젤이 순왕작의 자리에 앉고 슈나이젠이라는 자가 새로이 단장에 취임하고서 기병단에도 대폭적인 재편이 이루어졌다. 그 영향은 성도 친위대에도 파급된 듯, 로제티는 실태를 확인하기 위해서 잠시 성왕구로 돌아와 있었다.

거기서 새로운 임무를 지시받았다고 한다.

잔 크롬 클로버에게 시민을 선동한 혐의가 있음——.

놈의 비장의 카드인 조하르 학회의 논문을 조속히 입수하라, 라는 임무를.

쿠퍼는 유리잔에 입을 대고 대학의 명물이라는 진저에일을 마셨다. 탄산은 별로 좋아하지 않지만……. 공격적인 거품이 목구멍을 태운다.

물론 성도 친위대에는 '최악의 경우에는 말살하라'라는 살벌한 의도가 있지는 않을 것이다……. 그렇게 생각하고 싶다. 그러나 《애거스티 교수》는 성도 친위대의 움직임을 파악하고 있지 않았던 것 같다. 그렇지 않으면 임무 내용이 이렇게 충돌하지는 않았을 것이다.

좋지 않은 예감이 든다.

이런 기밀 조사는 백야의 영역이다. 그런데도 성도 친위대는 절차를 고려하지도 않고 대원을 보내왔다. 기병단은 재편이 진행되고 있다지만, 그 정도를 넘어서서 각 부대가 분단되고 있다……. 이미 연계가 거의 작동하지 않는 게 아닐까?

　일개 에이전트인 자신이 마음을 졸여도 어쩔 수 없는 일이긴 하다만.

　"어떡할까."

　로제티는 다리를 흔들흔들 떨면서 진저에일을 홀짝홀짝 목구멍에 넘긴다.

　"나는 솔직히 이제 기브 업이야. 방법이 없어!"

　"그렇지도 않습니다."

　쿠퍼는 유리잔 테두리를 손가락으로 어루만졌다.

　로제티의 눈동자가 기대에 반짝였다.

　"어? 진짜?! 역시 쿠야!"

　"저도 혼자였다면 어쩔 도리도 없었겠지만, 당신이 와주어서 살았습니다. 이렇게 된 이상 진짜에 진짜로 최후의 수단입니다."

　"어? 뭐야. 뭔가 조금 안 좋은 예감이 드는데……."

　쿠퍼는 싱긋 미소 짓고서 품에 손을 넣는다.

　《비장의 카드》를 꺼냈다.

　"논문 내용을 확실히 알고 계시는 분이 딱 한 명 있잖습니까."

　그러고 나서 그가 테이블 위에 미끄러뜨린 것은——.

　"이쪽을 보십시오, 클로버 사장님."

　쿠퍼의 손가락이 가리킨 것에 실내 전원의 시선이 집중됐다.

　전원이라 해도 사람 숫자가 그렇게 많은 건 아니다. 오랜만에 군복을 입은 쿠퍼와 낯익은 사복 차림의 로제티. 마주 보고 있는 사람은, 피에로 모습의 클로버 사장과 그의 비서라고 하는 묘령의 여성뿐이다.

자연공원 안에 설치된 내빈용 천막 속.

간이 테이블 위에 미끄러진 것은 한 장의 사진이었다.

묘비가 찍혀 있는──.

"잔 크롬…… 호호오."

클로버 사장이 익살을 떨며 어깨를 으쓱하자 의수가 덜그럭 소리를 냈다.

"저, 죽어버렸어요!"

"우후후, 사장님도 참……."

비서가 키득거리며 희미하게 웃는다. 실례지만 표정에 생기가 없어 망령 같은 느낌이다.

그들의 태도는 무엇을 의미할까. 쿠퍼는 몰래 한쪽 눈을 가늘게 뜬다.

대학을 뒤로한 쿠퍼 일행은 놀랍게도 군인의 신분으로 레이볼트 재단의 천막으로 찾아갔다. 문전박대당할 가능성도 크다. 하지만 성도 친위대의 일원이자 평민 출신으로서 기대를 모으는 로제티를 동반하면 이야기는 달라진다.

계획대로 클로버 사장과 1대1── 정확히는 2대2 면회가 이루어졌다.

그러고 나서 만반의 준비를 하고 내놓은 카드가 바로 세르주가 야계에서 발견했다는 클로버의 묘비를 찍은 사진이다. 물론 그 출처를 소상히 밝힐 필요는 없다.

쿠퍼는 테이블로 몸을 내밀었다.

"이건 《협박》이라고, 저는 생각합니다."

"호호오. 협박?"

"당신의 약진을 달갑게 생각하지 않는 자가 있습니다. 타이밍적으로 조하르 학회에서 당신이 발표하려고 하는 것을 견제하고 있는 거겠죠. '발표를 취소하지 않으면 이 사진이 진실이 될 거다' —— 범인은 그렇게 말하고 싶은 겁니다."

방편이다. 쿠퍼는 면회 의사를 전할 때 이렇게 설명했었다.

'기묘한 사진이 신문사에 송부되어서 조사 중이다' ——라고.

아무 설명도 없으면 단순한 합성사진으로밖에 생각하지 않을 테니까……

클로버 사장도——표면상으로는——쿠퍼의 말을 곧이곧대로 받아들이는 눈치다.

"어휴. 요즘엔 이런 악질 장난이 늘어서 정말 난감해요~. 요전에도 선물로 받은 와인에 독이 든 걸로 판명된 적도 있고 하여튼!"

"저희가 호위를 하겠습니다. 조하르 학회를 무사히 마칠 때까지……"

쿠퍼의 제안에 클로버 사장은 빙그레 미소를 지었다.

쿠퍼의 계획은 물론 신용을 얻어서 그의 논문을 손에 넣는 것이다. 매우 직접적이며 리스크가 큰 방법. 하지만 계속해서 스스로에게 주의를 주고 있는 대로, 더는 시간이 없다.

저택의 에이미를 비롯한 메이드들과 메리다의 미래가 걸려 있다……!

"현역 최고봉의 기사인 당신들에게 호위를 받게 될 줄이야, 영광스럽기 짝이 없군요!"

클로버는 화장을 화려하게 하고 있다. 좀처럼 민얼굴을 간파할 수가 없다.

기계로 된 손가락을 '틱 틱 틱' 흔든다.

"그런데 잊었나요? 저는 새로이, 마나 능력에 의지하지 않는 흑천 기병단을 설립할 생각입니다. 그런 자가 귀족인 당신들을 의지하면 모양새가 좋지 않지요."

"위험합니다! 범인이 어떤 수를 써올지도 알 수 없는데. 하다 못해──."

쿠퍼는 머뭇거리다 몰래 주먹을 꽉 쥐다.

의욕이 과했나 생각하면서도 이어지는 말을 했다.

"……당신이 조하르 학회에서 무엇을 발표할 생각인지를 가르쳐주신다면 범인의 정체도, 방식도 조사할 방법이 있습니다만."

클로버 사장은 테이블에서 컵을 들어 올렸다.

새빨간 입가에 가져간다.

홍차를 한 모금 머금고 접시에 되돌린다. 도자기 소리가 몹시 크게 들렸다.

"그렇게까지 걱정해주신다면──."

따끔하기까지 한 침묵을 깨며 말했다.

"힘을 시험해 봐도 되겠습니까?"

"저희 힘을요?"

"오브 코스. 조금 전에도 말한 대로 저는 지금 과학기술에서 유래한 사설 병단을 결성 중입니다. 그들보다 당신들의 힘이 낮다는 것을 보여주기 바랍니다. 만약 제가 자랑하는 병사들이 진다면── 역부족을 인정하고 순순히 당신들에게 호위를 받기로 하죠. 훌쩍훌쩍……."

부자연스럽게 우는 흉내를 내자 망령 같은 비서가 비통하게 달랜다.

쿠퍼와 로제티는 얼굴을 마주 보았다.

필시 이것이 그의 논문을 손에 넣을 마지막 찬스. 클로버의 본심은 보이지 않지만, 그래도 이만하면 자신들에게 선택지를 주려고 하는 것이다.

거부할 까닭이 없다.

쿠퍼는 앞으로 돌아서서 노려보듯이 대답했다.

"바라는 바입니다."

그리고 클로버 사장이 안내해준 곳은 또 다른 천막이었다.

대규모 스테이지가 있는데, 기계병기의 시운전에 사용되는 곳이라고 한다. 왠지 모르게 뭔가 타는 냄새가 난다. 암막에 싸인 스테이지 측면에 쿠퍼 일행은 대기하게 되었다. 상대방의 준비가 갖춰지는 대로 《실력 테스트》가 행해질 예정이다.

천막 안과 밖에는 부자연스럽기까지 한 온도 차 그리고 정숙함과 떠들썩한 소리의 간극이 있었다.

밖에서는 오늘도 누군가의 강연회가 열리고 있는 건가…….

쿠퍼는 허리의 칼을 확인하면서 옆에다 속삭인다.

"말려들게 해서 미안합니다, 로제."

"괜찮다니까. 나도 빈손으론 돌아갈 수 없고 말이야."

그녀 역시 애용하는 차크람 두 개를 홀더에 매달고 있었다.

"그건 그렇고, 그런 사진은 어느 틈에 만든 거야?"

"그에 관해서는 나중에……. 마음의 준비는 충분합니까?"

"당연하지. 우리의 힘, 보여주자고."

대충 그러고 있는데, 저쪽도 드디어 준비가 끝난 모양이다. 엔지니어로부터 신호가 나왔다.

콩. 둘이서 주먹을 서로 부딪치고, 무대 앞으로 나온다.

암막을 치우고 동시에 스테이지로 발을 들여놓으니──.

커다란 환호성.

갑작스러운 열광과 눈부시기만 한 조명이 사방에서 쏟아졌다. 당황스럽다.

확성기에서 목소리가 울려 퍼졌다.

『레레레, 레이디────스! 에엔──── 젠틀메────엔!! 아주 오래 기다리셨습니다! 이제부터 《기(機)병단》대《기(騎)병단》! 시범 경기를 개최하겠습니다아~~~~~~!!』

더욱더 커다란 환호성이 덧칠됐다. 로제티는 망연자실하여 서 있었다.

쿠퍼는 이마에 손바닥을 가져갔다.

"당했다……. 저 피에로 자식."

마이크를 쥐고 있는 것은 생각할 필요도 없이 클로버 사장이다. 관객석을 가득 채우고 있는 것은 학교구의 시민들이리라. ──관광객도 섞여 있을지도 모른다.

요컨대 진지하고 본격적인 실력 테스트라고 생각하고 있었던 것은 자신들만이었다.

클로버는 이 겨루기를 구경거리로 만든 것이다. 그가 자랑하는 기병단이라는 것이 현역 기사에게 얼마나 통용될지 지지자들 앞에서 실연하려는 것이다. 잘돼서 기사들이 쓰러지기라도 한다면 더욱 열광하게 되리라 기대하고 있음이 분명하다.

준비에 시간이 몹시 걸린다 싶었더니──.

사탕발림에 감쪽같이 넘어간 셈이다.

"어어어, 어떡하지, 쿠! 뭔가 일이 커졌어!"

"진정하세요, 로제."

갑자기 쏟아지는 스포트라이트에 로제티는 가벼운 패닉에 빠져 있었다.

대조적으로 쿠퍼의 정신은 매우 냉정하고, 표면은 이글이글 뜨겁게 끓기 시작했다.

──스테이지 반대쪽에서 기계장갑을 걸친 자들이 입장한다.

저것이 흑천 기병단이라는 조직의 전사……. 아니, 《기사(機士)》라고 해야 하나. 외관을 중시해서 그린지, 우람하고 당당한 체격의 남자도 있거니와 수영복 차림이나 다름없이 노출한 미녀도 섞여 있다.

마이크를 쥔 클로버 사장이 스텝을 밟는 듯한 발걸음으로 다가왔다.

"오호호, 와주신 것이 젊은 당신들이라 정말 다행입니다. 더구나 미남미녀 커플이라 이 이상 없을 좋은 분위기에서——아, 사진을 한 장."

"미리 묻고 싶습니다만."

코앞에서 터지는 플래시를 개의치 않고 쿠퍼는 입을 연다.

스테이지 반대쪽을 시선으로 가리켰다.

"저들은 레이볼트 재단의 사원으로 판단되는데 마나 능력자인 우리가 정말로 힘을 보여줘도 괜찮겠습니까?"

클로버는 사진기를 내리고 만면에 피에로 스마일을 과시했다.

"——네, 물론이죠. 최악의 경우 저 사람들이 목숨을 잃는다해도 재단은 맹세코 당신들에게 죄를 묻지 않겠습니다."

"좋습니다."

그걸로 충분하다는 듯이 쿠퍼가 걸어 나온다. 로제티도 황급히 뒤를 따랐다.

이에 호응하듯 기사들도 스테이지 중앙으로 다가온다.

클로버 사장은 스테이지 측면으로 물러가, 마이크를 입가에 대고 새끼손가락을 세웠다.

『자~~~~~~ 드디어 자웅을 겨룰 때가 왔다! 기병단과 기

병단, 과연 새 시대를 짊어지는 것은 어느 쪽인가?! 양자, 레디
~~~~~~~…….』

　잔뜩 뜸을 들이더니, 장난스럽게 윙크.

『파이트.』

　기사들의 발 주변에서 증기가 맹렬히 솟구쳤다.

　도움닫기도 없이 단숨에 최고속에 도달하여 눈앞에 육박한
다. 쿠퍼와 로제티는 좌우로 점프했다. 그 중간을 바닥을 태우
며 잔상이 남고 뒤늦게 증기가 달려나간다.

　적은 네 명. 나머지 두 명이 이 단계에서 움직이기 시작했다.
바닥을 차면서 한쪽 손에 기계검(블레이드)을 꼬나든다. 그 도
신이── 잘못 본 게 아니라면 붕 하고 공간을 휘게 한 것처럼
보였다.

　"로제! 저 검에 닿지 마!"

　순간적으로 날린 경고는 정답이었을 것이다. 재차 폭발적인
증기가 뿜어져 나왔다. 블레이드를 치켜든 두 명이 초고속으로
다가오고 예비동작을 계산할 수 없었던 쿠퍼는 약간 빨리 몸을
돌려 공격을 피한다.

　참격이 눈에 보이는 충격파를 동반하여 바닥을 가른다.

　원호를 그리면서 천장으로 휘둘러진다. 매끄럽게 베인 자리
──아니지, 《도려낸 자리》라고 해야 한다. 바닥에 새겨진 참
선은 척 보기에도 도신보다 몇 배나 길고 두껍다.

　지근거리에서 적과 엇갈리고 쿠퍼는 능숙한 발놀림으로 자세
를 고친다.

로제티와 등을 맞댄다. 네 명의 기사는 놀이라도 하듯이 사방을 돌았다.

　객석은 열광의 도가니다.

　로제티는 빈틈없이 적을 관찰하고 있다.

　"저 녀석들의 무기, 대체 뭐야?"

　"발에 신고 있는 건, 비슷한 것을 본 적이 있다."

　기사들은 걷고 있는 것도 아니고 달리고 있는 것도 아니다. 지면을 《미끄러져》이동하는 것처럼 보였다. 얼음 위에서 스케이트화를 신고 나아가는 듯한 거동이다.

　쿠퍼는 무의식적으로 예전 말투로 돌아가 있음을 깨닫고 마음을 다잡았다.

　"——《공중부양(호버크래프트)》입니다. 끊임없이 공기를 계속 내뿜어서 지면에 닿을락 말락 떠 있는 거예요. 덧붙여 추진력을 만들어내는 것은 혁명 때 쿠샤나 님 세력이 사용했었던 비행장치와 같은 원리의 것이겠죠. 무시무시한 증기기관 기술⋯⋯!"

　"저 검은? 뭔가 되게 안 좋은 느낌이 들어⋯⋯."

　찌릿. 로제티도 전사로서의 직감이나 피부로 위협을 느낀 것 같다.

　쿠퍼는 수긍했다.

　"전열(電熱)로 칼의 절삭력을 증폭했을 겁니다. 일반적인 무기라면 다 타버릴 거예요. 마나를 둘러서 대항할 수밖에——."

　쿠퍼는 왼손을 검은 칼의 칼집에 미끄러뜨렸다.

그러다 확 뗐다.

"로제."

"왜?"

"무기를 쓰치 마."

그것만으로 충분히 전해진 듯하다. 로제티는 등 너머로 고개를 끄덕여 대답했다.

네 명의 기사들은 기다림에 지친 모습이다.

"왜 그러냐, 마나 능력자, 무기를 뽑아! 혹시 벌써 겁먹은 거냐?!"

"외람되지만."

쿠퍼는 자세다운 자세도 취하지 않고 걷기 시작했다.

텅 빈 손을 일부러 보여준다.

"아마추어를 진지하게 상대하는 것은 기사에게 불명예스러운 일입니다."

"──!!"

네 방향에서 폭발적으로 증기가 올라 순식간에 스테이지를 가득 메웠다.

전원이 잇따라 블레이드로 살의를 내뿜는다.

"후회하게 해주마!!"

한 명이 앞서서 증기와 함께 질주했다. 기계 신발 바닥에서 등쪽으로 맹렬히 충격파가 부풀어 오른다. ──빠르다. 마나 사용자에게도 필적한다. 하지만 그것이 문제다.

너무나 빠르다.

그 속도에 자기 자신의 지각이 쫓아가질 못한다. 쉬크잘 분가의 검은 박쥐들과 같은 과제를 안고 있다. 아무리 신체능력을 기계로 보강한들 뇌의 반응속도는 일반인과 같다. 돌입도 공격도 매우 단조로운 것은 그 때문이다.

피하는 것쯤은 식은 죽 먹기다.

스쳐 지나가자마자 카운터를 때려 박는 것도 용이했다. 아주 가볍게 다리를 걸어주기만 해도 상대는 무슨 일이 일어났는지도 모른 채 하반신이 튕겨 공중으로 날아올랐다. 자신이 달려오던 속도 그대로 커다란 바퀴처럼 회전한다.

"으, 아──아──악?!"

단말마의 비명을 사방에 뿌리면서 스테이지 가장자리로 격돌.

객석이 순간적으로 고요해졌다.

한편 로제티에게는 거한이 달려들고 있었다. 하지만 쿠퍼 역시 마찬가지. 검을 들고 달려든 팔을 거꾸로 잡고서 손목 관절에 힘을 가한다. 그러자 돌진하던 에너지가 남김없이 자신을 향해 되돌아왔다. 손목을 지점으로 남자의 천지가 뒤집힌다.

어라? 하는 얼빠진 면상을 드러낸 직후에는 뒤통수부터 바닥에 격돌.

개구리가 찌부러진 것 같은 비명을 끝으로 두 번째 사람도 넉다운…….

관객은 예상 밖의── 기대에 벗어난 전개에 모두 입을 다물었다. 세 번째 기사는── 외모 중시의 미녀는 이미 무릎을 후들후들 떨고 있다.

쿠퍼가 발길을 그리로 향하자 '히익' 하고 목구멍이 오므라들었다.

막무가내로 블레이드를 치켜든다.

내려치기 직전에 쿠퍼는 단숨에 파고들어 그 손목을 붙잡았다.

"이와 같은 것이 인간의 피부에 닿으면 어떻게 될지 상상할 수 있습니까?"

"헷…… 저, 기, 그게……."

"싸움에 필요한 것은 무기도, 힘도 아닙니다. 당신들은 착각하고 있어요."

손목을 꽉 쥐어 비틀자, 블레이드는 바닥에 떨어지며 귀에 거슬리는 금속음을 냈다.

남겨진 것은 맨손의 미녀였다. 헤헤, 하고 아양을 부리는 것 같은 미소를 띤다.

"피. 필요한 것…… 그건?"

쿠퍼는 미녀의 이마를 움켜쥐었다.

──본보기다.

"상처 입고, 상처 입힐 각오입니다."

뒤통수부터 냅다 바닥에 찍어 눕힌다. 종소리 같은 충격음이 길고 묵직하게 퍼진다.

기사는 눈을 희번덕거리지만 적당히 힘 조절은 했다. 좋은 교훈이 되었으리라.

남은 거한 한 명도 동시에 최후를 맞이하는 중이었다. 로제티에 의해 블레이드를 손에서 떨궜지만, 놀랍게도 그녀에게 격투전을 걸고 있었다.

강한 완력이 내리쳐진다.

로제티의 손목, 가장 단단한 뼈 부위가 그것을 받는다. 비명을 지른 것은 남자 쪽이었다. 로제티는 허점투성이인 몸통에 한 발짝 다가선다.

──쾅, 바닥이 진동했다.

손바닥 치기.

파고들어서 다시 한번 가격. 거한은 몇 미터 후방으로 날아갔다. 머리부터 객석으로 처박히는 바람에 관객 몇 명을 휘말리게 하고 비명과 소음을 사방에 퍼뜨리며 미끄러져 바닥에 쓰러진다.

로제티는 마나를 해방하지도 않았다. 전투자세를 풀고 가늘고 길게 숨을 내쉰다. 쿠퍼는 객석 전체를 돌아보았다.

"프로를 얕보지 마라."

천막은 진즉에 조용해졌다. 관객들은 근래 레이볼트 재단의 대대적인 캐치프레이즈에 놀아나고 있다고 볼 수 있다. 그러나 잘 생각해야 한다. 소중한 사람이 습격당하면, 어찌할 것인가?

──함께 손을 잡고 도망치면 된다. 무얼 부끄러워하나.

살아 있는 것 이상으로 소중한 것은 없다.

누구로부터도 반응이 없는 것을 보고, 쿠퍼는 스테이지 옆을 돌아보았다.

"클로버 사장님. 여흥은 여기까지입니다."

번쩍번쩍한 스테이지와는 정반대로 그 바깥쪽은 어둡다.

갑자기 떠오른 피에로의 얼굴이──.

광희에 일그러진 것처럼 보였다.

"아직 아니에요."

"네?"

"오호호…… 잘, 잘 보세요."

쿠퍼가 다시 추궁하려고 한 순간, 누가 목덜미를 잡았다.

강제로 돌아보게 된다.

"쿠, 상황이 이상해!"

네 명의 기사는 틀림없이 의식을 잃었을 것이다. 그런데 로제티가 손가락으로 가리킨다.

기계장갑을 걸치고 쓰러진 기사들의 몸…….

각자의 등으로부터 갑자기 희미한 빛이 솟아오른 것이 보였다. 등에 낚싯바늘이 걸린 양 기사들이 일어나기 시작했다. 관객석에서도 로제티에게 날아간 거한이 기어 나와, 관객들도 "오옷." 하며 열기를 되찾는다.

쿠퍼와 로제티만은 바로 이상한 점을 눈치챘다.

일어나긴 했지만 기사들의 눈동자에 생기가 없다.

눈이 돌아간 상태 그대로다! 무엇보다 그들 네 명이 걸치고 있는 저 불꽃은──.

"마나?!"

로제티는 그들의 얼굴을 차근히 응시한다.

"귀족 능력자였어……?!"

"그럴 리 없습니다."

그렇지만, 하고 쿠퍼도 날카롭게 눈에 힘을 주었다.

"따로 마나 능력자가 있는 것은 틀림없겠죠. 저것은 클레릭 클래스의 힘이 확실해요……."

"클레릭?! 그거야말로 금시초문인데!"

공격과 수비를 유연하게 오가면서 전황 그 자체를 컨트롤 하는, 후위에 최적화된 전투방식이 그 클래스의 강점이다. ── 말하자면 서포트 요원. 《자신의 마나를 다른 사람에게 나누어 주는》 고유한 이능으로 아군의 승률과 생존율을 대폭 올릴 수 있다.

네 명의 기사들도 클레릭의 힘으로 마나를 부여받은 것이리라.

하지만 이것이 정녕 《서포트》란 말인가──.

그들은 실로 조종당하고 있는 것에 불과한, 그야말로 꼭두각시 신세다. 본인들의 의식은 이미 없다. 그 능력을 저렇게 사용한다는 것은 들은 적도 없으리라.

하지만 쿠퍼는, 있다.

생각하기도 싫은, 짚이는 데가…….

쿠퍼는 천천히 마나를 해방하면서 파트너를 불렀다.

"저들은 이젠 《사람》이 아닙니다……. 로제, 막기 위해서는."

들을 필요도 없다는 얼굴로 로제티도 심홍색 마나를 걸치고 있었다.

두 사람이 동시에 허리 쪽에 손을 미끄러뜨리고 금속음을 울린다.

물림쇠가 튕겨 나가듯이 열리고 로제티의 두 손에는 차크람이
──.

그리고 쿠퍼의 허리에 있는 칼집에서 검은 칼이 빠져나왔다.

거의 동시에 확성기에서 클로버의 목소리.

『아이쿠, 기어이 기사들이 무기를 뽑았습니다!! 간접적인 패
배 선언인가?! 우리 기병단의 저력을 인정할 수밖에 없다는 말
일까요~~~?!』

관객석에서 성대한 환호성과 야유가 날아왔다. 아주 시끄럽
다.

기사들이 질리지도 않고 바닥을 찼다. 의식이 없는 상태라서
그 거동은 섬뜩하고 위태롭다. 줄곧 누워 있던 환자가 필사적으
로 덤벼드는 것 같은 인상이다.

아무리 본인들의 육체에 대미지를 입혀도 의미는 없다.

호버 크래프트와 마나의 보강으로 속도는 더욱더 올라가 있었
다. 이 정도면 힘 조절도 할 수 없다. 쿠퍼는 사방에서 협공당하
기 전에 먼저 파고들어 적의 블레이드가 정수리를 향해 낙하하
는 것을 그 직전에 확인한다.

시야가 확대되고 시간이 한발 늦게 따라오는 듯한 감각──.

최소한으로 상체를 비트니 뺨 바로 옆을 블레이드가 공간을
태우며 헛치고 간다. 그 잔상을 지켜보고 나서 순간적으로 오른
팔을 일섬. 상대의 공격력이 후방으로 빠져버린 직후 그 도신을
쿠퍼의 검은 칼이 파고들고서 쓸어 넘겼다.

블레이드가 두 동강 나고 톱니바퀴가 흩날린다.

상대가 앞으로 기울고 동시에 쿠퍼는 그 옆을 교차하며 재빨리 빠져나갔다. 눈에 보이지도 않을 만큼 빠른 속도로 되받아쳤던 검은 칼이 뒤늦게 공간에 푸른 궤적을 그었다.

바닥이 열십자로 갈라진다.

적의 발밑을 노린 것이다. 정확하게 호버 크래프트 장치가 끊어지고 기사는 그대로 바닥을 굴렀다. 제3자인 관객의 눈에는 순간적으로 일어난 일로 보일 것이다. 기사는 처박힌 스피드 그대로 스테이지 반대쪽까지 굴러서 아군의 발을 걸었다.

두 번째 기사가── 의식이 없는 꼭두각시는 자세를 고치지도 못하고 비틀거린다.

그 틈을 놓칠 쿠퍼가 아니었다. 파고든 거리를 반대방향으로 배속으로 달려 돌아간다. 바닥에 일직선으로 탄 자국이 새겨지고 돌풍에 휘말린 두 번째 기사의 온몸으로부터 기계장갑이 산산조각 나 흩어진다. 반라에 가까운 모습이 되어서 바닥에 고꾸라지는 미녀 기사.

이 단계에서 관객은 칼을 힘껏 휘두른 쿠퍼의 모습을 간신히 보았다.

차원이 다르다──라는 것을 일반인도 깨달았을까.

나머지 둘의 말로는 끝까지 지켜볼 필요도 없었다. 로제티는 그저 춤을 추고 있었지만, 그녀에게 달려들려고 한 기사들의 칼날은 닿기는커녕 접근조차 허용되지 않고 있다. 그리고 무용(舞踊)에 색을 입히는 차크람 두 개에 의해 연달아 쩍쩍 갈라진다. 첫 번째 공격에 무기가, 두 번째 공격에 다리가. 한층 더 화려한 세 줄기의 참선이 기사 둘을 한꺼번에 후방으로 날려버렸다.

로제티가 스텝을 마치는 것과 동시에 적이 등부터 쓰러지는 소리가 났다.

다시 관객석이 조용해진다──.

무대의 앙코르치고는 약간 부족했던 걸까?

확성기에서 사무적인 목소리가 울렸다.

『네~ 기사들에게 성대한 박수를~~~.』

어안이 벙벙한 관객들로부터 드문드문 박수가 날아왔다. 재단의 포스터에 낚여서 아주 통쾌한 무대를 볼 수 있으리라, 천막을 방문할 때까지는 그리 생각하고 있었음이 틀림없다. 젊은 남성들은 얼굴을 마주 보고서 두 손 들었다는 표정으로 서로들 속삭였다. "응." "역시." "그렇지?"

"진짜 기병단에게는 상대가 안 되잖아?"

클로버 사장은 쇼를 마칠 타이밍을 잘 파악했다. 객석 곳곳으로 담당자들이 매끄럽게 흩어진다.

관객을 자리에서 일어나게 하고, 부드럽게 내보내기 시작했다.

『오늘의 스테이지는 이것으로 종료입니다~~~! 다시 찾아주시기를 기다리고 있겠습니다! 나가실 곳은 저쪽입니다! 오호호, 오호호우!』

"클로버 사장님."

쿠퍼는 관객이 속속 떠나기 시작한 것을 등지고 스테이지 옆에 다가섰다.

칼은 거뒀지만 왼손은 칼집에 댄 채.

"완전히 간과하고 있었습니다. 그쪽 여성은……."

로제티도 경계심을 드러내고 있다.

클로버 사장의 비서. 지금도 망령처럼 그에게 바싹 붙어 있다. 생각해보니 강철궁 박람회에서 클로버 사장을 만났을 때는 이런 비서를 데리고 있지 않았다…….

그녀는, 쿠퍼가 그녀에게 무슨 잘못이라도 했나 싶을 정도로 원망하는 눈초리를 하고 있다. 그 어둠의 세계에 사는 사람 특유의 탁한 눈동자. 쿠퍼에게는 익숙하다.

《그 조직》이 괴멸할 때까지, 여러 번 목숨을 걸고 대립했었다.

"여명 희명단(길드 그림피스)의 잔당……!"

확신을 가지고 중얼거리자 비서의 눈동자에 노골적인 적의의 불꽃이 감돌았다.

어두컴컴하다……. 지옥의 도깨비불이나 저럴까.

"그 강령술(샤머니즘)은 체자리 가문의 것이군요? 몰락하고 체제에 대한 원한으로 범죄조직으로 투신한 귀족의 후예……. 자신의 마나를 원념과 함께 묵혀서 다른 사람이나 동물을 산 채로 꼭두각시로 다시 만드는 요술에 능하다고 들었습니다."

로제티는 숨을 삼켰다. 클로버 사장의 표정은 변함없다.

쿠퍼는 다시 한번 핵심을 파고들어 주었다.

"마나 능력자라면 몰라도 의식을 잃은 일반인이라면 저항도 뜻대로 못 하겠죠. ──클로버 사장님, 이와 같은 방식이 당신이 주창하는 기병단의 정의입니까?"

"이런, 오해하지 않았으면 좋겠어요."

클로버 사장은 마이크를 놓고 익살스러운 몸짓을 한다.

여전히 피에로 페인팅 때문에 표정을 읽기 어렵다.

"그녀는 확실히 이전에 범죄 길드에 소속되어 있었어요. 하지만 결코 본인이 원해서 그랬었던 것은 아닙니다! 여명 희병단이 괴멸되고서야 자유의 몸이 된 그녀가 정처 없이 어찌할 바를 모르고 있었던 것을 우연── 우연히! 제가 거두었습니다. 그냥 그게 다예요……."

"호오?"

클로버 사장은 노골적으로 우는 시늉을 하고서 체자리 비서를 부둥켜안았다.

"설마! 이 아이를 체포하실 생각? 참으로 이상하군요! 이 아이는 악인이 시키는 대로 마나를 나누어 주었을 뿐……. 나쁜 짓은 하나도 하지 않았는데!"

"그건 제가 결정할 일은 아닙니다만──."

보고만은 《상부》에 해야겠다.

이번 임무의 하나, '레이볼트 재단의 약점을 잡을 것' 은 이걸로 클리어다.

쿠퍼는 악마의 미소를 여봐란듯이 보여주었다.

"당신을 지지하는 시민들이 어떻게 생각할지는 제 소관이 아닙니다. 만약 제가 입을 놀리기라도 하면……. 이크, 제가 실언을 했군요."

키득, 하고 미소를 연기한다.

클로버 사장은 피에로 페인팅 속에서 겨우 민얼굴을 보여준 듯한 기분이 들었다.

"……당신들의 건투를 칭찬해 포상을 드리죠."

"뭐라고요?"

"제가 조하르 학회에서 발표할 예정인 논문에 관해서."

깜짝. 허를 찔린 것은 쿠퍼와 로제티 쪽이었다.

아니나 다를까. 자신들이 그에게 접근한 목적은 간파당했던 셈이다…….

쿠퍼와 교대하듯이 클로버 사장이 입술을 빙그레 추켜올린다.

"무척 고마운 말씀입니다만 당신들의 호위는 필요 없어요."

"필요 없다……고는 하십니다만."

"걱정할 필요 없어요! 솔직히 말하면……."

못된 장난을 고백하는 양 클로버 사장은 민망해하며 웃는다.

"논문 같은 건 없으니까."

쿠퍼도 로제티도 똑같이 입을 쩍 벌리고 말았다.

"…………네?"

"아주 다양한 분들을 선동하곤 있었지만 그런 건 전부 거짓부 렁이! 입에서 나오는 대로 지껄인 겁니다. 그저 기병단을 비롯 해 프란돌의 높으신 분의 주목을 조하르 학회에 모으고 싶었다, 그게 다예요……."

……이치엔 맞는다. 아무런 연구도 하지 않았고 그 성과 발표 또한 작성하지 않았다면 쿠퍼가 아무리 조사해봐야 흔적이 발

견될 리가 없다. 찾지 못한 이유가 있었던 거다.

하지만 의도를 모르겠다.

"……무엇 때문에? 조하르는 학회의 최고봉이잖아요? 모독할 셈입니까?"

그러나 쿠퍼의 질문에 클로버 사장은 고개를 좌우로 흔들었다.

틱, 틱, 틱. 기계 손가락을 치켜들었다.

"그럼 확인하러 오시겠습니까?"

"네?"

"조하르 학회에 자리를 준비하죠. 거기서 방청하세요. 이렇게 말해도 저는 제게 주어진 시간을 《꾸며낸 이야기》로 넘길 뿐이겠지만요, 오~호호호!!"

쿠퍼와 로제티는 얼굴을 마주 볼 수밖에 없었다.

핵심인 논문이 실재하지 않는다면 교섭도 입막음도 필요 없다. 그를 붙잡을 구실도 없다. 만약 정말로 조하르 학회를 모독한 것뿐이라면 이후 그에게는 맹렬한 규탄이 쏟아지겠지만, 그것은 군인인 쿠퍼의 역할은 아니다.

지금은 지켜볼 수밖에 없다……?

해답이 궁해진 쿠퍼는 천막에서 돌아오는 길에 《애거스티 교수》를 만나 판단을 청했다.

돌아온 것은 '주시할 것'이라는 한마디뿐이었다.

† † †

"클로버 사장, 어떡할 셈인 걸까……?"

학회 당일. 오히려 걱정하듯이 로제티가 중얼거리는 것도 무리는 아니었다.

어쨌든 큰 무대다——.

개최지는 카디널스 학교구의 매그놀리아 필 아카데미 제1강당. 쿠퍼와 로제티는 지금 초대를 받아 2층 방청석에 앉아 있는데……

순서대로 연단에 올라가 자신의 이론을 발표하는 현자들.

그것을 듣고 때때로 의논을 주고받는 1층석의 쟁쟁한 면면으로 말하자면!

한 명 한 명의 두뇌가 프란돌의 보배라 해도 틀리지 않겠다. 들뜬 분위기는 전혀 느껴지지 않는다. 자칫 재채기라도 했다간 전방위에서 따가운 시선을 날아올 것이다.

화려한 분위기는 내일 있을 무도회까지 미룬다는 말인가…….

"저것 봐, 쿠."

그렇게 말하고 로제티는 쿠퍼의 소매를 연신 잡아당겼다.

"기병단이나 궁정의 높으신 분들이 잔뜩 왔어. 저쪽에도……이쪽에도!"

"틀림없이 클로버 사장의 연설이 목적이겠죠."

실례되는 소리지만, 회장에 감도는 분위기는 무척이나 노골적이었다.

지금, 단상에서 열변을 토하고 있는 학자들은 유감스럽게도 많은 청중에게 있어 오프닝 공연에 불과하다. 대부분이 요지집을 손에 들고 다음이 누구의 발표인지, 몇 시에 시작되는지에 정신이 팔렸다.

잔 크롬 클로버의 차례가 시시각각 다가오고 있다——.

모두가 마음속으로 기다리고 있다. 어떤 사람은 흥미진진하게. 또 어떤 사람은 전전긍긍하며.

로제티는 아니지만, 같은 생각이 드는 것은 어쩔 수 없다.

클로버 사장은 괜찮은 걸까……?

이토록 많은 사람을 선동해놓고 정작 문제의 '귀족체제를 뒤흔들지도 모르는 대발표'인가 하는 것이 실은 존재하지 않는다고 밝혀지면 학계에서 추방당해도 할 말 없다.

힘들게 얻은 평민계급의 지지도 땅에 떨어질 것이다.

기병단에게 있어선 오히려 그편이 바람직할지도 모르겠지만…….

이 정도의 리스크를 지면서까지 그는 이 자리에서 무엇을 할 셈인 걸까?

애거스티 교수는 '주시하라'고 지시를 내렸다.

말 안 해도 그럴 생각이라는 듯이 쿠퍼는 방청석에서 몸을 내민다.

드디어—— 드디어 많은 사람이 지켜보는 가운데 클로버 사장이 무대 위에 나타났다.

변함없는 괴짜 피에로 스타일이다. 지리의 분위기와는……

동떨어져 있다. 로제티는 도리어 감탄하고 있었다.

"배짱 한번 진짜 두둑하네."

저 장난 같아 보이는 모습에 늙은 현인들로부터 비난의 눈길이 날아갔다.

그러나 아무도 입 밖으로는 뭐라고 하지 않는다.

만장일치로 생각하는 바가 같기 때문이다.

──빨리 발표를 시작해!

『어──아아, 마이크 테스트, 마이크 테스트.』

전혀 의미 없는 짓을 하면서 클로버는 연단에서 마이크를 집어 든다.

그리고 이야기하기 시작한다. 평소처럼 쾌활한 어조로.

『하~이. 안녕하십니까, 신사 숙녀 여러분! 이미 꽤 피곤하시죠, 워낙 오래 하고 있으니 말이죠~. 오~호호호호!』

진행자가 마이크를 들려는 것을 클로버는 손짓으로 제지한다.

『──하지만! 영광스러운 금년 조하르 학회도 드디어 제 발표로 끝입니다! 여러분께서는 부디 기탄없는 의견을 들려주시기 바랍니다……. 그럼 바로 시작하죠. 제가 들추어본 귀족계급의 진실에 관해서──.』

클로버는 참가자에게 배부할 유인물도 전혀 준비하지 않았다. 특별한 실험성과나 도구를 가지고 들어온 모습도 아니다. 정말로 몸뚱이 하나만 가지고 즉흥적으로 이야기하려는 모양이다.

다시 불안해진다.

정말 괜찮을까……?

그러나 클로버의 다음 발언을 들은 순간.

이때까지 남의 일처럼 보았었던 쿠퍼의 의식은 예상치 못한 기습에 얻어맞았다.

『《예언의 아이》 메리다 엔젤.』

회장이 술렁거렸다. 쿠퍼 역시 깜짝 놀라 숨을 삼킬 수밖에 없다.

메리다…… 아가씨? 왜 갑자기 그녀의 이름이?

로제티도 허둥지둥 쿠퍼의 얼굴을 살피지만, 쿠퍼 또한 짐작이 가지 않는다.

클로버는 이야기한다.

『여러분, 아직 선명하게 기억하실 겁니다. 전 왕작 세르주 쉬크잘 각하가 기도한 전대미문의 혁명! 그것을 타도할 자라고 예언된 한 소녀가요……. 저는 그 아이, 메리다 엔젤이야말로 귀족계급의 기원과 관계가 있다고 확신하고 있습니다!』

제일 먼저 술렁인 것은 아무래도 기병단 관계자석의 높은 사람들이었다. 매우 민감한 안건을 광대 같은 자가 건드리는 것이 몹시 심기에 거슬리는 듯 분위기가 험악하다.

아직 목소리로 드러내는 자는 없지만.

바로 지금이라는 듯이 클로버는 지껄이기 시작했다.

『저는 그 혁명의 전말에 의문을 품었습니다. 여러분은 이상하게 생각하지 않으셨습니까……? 예언은 '메리다 엔젤이 혁명을 막는다'라는 의미였을 텐데, 실제로 왕작을 죽인 것은 여동생 살라샤 쉬크잘 공이었습니다.』

회장의 분위기가 완화된다.

듣고 보니—— 그렇다, 하고 납득하는 표정들이다.

클로버는 씨익, 피에로 스마일을 드러내 보였다.

『저는 이 모순에 대해서 다음과 같이 생각했습니다. '메리다 엔젤에 관련된 예언은 왕작의 혁명을 가리킨 것이 아니었다' …… 라고!』

한편 쿠퍼와 로제티는 이것을 2층석에서 가만히 응시하고 있다.

예언이 파탄된 것은 당연하다. 진짜 예언이 아니니까……. 세르주 본인이 국민의 희망이 되기 위해 쓴 소설이니까.

그러나 그 사실은 페르구스나 알메디아와 같은 최상부 계층을 빼고 전파되지 않았다. 쉬크잘 가문의 긍지와 밀접하게 관계되므로…….

쿠퍼는 주먹을 꽉 쥐고 침묵을 지킬 수밖에 없었다.

여기서 일개 군인인 자신이 발언한들 누가 믿는단 말인가——.

하지만 여차하면 그 목을 치겠다. 쿠퍼가 숨길 수 없는 살의를 어른거리며 내려다보는 곳에서 클로버는 갑자기 예상 밖의 방향으로 이야기를 선회했다.

칭찬하기 시작한 것이다.

『여기서 여러분, 생각해 내주셨으면 합니다. 메리다 양이 '무능영애'라고 불리고, 어머니의 부정 의혹까지 소문이 돌았었다는 사실을. 하지만 당사자 본인은 어떻습니까? 학원 1학년일

적에 이미 루나 뤼미에르 선발전에 입후보하고, 비블리아 고트 사서관 인정시험 합격. 강철궁 박람회에서의 활약 그리고 워울프족의 혁명에서의 분투까지. 그녀는 상위 클래스에게 의지하지 않고 스스로의 힘으로 자신이 기사 공작 가문이라는 증거를 계속 보여 왔습니다!』

매끄러운 열변 뒤에 쩌렁쩌렁한 목소리로 고한다.

『저는 이미 확신하고 있습니다. 그녀의 어머니, 메리노아 님에 대한 의혹은 전적으로 누명이다. 메리다 양은 정말로 기사 공작 엔젤 가문의 정통 핏줄이라고!!』

"하지만……."

『하지만! 그렇습니다, 맨 앞줄의 당신. 하지만! 입니다. 메리다 양이 정통 핏줄이라면, 그래서 의문이 생깁니다. 왜 정통 핏줄인 그녀는 팔라딘의 마나를 깨우치지 못한 것인가?』

어느새 강당의 전원이 그가 이야기하는 말, 일거수일투족으로부터 눈을 뗄 수 없게 되었다. 이런 엔터테이너적인 모습은 역시 훌륭하다.

클로버의 연설을 가로막는 자는 아무도 없었다.

『마나는 피에 깃들고, 피에 의해 후세로 계승된다──.』

평민들도 다 배우는 유년학교 교과서에도 실려 있는 사실이다.

『그리고 기사 공작 가문 상위 클래스의 마나에는 절대적인 우성이 있어 절대로 그 힘이 끊어지는 일은 없다──그 예외로서 나타난 것이 《무능영애》 메리다 엔젤. 이것이 무엇을 의미하는가……. 저는, 이렇게 생각, 합니다.』

독특한 템포로 끊어서 말한다.

『기사 공작 가문의 피가 열성이 되려 하고 있다.』

아무리 그래도 이 말에는 장내가 술렁거릴 수밖에 없었다. 클로버 사장은 마이크를 입가에 대고 질세라 미성을 높인다.

『그것 말고 생각할 수 없습니다. ──아니, 언젠가는 기사 공작 가문만이 아니라 모든 귀족 혈통의 피가 《열성》이 되고 평민의 피와 뒤섞여서 마나 능력은 상실되어 갈 겁니다. 그때, 프란돌을 지킬 자는? ──다시 말해!!』

배우처럼 양팔을 펼치고 마이크에 의지하지 않고 고한다.

"《예언의 아이》란 기사 공작 가문의 피가 유전적으로 구축(驅逐)되는, 그것을 상징하는 아이를 가리키고 있었던 겁니다. 이것이야말로 제가 다다른 마나 능력에 관련된 진실!!"

역시나 이 단계에서, 회장의 야유는 귀를 막아야 할 정도로 증폭돼 있었다. 특히나 얼굴이 새빨개져서 거친 반응을 보이는 것은 기병단 관계자인 높은 사람들이다.

한 명이 열화와 같은 기세로 일어났다.

"기사 공작 가문이 열성이라고, 네 이놈!! 이 자리에서 처형당하고 싶으냐!!"

『그렇다면 반증을!!』

클로버 사장은 마이크를 의지하여 매도에 정면으로 되받아쳤다.

죽 늘어앉은 학술계의 현인들을 끝에서 끝까지 죽 바라본다.

『이 안에 아무라도, 제 주장에 근거 있는 반론을 제시할 수 있는 분이 계십니까? 아니면 설마 여러분까지 메리다 양을 사생아라고 하실 생각이신지?!』

"크윽…………."

많은 사람이 그 말에 수그러들었다.

거듭 느낀다. 매우 민감한 안건임을…….

『……아무도 안 계십니까?』

클로버 사장은 좌중을 파헤치듯이 말한다.

『제 주장에 이론은 없습니까?』

모든 좌석을 확인하기라도 하는 듯이 꼼꼼하게 시선을 돌린다.

그리고──.

여기서 2층석의 쿠퍼는 위화감을 포착했다. 멀찍이 떨어진 클로버의 입술이 움직이고…… 기분 탓일까? 아주 희미한 한숨을 쉰 것처럼 보였다.

마이크를 들었을 때는 그런 분위기도 안개같이 사라져 있었지만.

『어─ 그럼 제 주장은 여러분에게 정식으로 인정받은 것으로 간주하고, 바로 저널리스트에게 의뢰하여 내일이라도 대대적인 발표를──.』

"잠깐만요!!"

회장의 전원이 놀랐다.

방청석에서 나온 목소리였기 때문이다. 본래는 듣기만 하는 자리이다. 강당 전체의 시선을 받으면서 자리에서 일어난 것은 놀랍게도── 아아, 이럴 수가! 쿠퍼도 잊지 못하는 검은 까마귀 같은 여성, 프리데스위데의 벨라헤이디어 이사장이 아닌가.

그녀의 의자는 원래 블랑망제 학원장의 것이었을 듯싶다.

벨라헤이디어 이사장은 기세등등하게 일어난 다음 옆자리의 누군가를 끌어당겼다.

"자, 와요── 당신도 와, 어서!"

그 말에 강제로 무대로 끌려가는 것은 자그마한 소녀. 어두침침한 곳에 짤막한 은발이 나부낀다──그 광경에 마음이 움직인 것처럼 로제티가 일어났다.

"엘리제 님?!"

과연, 이사장이 동행자로서 데리고 나오는 것은 다름 아닌 로제티의 제자였다. 아름다운 용모의…… 액세서리쯤으로 데리고 나온 것일까. 공작 가문의 영애를?

그런데 무엇을 할 생각인 걸까?

벨라헤이디어는 엘리제의 팔을 잡은 채 원래대로라면 오를 일 없었던 스테이지로 올라갔다. 자세를 갖추고 클로버 사장을 정면으로 노려본다.

"당신의 그, 귀족의 고귀한 피를 매도하는 말투. 불초하지만 순혈사상가의 한 사람으로서 단호히! 단호히 항의합니다!!"

"나가시는 길은 저쪽입니다, 마드무아젤?"

피에로 스마일에 벨라헤이디어 이사장은 폭발했다.

정말이지, 화산의 분화라 불러도 손색없을 것이다.

"바! 로! 나! 내가 증명하겠습니다!!"

마이크 잡고 말하나 싶을 정도로 큰 음량에 2층석의 쿠퍼도 저도 모르게 귀를 막았다.

로제티는 여전히 눈살을 찌푸리고 무대 위의 제자를 쳐다본다.

"엘리제 님……."

벨라헤이디어 이사장의 손이 엘리제의 가냘픈 어깨를 움켜쥐었다.

"마침 여기에 제 충실한 학생…… 팔라딘 엘리제 님이 있어요!"

충실한 학생? 대체 학원은 어떻게 돌아가고 있기에…….

벨라헤이디어는 일말의 의문도 느낄 틈을 주지 않고 말한다.

"의심의 여지 없는 기사 공작 가문인 이 아이가 협력해줄 겁니다. 그러니 저와 토론하죠. 아무렴요, 쌍방이 납득할 때까지! 상대의 논리를 인정할 때까지! 철저하게 귀족계급의 고귀함에 관해서 서로 의논하지 않겠습니까!!"

"의논이라 해도 말이죠~~……."

하지만 클로버 사장은 도무지 마음이 내키지 않는 것처럼 보인다.

여봐란듯이 귀를 긁적일 뿐이다.

"저는 이미 결론을 냈고 당신은 절대로 그 논리를 인정하려고 하지 않을 거잖아요? 시간 낭비인 것 같은데, 후아암~……."

이번엔 이사상도 도발에 응하지 않았다.

득의만만한 얼굴로 카드를 꺼낸다.

"──신용할 수 있는, 제3의 판단재료가 있다면?"

"호오?"

클로버 사장의 눈동자가 희미하게 빛났다.

──미끼를 문 것이다.

그것이 무엇을 의미하는지 쿠퍼가 생각을 짜내기도 전에 상황은 굴러갔다.

벨라헤이디어의 낭랑한 연설을 가로막는 것 역시 하나도 없었다.

"이미 성 프리데스위데는 전부 제 것."

전능감에 도취된 표정으로 이야기한다.

"그 학원에 글래스몬드 팰리스라고 하는 고대의 궁전이 존재한다는 것은 알 만한 사람은 다 아는 이야기죠. 하지만 그 비보인 《상드리용의 구두》에 대해서도 아시는지?"

"상드…… 흠, 흠, 흠."

"《발견될 자》라는 이름을 가진 신비한 유리 구두입니다. 그구두는 자신을 신어줄 자를 선택합니다──. 구두에 조건을 물어 확인하고 만약 그 조건에 상응하지 않는다면 그자는 구두를 결코 신을 수 없습니다. 만약 양발 모두 허락받은 자는 글래스몬드 팰리스의 주인 자격을 얻는다고 하는………. 뭐어, 그런 일화야 어떻든 간에, 아시겠어요?"

보복이라는 듯 조소하면서 이사장이 말한다.

"저와 당신의 토론을 유리 구두는 진실의 눈으로 심판해줄 겁니다. 구두에 물어보고 엘리제 님에게 신기고, 다시 구두에 물어보고 엘리제 님에게── 이것을 번갈아 반복하는 거예요. 어느 한쪽의 모순이 밝혀질 때까지 말이죠!"

"좋소."

가벼운 어조로 응하고, 클로버 사장이 고쳐 말한다.

조금 전부터 계속 무표정으로 우두커니 서 있는 엘리제에게.

"시간이 오래 걸릴 수도 있는데…… 상관없겠습니까? 팔라딘 아가씨."

거절해도 무시하고 할 거면서, 라고 쿠퍼와 로제티는 생각했다.

양 파벌의 다툼에 어울려줄 의리는 눈곱만큼도 없을 것이다. 그런데도 엘리제는 머리를 꾸벅이며 수긍했다. 기쁘게도 슬프게도 아니라.

그냥 담담하게.

"엘리제 님, 어째서……?!"

로제티는 당장에라도 뛰쳐나갈 듯했다. 쿠퍼와도 나름대로 오래 그리고 깊은 교제가 있는 사이지만 지금 엘리제가 무슨 생각을 하고 있는지는 모르겠다.

그저 어딘가── 지금의 이 안타까운 감정은 언젠가 느낀 감정과 비슷하다.

그렇지만 본인에게 반대 의사가 없는 이상은 어쩔 수 없다. 클로버 사장은 다시 벨라헤이디어 이사장에게 돌아서서 조금 전까지와는 매우 다르게 적극적으로 고한다.

"그럼그럼, 바로 《의논》을 시작하죠!"

"아, 아뇨, 잠시만—— 아무리 그래도 이 자리에 비보인 구두는 가지고 오지 않아서요."

잠시 생각하는 척을 하고 벨라헤이디어 이사장은 마저 말했다.

"내일 밤…… 무도회가 끝날 때 다시 실례하지요. 이 회장에 계신 여러분도 흥미 있으실 거예요. 그 자리에서 진실을 명쾌하게 밝히지 않겠습니까!"

"절차 한번 복잡하군요~~…………."

김이 팍 샜다는 듯이 어깨가 축 처진 클로버. 하지만 다시 얼굴을 든다.

——사실 조하르 학회 폐회시간은 진즉에 지난 상태였다.

티 안 나게 사회 진행자에게 눈짓하면서 다시 마이크를 손에 들고 외쳤다.

『그런고로 오늘은 해산~! 여러분 수고하셨습니다, 네~~!』

『모, 모, 모, 모두 명찰을 반납하시고 마차가 기다리는 로터리로……——————.』

거기서 주도권이 사회자에게 패스되어서 참가자들은 제각기 돌아갈 채비를 시작했다. 거 참, 마지막에 터무니없는 의제가 쏟아졌군. 이거 내일 있을 무도회, 마지막 순서까지 눈을 뗄 수 없겠어—— 다들 그런 학술적 흥미로 가득 찬 표정이다.

분위기가 이완되자마자 로제티는 앞다투어 자리를 떴다.

"쿠, 잠깐 기다리고 있어. 나, 엘리제 님이랑——."

이야기하고 올게, 라고 말끝을 흐리면서 눈 깜짝할 사이에 멀어져가는 그녀의 뒷모습.

 쿠퍼는 반대로 의젓하게 앉고서 숨을 푸욱 내쉬었다.

 대체 뭐야.

 뭐가 어떻게 된 거야── 학자라는 패거리는 이차원에라도 살고 있는 건가?

 방청석에서 속속 사람들이 떠나가는 가운데 등 뒤에서 접근해 오는 발소리가 있었다.

 그 발놀림과 마나의 분위기와── 담배 냄새를 통해 싫어도 알 수 있다.

 "애거스티 교수……. 와 있었나."

 교수, 즉 백야의 상사는 옆에 나란히 서더니 회장을 내려다보았다.

 단상에는 이미 누구의 모습도 남지 않았다.

 "그 못난 피에로 놈…… 처음부터 이게 목적이었던 건가."

 "응?"

 "그 순혈사상가 마담은 감쪽같이 놈의 함정에 걸려들었다, 이 말이야! 클로버는 실은 마나 능력에 얽힌 진상 따위엔 도달하지 않았어. 그런데도 일부러 이 자리에서 다른 참가자들을 도발한 이유는 뭘까? ──이 상황을 기다리고 기다렸기 때문이다. 프란돌 최고의 지식을 가진 현인들 중 누군가가 자신의 이론에 반증을 제시해주는 것을. 귀족계급에 관련된 극비정보를 줄줄이 끄집어낼 기회를."

"아니, 잠깐만."

쿠퍼도 본격적으로 몸을 일으키고 상사를 마주 보지 않을 수 없었다.

"그거 때문에 목숨을 걸어? 오늘 이 자리에서 처단당해도 이상하지 않았는데?"

"오늘로 다가 아니지, 내일 있을 토론회인가에서 목이 날아갈 가능성이 꽤 큰 확률로 남아 있어. 진짜, 머리가 어떻게 된 거 아니야? 그 피에로 자식……!"

"……우리 백야는 어떻게 움직이지?"

이미 등화 기병단과도, 성도 친위대와도 긴밀한 연계를 취하고 있다고는 하기 어렵다.

쿠퍼는 신중히 묻는다.

"클로버 사장을…… 공식 석상에서 없애버릴 건가?"

"아니—— 안 그래, 순혈사상가에 기병단, 성도 친위대까지 끌려 나온 이상, 이제 사태는 놈 하나를 묻는 것만으론 수습되지 않아. 이렇게 되었으니 본제는……?"

애거스티 교수는 숙고하는 자세로 들어갔다.

어떤 로직을 세우고 있는 걸까. 희미한 혼잣말이 새어 나온다.

"……그런 것도 있으니까, 메리다 양은 후보에서 빠진다…… 살라샤 양은 쉬크잘 가문의 중요 인물이라 손을 댈 수 없어……. 그리고 뮬 양은……———— 그리 되면 가능성은 한 명."

"아버지?"

"네게 새 임무를 주겠다, 쿠퍼."

쿠퍼도 슬슬 진저리가 나기 시작한 상태다.

하지만 저택의 메이드들과 메리다는 계속해서 인질로서 취급될 것이다.

어떤 임무를 내려도 쿠퍼가 거스르지 않도록.

"이번엔 무슨 짓을 시킬 셈이지……?"

"처음에 말했잖아, 이번에 네가 할 일은 《관계자 입막음》이라고."

"역시 클로버 사장을?"

"아니. ————엘리제 양이다. 그녀의 목숨을 거두어라."

쿠퍼는 농담하지 말라는 듯이, 온몸으로 그에게 돌아섰다.

농담이 아닐 것이다. 애거스티는 조금도 웃고 있지 않다.

"만약 성공하지 못하면 어떻게 될지 알겠지? 메리다 양의 저택에는 대규모 유혈사태가 일어나고 그녀 본인도 영광스러운 팔라딘 클래스인…… 산 꼭두각시가 될 거야. 최소한의 자비다, 쿠퍼. 이건 다름 아닌, 엘리제 양과 가까운 너를 위한 일이니까 말이지."

"왜지? 임무의 이유를 설명해."

"설명할 생각은, 없다."

교수는 애용하는 지팡이를 든다.

더러워진 끝부분을 쿠퍼의 이마에 아슬아슬하게 들이댔다.

"입에 침이 마르도록 가르쳐줬지? 우리 백야의 사명은 프란돌의 이면에서 평화를 지키는 일이라고. 바깥세상을 위협하는 어둠을 우리 스스로 해치우고, 베고, 막는다. ————알겠나, 다시 한번 말해줄 테니 잘 들어라?"

　──얄궂다. 쿠퍼는 문득 떠올린다. 그날의 만남을.

　일생을 걸고 진력하겠다 맹세한 그 금발의 천사와의 만남.

　그런 결의를 하리라 생각할 수도 없었던 엘스네스 경의 피비린내 나는 저택에서…….

　눈앞의 사신에게 들은 말을.

　"귀족계급을 근본적으로 뒤흔들지도 모르는 위험인자, 그 팔라딘 소녀를."

　──그만둬.

　"흔적도 남기지 말고."

　────그만두라고.

　"처치, 하라."

LESSON : Ⅳ ～방울 소리～

어깨를 툭 두드리는 감촉을 깨달은 것은 어느 쪽이 먼저였을까.

로제티는 손바닥을 치켜들면서 머리 위를 올려다본다.

"우왓, 진짜로 내리네."

기가 막히다는 듯이.

"《랜턴 안》인데……."

카디널스 학교구의 천장 가득히 펼쳐지는 구름은 나날이 짙어졌다. 이미 납색이라고 불러도 될 만큼 묵직하다. 그럴 만도 하다. 이 인공 구름을 만들어내고 있는 레이볼트 재단이 말하길, 최종적으로는 번개를 발생시켜 그 실험 데이터를 얻는 것이 목적이기 때문이다.

마침내 비가 내리기 시작했다.

빗발은 점점 굵어질 것이다.

피크 때에는 몇 미터 앞의 시야도 새까매지지는 않을까——.

"진짜, 그 클로버라는 사장의 생각은 터무니없어. 감도 안 잡힌다구."

로제티는 그를—— 옆을 걷고 있는 쿠퍼의 얼굴을 들여다보았다.

"잠깐, 왜 그래, 멍하니?"

"아, 아닙니다."

쿠퍼는 그제야 로제티의 음성을 감지한 것처럼 고개를 흔든다.

"잠시 생각을……."

"생각? ──하긴, 여러 가지 일이 있었으니."

"네…… 여러 가지."

조하르 신비 학술회가 끝나고 그 귀갓길.

귀갓길이라고 해도 두 사람이 향하고 있는 곳은 메리다의 저택도 엘리제의 저택도 아니다. 역이다. 쿠퍼가 어깨에 걸고 있는 여행 가방은 로제티의 것. 정신없지만, 그녀는 곧장 성왕구로 다시 돌아가야 한다고 한다.

조하르 학회에 관련된 조사결과를 직접 보고하기 위해서.

쿠퍼는 아무렇지도 않은 척하며 말을 꺼냈다.

──자신에게 진절머리를 내면서.

"엘리제 님 곁에 붙어 있지 않아도 되겠습니까?"

"아, 응…… 실은 내가 할 일이 별로 없다고 해야 하나."

"그 말은?"

"아마 지금쯤 이미 도착했을 거야. ──성도 친위대에서 증원이 왔거든. 엘리제 님 전속 무련교관 자격으로. 앞으로는 성도 친위대 전체가 서포트를 하게 된대."

"호오."

쿠퍼의 눈동자가 빈틈없이 빛났다.

로제티는 구름을 올려다보고 있어서 그런 쿠퍼의 변화를 눈치채지 못한다.

"요즘 기사 공작 가문의 영향력이 약해지고 있다는 거 알지? 순혈사상을 가진 사람들은 페르구스 왕작의 위엄을 위해서도 메리다 님이 아니라 엘리제 님을 《프린세스》로 내세우고 싶어 한대. 뭔가, 진짜, 왠지 말이야……."

"역시, 무슨 일이 있어도 파란의 중심이 될 숙명에서 벗어날 수 없는 겁니까."

겨우 몰드류 경이 실각하고 메리다 암살지령이 철회되었건만──.

또 다른 비운의 파도가 그녀들을 농락하려 하고 있다. 운명이여, 왜 이렇게까지 무자비한 것이냐. 만약 사람의 모습을 얻어 나타난다면 이 검은 칼이 잠자코 있지는 않을 거다.

어찌할 수가 없는 무력감을 품고 쿠퍼는 눈을 내리깐다.

이번엔 쿠퍼 쪽에서 말을 꺼냈다.

"그래서, 학회가 끝나고 엘리제 님과 이야기는 했습니까?"

"하기는 했어── 그런데 너무 긴 시간은 외출할 수 없다며 바로 이사장님에게 끌려갔어. 중요한 이야기는 못 하고 끝났지."

"왜 엘리제 님이 이사장의 《마음에 드는 사람》 노릇을 하고 있는지는……."

시선으로 재촉하지만 로제티는 고개를 젓는다.

"그게, 확실한 것은 가르쳐주지 않았어. 왠지 별로 말하고 싶지 않은── 미묘한 문제 같아서……. 아니, 그보다 말야."

그녀는 못마땅한 표정을 지으면서 쿠퍼를 보았다.

"이 짜증 나는 분위기, 전에도 느낀 적 있지 않아?"

"저도 똑같은 생각을 했습니다. 재작년 루나 뤼미에르 선발전이죠."

"그래!"

"그때의 엘리제 님은 오해로 인해 메리다 아가씨와 싸움을 하시고서 딱 조금 전처럼 다른 사람을 다가오지 못하게 하는 분위기를 뿜었었죠."

로제티는 팔짱을 끼었다.

쿠퍼와 마찬가지로 그녀도 성 프리데스위데 여학원에 대해서는 최근 들은 바가 없다.

내부 사정이 어떻게 됐는지는 상상할 수밖에 없는데…….

"또 뭔가…… 틱틱 거리고 있는 걸까? 그 자매도 참."

"글쎄요."

이야기에 열중한 동안에 역에 도착──.

어째서일까, 순간적으로 그런 기분이 들었다. 구내에 들어가 버리면 비가 내리는 옥외에 나가는 것이 귀찮아질지도 모른다. 그렇게 핑계를 대고 로제티와 역 앞에서 헤어지게 되었다.

그녀에게 여행 가방을 되돌려준다.

그대로 반대쪽 손을 내밀었다.

"뭐야~?"

로제티는 순순히 손을 잡아 주었다. ──악수다.

그녀는 기억하고 있을까?

잊었을 리는 없을 것 같은데. 지금으로부터 2년 정도 전, 쿠퍼와 그녀가 가정교사로 이 도시에 내려선 날. 우리가 악수를 한 곳이 바로 도시를 한눈에 바라볼 수 있는 이 계단 위였다.

쿠퍼도 잊을 리는 없으리라——.

손바닥을 때리는 비에 재촉당한 것처럼 쿠퍼는 악수를 풀었다.

"아뇨, 아무것도 아닙니다."

"으응~? 대체 뭐냐구!"

"아무것도 아니라니까요. 여행 중 조심하세요."

그러자 도리어 로제티 쪽이 서운해하면서 플랫폼으로 향했다. 그 모습이 인파에 섞일 때까지 바라보고 나서 손을 내리는 쿠퍼.

"……건강하길, 로제."

들리지 않더라도 좋다.

발길을 되돌린다——.

휘날리는 군복 자락이 빗방울을 튕겨 날려 버렸다. 발걸음은 멈추지 않는다.

먼저 향할 장소가 있었다. 이미 방을 잡아둔 근처 호텔이다. 젖은 군복을 보고 싫은 표정을 감추지 않는 주인을 무시하고서 빠르게 체크인을 마친다.

객실의 침대에 마찬가지로 흠뻑 젖은 수하물을 거리낌 없이 던진다.

군복을 벗었다.

옷을 갈아입는다. 시내를 걸어도 부자연스럽지 않고, 동시에 결코 기사임을 알아챌 수 없을 정도의 모럴을 갖춘, 여기에 더해 평소 쿠퍼의 인상과는 되도록 거리가 먼 복장.

무엇보다 중요한 것은 기능성——.

그리고 위장능력이다.

아무래도 평소의 검은 칼을 지닐 수는 없다. 상의 안쪽에 확장된 몇 군데 홀더에 쿠퍼는 암기를 획획 넣었다. 픽, 와이어, 독침. 마나를 필요로 하지 않는 화약식 단발권총(데린저) 따위도 이번과 같은 임무에서는 도움이 되어 주리라.

그리고 잊어선 안 될, 작전의 축이 되는《극약》이 담긴 작은 병을, 약간……

타깃은 성 프리데스위데 여학원에 격리된《프린세스》.

성도 친위대의 증원이 벌써 도착했을 거라 말했었다. 전투는 불가피……! 그러나 쿠퍼는 무기마저 충분히 가지고 갈 수 없다. 스테이터스에 별로 차이가 없을 그들과의 전투는, 절대적인 핸디캡을 안은 고전이 될 것이 분명하다.

하지만 그게 뭐 어떻다는 말인가.

이 마음에 휘몰아치는 얼음 폭풍을 돌이켜봐라. 육체를 도려내는 칼날 따윈 문제가 되지 않는다. 할 수밖에 없다……. 만약 쿠퍼가 도망친다면, 그가 사랑하는 자들은 모조리 불행의 골짜기에 떨어지고 말 테니까.

심장에서 피눈물이 배어 나올지라도.

반드시 완수하겠다——.

쿠퍼는 빗방울이 떨어지는 창문을 응시하다 문득 편안한 마음이 들었다.

그런 생각이 든 것이다.

《그 사람》도 그 혁명을 일으키기 전날 밤, 같은 심정이었을까──하는.

† † †

거침없이 다리를 건너온 그 《수상한 자》에게 문지기들이 경계심을 드러내는 것은 당연했다. 성 프리데스위데의 정문을 수호하는 유리 발키리.

좌우에서 서슬 퍼런 소리와 함께 반투명의 칼끝을 교차하여 위협한다.

학생도 아니고 마나가 등록된 강사도 아니다. 검은 복장을 한 장신의 실루엣이다. 벨라헤이디어 이사장의 명령에 따라 발키리들은 그의 앞길을 막았다.

『이 앞은 성 프리데스위데 여학원의 부지입니다.』

『외부인의 출입은 삼가기 바랍니다.』

"학생 관계자입니다. 통과시켜주시겠습니까?"

후드를 깊이 눌러쓰고 있는 것만 봐도 신원을 밝힐 생각이 없는 것은 확실했다.

두 발키리는 얼굴도 마주 보지 않고 의사소통을 마친다.

『『학교장님이 정하신 규칙입니다.』』

"그럼 하는 수 없군요."

검은 옷은── 쿠퍼는 얼굴을 들어 미소를 보여주었다.

노출되더라도 문제없을 거라는 의미의 웃음을.

순간적으로 홱 뽑은 좌우의 수도에 푸른 마나가 나부낀다.

"비켜라."

이 단계에서 발키리들은 명확히 적의를 인식하고 자세를 취했다.

그러나 너무 늦었다──.

찰나가 지나고. 성 프리데스위데의 정문에서 유리가 부서지는 소리가 이중으로 울렸다.

"침입자라고요?"

학원장실의 벨라헤이디어는 매우 불쾌한 듯이 미간을 찌푸렸다.

그녀가 앉는 책상 앞에는 세 명의 여성 기사가 서 있었다. 모두 성도 친위대의 순백색 군복을 입고 있다. 로제티가 경모하는 글레나. 또 한 사람은 운동선수 같은 짧은 머리에 남자가 무색할 정도로 큰 신장을 자랑한다. 그리고 세 번째 사람은 머리에 리본을 단, 검이 썩 어울리지 않는 미녀다.

글레나는 본보기 같은 직립 자세를 취하고 있었다.

"조금 전 대원이 이상한 소음을 들었다고 해서 조사한바, 정문의 글래스 펫들이 파괴된 것을 발견했습니다. 이미 학원강사분들과…… 발키리 부대라고 했나요. 그녀들이 총출동해서 조사 중입니다."

"대체 무슨 목적으로 우리 학원에……."

벨라헤이디어는 말하는 도중에 불현듯 생각이 난 모양이다.

집무용 책상의 가장 아래 서랍을 연다.

눈부신 유리 구두가 엄중히 넣어져 있었다──.

"……조하르 학회에서 존재를 알린 것은 경솔했는지도 모르겠네요."

으드득, 이를 악문다.

글래스몬드 팰리스의 비보 《상드리용의 구두》. 유연하게 질문을 설정하여 진위를 확인할 수 있는 물건이다. 벨라헤이디어 이사장은 입학식 날, 학생들에게 클래스를 고백시키기 위해서 사용했지만…… 실제로는 재판기관 등에서 갖고 싶은 마음이 굴뚝같을 것이다.

내일 있을 무도회── 아니, 클로버 사장과 붙을 토론회의 핵심이기도 하다.

《팔라딘》엘리제 엔젤을 공정한 천칭으로 내세워 '기사 공작 가문은 《예언의 아이》 메리다 엔젤의 탄생으로 멸망한다' 라는 망언을 부정해야만 한다.

순혈사상의 진정한 실현을 위해…… 여기에서 그 핵심을 잃을 수는 없다.

신중히 서랍을 닫았다.

"저는 한가하지 않아요. 내일 있을 무도회를 대비해── 그 피에로를 철저히 논파하기 위하여 꼼꼼한 준비를 해야 합니다……!"

"네……."

"여러분이 침입자를 찾아내 주시겠죠?"

빈정거리는 듯한 곁눈질에 글레나는 성실한 기사의 인사로 답례한다.

"맡겨주십시오."

"……여러분 셋으로 괜찮겠어요?"

벨라헤이디어의 눈빛은 초장부터 흠을 찾아내겠노라 시비를 거는 것 같았다.

"엘리제 님의 전속 강사 자격으로 부른 거예요. 나름대로 실적들은 있겠죠?"

매우 짧은 머리의 여성 기사의 눈썹이 꿈틀거렸다.

글레나는 표정을 바꾸지 않는다. 모범적으로—— 기계적으로.

"안심하십시오. 이미 응원군을 불렀으니."

"그럼 다행이네요."

벨라헤이디어는 자신의 손가에 펼쳐진 책으로 시선을 내렸다. 겸사겸사라는 듯이 말한다.

"아, 그리고 학생들이 소동을 알아채지 못하도록 해주시고요? ……감옥 문이 열려 있다는 게 알려지면 무슨 짓을 저지를지 모를 일이니까."

"……!"

세 명의 기사는 얼굴을 찡그렸지만 벨라헤이디어는 이미 다른 쪽을 보고 있었다.

무엇을 읽고 있는 걸까. 책의 표지는 【거룩한 열 가지 일족~ 귀족계 가계도~】──조금 전 말마따나 내일 있을 토론회 예행 연습으로 아주 바쁜 모양이다.

요컨대 '얼른 나가서 일봐라.' 라는 뜻일 것이다.

글레나 일행 셋은 말없이 경례하고 학원장실을 떠났다.

이 학원도 무척 살풍경해졌구나. 글레나는 생각했다.

블랑망제 학원장의 공헌이 그만큼 컸다는 뜻일까. 학원장실이 있는 탑을 내려와 어두컴컴한 복도를 걷는다. 워낙 갑갑해서 그런지 동료가 한숨을 내쉬었다.

베리 숏 헤어의 여성 기사는 조각상이 말하는 것처럼 입을 열었다.

"글레나, 나는 새 단장의 방식이 마음에 안 들어."

"그건…….'

"페르구스 공이 계속하면 왜 안 됐던 걸까……!"

글레나도 표정을 풀고서 평시의 얼굴 그대로 한숨을 쉰다.

"어쩔 수 없잖아요? 왕작과 단장직을 겸임하는 건 현실적이지 않아요."

"하지만 요즘 기병단은 정말로 이상해."

세 번째 사람인 리본의 기사도 불만을 누르지 못하는 모습이다.

"최근 많은 기사들이 이런 질문을 받고 있다고 해. '그대는 순혈인가?' 같은. 그들의 사상에 물드는지 여하에 따라 재편 후의 부대 배속처가 결정되고 있는 모양이야.”

언젠가 그 파도는 성도 친위대까지 삼키는 걸까──.

그때, 글레나는 현재의 지위를 지킬 수 있을까?

평민 출신인 《그 후배》의 처우를 생각하면 더욱…….

고개를 저었다. 이유가 뭘까.

위울프족의 침략을 물리치고 프란돌은 한층 더 공고해졌다고 생각하고 있었다. 그러나 또다시 새로운 적이, 이번엔 《랜턴 안》에 꿈틀거리고 있는 듯한 기분이 들어 근심이 가시지 않는다.

실체가 안 보이는 만큼 늑대인간들보다 훨씬 껄끄럽다.

불안감만이 심해진다.

아이들은 더욱 그럴 것이다. 글레나는 얼굴을 들고 표정을 다잡았다.

“이사장님의 말씀대로 학생들에게만은 위해를 가하지 못하게 해야 해요.”

탑을 다 내려와 두 탑을 잇는 복도로 나왔다. 기둥 사이로 빛이 비낀다.

리본의 기사는 흐린 하늘을 올려다보았다.

“벌써 늦은 시간이네. 다들 자고 있을 거야.”

“네. 우리는 기숙사 주변을 경비하죠.”

베리 숏 헤어의 기사가 시선만을 움직였다.

“엘리제 님은? 특실을 배정받았다고 들었는데.”

“엘리제 님 방도 기숙사 탑에 있을 거예요. ……그러네요, 우리는 도착한 지 얼마 안 돼서 교내의 지리조차 잘 몰라요. 최소한 기숙사 방 배치 정도는 학원강사 분에게.”

“그것만 들으면——⋯⋯⋯⋯.”

네 번째 사람의 목소리가.

더군다나 남성의 목소리가 그 자리에 울렸다. 글레나 일행 셋이 순간적으로 무기에 손을 뻗을 동안에 다양한 광경이 속출했다.

기둥 뒤에서 튀어나온 검은 실루엣이 리본의 기사를 급습한다. 대시로 옆을 스치면서 날린 수도 한 방에 졸도시키더니, 그녀의 몸이 땅에 쓰러지는 것보다 먼저 베리 숏 헤어의 기사 뒤로 미끄러져 들어갔다. 이 단계에서야 겨우 두 사람분의 칼을 뽑는 소리가 들렸다.

“움직이지 마.”

뚝, 시간이 정지한다.

리본의 기사는 이제야 바닥에 쓰러졌다.

그리고 베리 숏 헤어 기사의 목구멍에는 바늘 끝부분이 대어져 있었다. 반쯤 뽑은 검의 도신이 탁한 빛을 반사한다. 으드득, 그녀가 이를 간다.

수수께끼의 검은 옷이 배후로 돌아가 베리 숏 헤어 기사의 한쪽 팔을 꺾은 채 흉기를 대고 있었다. 글레나 역시 절반쯤 뽑다만 검의 손잡이를 세게 부르쥐고 있다.

검은 옷은 냉담한 저음으로 말했다.

“무기를 버려라. 그렇지 않으면——.”

이중의 금속음.

두 명의 기사는 망설임 없이 검을 완전히 뽑았다. 베리 숏 헤어의 기사는 그 동작과 맞바꾸어 목에 구멍이 나도 이상하지 않았을 것이다. 그러나 검은 옷은 바늘이 그녀의 급소를 찔러버리기 전에 팔을 거두고, 후방으로 물러섰다.

"훌륭하다."

그 칭찬에 어떤 의미가 있는 걸까.

얼굴을 숨기고 있는 검은 옷의 의도는 전혀 읽을 수 없었다. 또한 움직임도 읽을 수 없다. 감옥으로 변한 학원의 음울한 분위기에 검은 옷은 완벽히 녹아들어 있었다. 바람 소리만 윙윙거릴 뿐. 제대로 적의 모습을 포착할 수 없는 베리 숏 헤어의 기사는 전율했다.

으뜸가는 기사인 자신들이 이토록 농락당할 줄이야——.

직후, 그녀의 복부에 주먹이 박힌다. "커헉." 신음하며 의식을 잃고, 동시에 검은 옷의 움직임이 순간 멈췄다. 그 찬스를 놓치지 않고 단숨에 육박하는 글레나.

"에잇!!"

동료의 몸까지 단숨에 썰어버릴 듯한 놀라운 검속. 검은 옷의 한쪽 팔이 부옇게 보이는 것처럼 움직였다. 베리 숏 헤어의 기사가 놓친 검을 허공에서 움켜잡고, 즉시 되받아친다.

머리 위에서 격돌. 금속음과 함께 불똥이 사방에 튀어 순간적으로 쌍방의 얼굴을 비췄다.

물론 글레나가 확인할 수 있었던 것은 후드 사이로 살짝 보이는 입가뿐이다.

적에게 물어봐야 무의미하겠지만 그녀가 경악하는 이유는 여럿 있었다.

"말도 안 돼. 기척을 전혀 못 느끼다니……!"

그렇지 않으면 이토록 완벽하게 기습당할 리 없다.

마나 능력자인 자신과 도신을 맞부딪친 상태에서 대등하게 버틴 것도 납득이 안 간다.

"설마 그쪽도 기병단의 인간……?! 그 잠복 스킬, 사무라이 클래스인가!"

검은 옷은 억지로 검을 튕겨 올리고 그 반동으로 후방으로 물러섰다.

──싸우면 싸우는 만큼 정보가 샌다고 말하기라도 하듯이.

베리 숏 헤어의 기사는…… 괜찮다. 그녀도 바닥에 쓰러져 정신을 잃었을 뿐이다. 글레나는 호흡을 가라앉히면서 정안 자세를 취하고 칼끝을 겨누었다.

대치 중인 검은 옷은 틀림없는 마나 능력자. 하지만 마나를 극력 억제하면서 싸우고 있음을 알 수 있다. 검을 잡는 자세마저 숨기려 하고 있는데, 이는 신원이 드러나는 것이 무엇보다 두렵기 때문이리라. 글레나가 한 발 나오면 상대는 한 발 물러선다.

그렇다면. 글레나는 이기는 수를 찾아냈다. 다시 한번 칼자루를 단단히 고쳐 잡는다.

우선 말로 상대를 흔들어주기로 했다.

"요즘, 기병단의 분열이나 파벌 싸움이 현저해졌다는 이야기는 들었습니다. 당신도 어느 부대 소속이겠죠. 손에 익지 않은 무기로는 제게 승산이 없을 텐데…… 이쪽으로 돌아설 생각은 없습니까?"

"…………."

여전히 검은 옷은 한쪽 손에 검을 든 채 자세조차 취하지 않으려 한다.

──교섭에 응할 생각은 없는 것 같다.

물러설 생각도.

"유감입니다."

글레나는 깨끗이 단념했다. 상대에게도 어지간히 확고한 신념이 있는 모양이다.

목적 따위는 나중에 추궁하면 된다. 매끄럽게 손발을 미끄러뜨려 자세를 바꿨다. 이 단계에서 이미 준비를 마쳤다── 검을 얼굴 옆까지 들어 올리자 날 중심에서부터 끝까지 단숨에 마나가 치달았다. 대화로 시간을 벌면서 담아 넣은 것이다.

손에 익은 애검이 아니고선 할 수 없는 기술이다.

적은 될 수 있는 한 마나의 흔적을 남기지 않으려고 하는 것 같다. 그렇다면 아무리 명검을 들었더라도 자신과 같은 기술을 쓸 수 없다. 무기에 마나를 가득 채우면 증거가 남기 때문이다.

다시 한번 검끼리 맞부딪친다면 글레나의 승리다.

──이 단계에서 승패는 정해졌다.

남은 것은 공격뿐. 예고도 없이 바닥을 찬다.

이것이 성도 친위대의 검격이다!!

"하아아아앗!"

활활 타는 마나가 주위를 비췄다. 있는 힘을 다해 머리 위로 높이 쳐든 칼끝을 상식을 넘은 속도로 내려친다. 칼로 막았다간 도신과 사이좋게 몸이 두 동강 날 것이다. 그것을 순간적으로 판단해서인지 검은 옷은 날카롭게 옆으로 슬라이딩하려고 했다.

크게는 피하지 않는다.

피하느라 자세가 무너진 순간 추격타를 넣는다——라는 글레나의 검술을 읽은 것이다. 그녀의 눈동자가 휘둥그레진다. 검은 옷은 피하면서 쳐올린 자신의 검을 방어에는 사용하지 않았다. 도신을 따라 미끄러지듯 글레나의 검을 피하고 어깨를 가르게 한다.

살을 파고든다.

그리고 뼈와 근육에서 딱 막혔다. 위력이 줄었다곤 해도 글레나는 거듭 경악한다. 검은 옷의 내측에 솟구치는 마나에—— 그렇군! 뒤늦게나마 깨달았다. 적은 무기를 사용하지 못할 거라 결론짓고, 육체강화에만 온 정력을 쏟은 것이다.

처음부터 무승부로 몰고 갈 셈으로—— 그렇게 판단했을 때에는 이미 늦었다.

카운터 펀치가 글레나의 명치에 꽂혀 있었다. 자신의 돌진력이 배의 힘으로 되돌아왔다. 등이 파열할 것 같은 타격음. 그녀는 날카롭게 신음하고, 허무하게 의식을 잃는다.

"이럴…… 수, 가…………."

스르륵, 검은 옷의 주먹에 기대듯이 바닥에 쓰러졌다.

어깨를 파고든 상대의 검을 검은 옷은 신중히 뽑아낸다.

자신의 피가 바닥에 떨어지지 않도록 세심한 주의를 기울이며 도신을 닦았다.

"⋯⋯당신의 검술은 이전에 봤으니까요."

그렇지 않으면 아슬아슬하게 칼끝을 피하는 것은 불가능했을 것이다.

검은 옷은 옷깃을 풀고서 다소 거친 호흡을 반복했다.

물론 쿠퍼다.

피가 옷 안쪽에 모이는 구조로 되어 있다곤 해도―― 검을 받은 왼쪽 어깨는 움직일 수 없게 됐다. 쿠퍼는 무의식적으로 혀를 차고서 글레나의 검을 손에 들고 몸을 돌린다.

인기척 없는 구석에 웅크리고 앉아 오른손으로 왼쪽 어깨를 세게 쥐었다.

뱀파이어의 냉기가 어슴푸레하게 발밑으로 퍼진다――.

둔탁한 통증의 파도가 몇 번이나 밀려오고, 살이 익는 것 같은 묘한 감각이 닥쳤다. 쿠퍼가 손을 떼자 상처는 완전히 아물어 있었다. 왼쪽 어깨를 돌리면서 안도의 숨을 내쉰다.

피가 묻을 위험성을 생각하면 앉을 수도 벽에 기댈 수도 없다.

최근, 뱀파이어의 힘에 의지하는 일이 많아졌다⋯⋯――.

혁명 직후에는 온종일 뱀파이어의 모습을 유지한 적도 있었다. 쿠퍼는 이 반신의 힘을 별로 좋아하진 않는다. 평소의 자신보다 명백히 잔인성이 느는 것이 느껴지기 때문이다. 만약 뱀파이어의 모습이 자신의《주체》가 되었다면⋯⋯.

자신이 사랑하는 것조차 독점욕이 이끄는 대로 파괴해 버리는 것은 아닐까.

……지금 생각해봐야 어쩔 수 없지만.

일어선다.

목적지를 향해 나아가기 시작했다.

신중에 신중을 기해 잠입한 만큼 시산도 상당히 지난 상태다. 그러나 이로써 겨우, 최대의 장애물일 성도 친위대는 제거했다……! 《작전》이 한창일 때 그녀들이 끼어들면 성가시기 짝이 없다. 한동안은 움직이지 못할 테니 조금은 안심해도 될 것이다.

백야 기병단에서 내린 지령은 엘리제 엔젤의 암살──.

하지만 단순히 죽이면 된다는 뜻은 아니다.

그 전에, 쿠퍼는 그녀를 죽일 생각 따윈 없다.

어떻게든 해서 엘리제를 백야의 타깃으로부터 제외시켜야만 한다…….

왜 애거스티 교수가 갑자기 그녀를 암살대상으로 설정했는지 명확한 대답은 얻지 못했다. 하지만 그는 이렇게 중얼거렸다. "메리다 양은 따라서 후보에서는 제외." ……그렇다면 '엔젤 가문'이라는 점과 동시에 '팔라딘 클래스를 지녔다'라는 사실, 이 두 가지가 엘리제를 잔혹한 운명에 몰아넣고 있는 원인이 아닐까.

쿠퍼에게는 생각하는 바가 있다.

일찍이 메리다에게 시도했던 《마나 이식술》, 그 응용이다.

이름하여 《마나 소실술》──

엘리제의 몸에서 팔라딘 클래스를 마나와 함께 지워버리고자 하는 것이다.

《클래스 변이술》을 사용해 다른 클래스로 재탄생시키는 선택지도 생각해 봤지만, 그것은 성공률이 매우 낮다. 열 명에게 시도하면 열 명 다 평생 끌고 갈 상처를 심신에 남기게 될 정도다.

왜?

대체 왜 제로 상태에다 1의 마나를 이식하는 이식술 쪽이 클래스 변이술보다 사망률이 낮을까? 쿠퍼는 예전에 메리다에게 이식술을 행했을 때, '꺾꽂이 이론'이라고 생각한 적이 있다. 지금 엘리제의 체내에는 팔라딘의 마나 기관이라는, 이미 강인한 큰 나무가 자라고 있다고 상정하자.

변이술은 이미 존재하는 기관에 별개의 것을 덧붙인다.

구체적 수단으로는…… 약제, 외과수술, 아무튼 입에 담고 싶지도 않지만 처치 후 마나 기관이 심하게 왜곡되는 것은 상상하기 어렵지 않다. 아직 사용하지 않은 새 토지에 싹을 심는 이식술 쪽이 자연스럽고 쉬운 셈이다.

소실술은 이식술의 반대.

이미 존재하는 큰 나무(마나)를 말라비틀어지게 하는 것. 아무것도 없는 새 대지로 되돌리는 것이다. 이거라면 육체에 주는 부담도── 전무하다곤 할 수 없지만 낮게 억제할 수 있음은 틀림없다.

그 결과 엘리제는 마나가 없는, 기사는 될 수 없는 여자가 되겠지만.

……고민을 거듭한 끝에 쿠퍼가 도달한 타협점이 여기다. 애거스티 교수가 납득할지는 모르겠지만, 아니, 납득시킬 수밖에 없다. 엘리제와 친구들은 슬퍼하고 탄식할 것이다. 로제티도 지금까지의 교육이 수포로 돌아가 망연자실할 것임이 틀림없다.

하지만 살아 있는 것보다 소중한 것이 어디 있나──.

메리다는 사랑하는 사촌 자매에게 닥친 슬픈 운명을 그냥 지나치진 않을 것이다.

그렇게 되면 쿠퍼도 결국 이 도시에는, 그녀의 곁에는 있을 수 없게 된다.

설령 자신의 소행이라는 것은 드러나지 않더라도 죄악감이라는 이름의 칼날이 언젠가 그의 심장을 벨 것이다.

그래도 좋다──.

안녕, 내가 사랑하는 사람들. 비록 내가 모르는 곳에서라도 메리다와 사람늘이 지금까지 그랬던 것처럼 이 자리에서 건강하게 있어 준다면 그것으로 충분하다.

그 이상 바랄 것이 어디 있으랴.

쿠퍼는 자신의 발걸음이 굼뜬 것을 자각하고 있었다.

잠입에 몹시 시간을 들인 것도, 지금 와서 생각하니 무의식적으로 일부러 그랬던 것일까.

그렇지만 이제 도망칠 수는 없다.

낯익은 기숙사 탑의 실루엣이 눈앞에 우뚝 솟았다──.

엘리제는 이곳의 《특실》인가에 있는 것 같다. 하지만 거기가 어디인지……. 건물 자체가 성처럼 광대하기도 하지만, 그 벨라헤이디어 이사장이 온 이후로 학생들의 생활과 행동 범위도 크게 변화한 듯하다.

불과 보름 정도밖에 지나지 않았는데도, 자신이 드나들고 있었을 때와는 상황이 전혀 다르다.

입구를 지난다.

고작 중앙정원을 횡단하는데도 신경을 무척 써야 했다.

학생들의 모습은 보이지 않는다.

이미 취침시간이 지나긴 했지만——.

그때 지면의 그림자가 날카롭게 꿈틀거렸다.

쿠퍼는 즉시 뒤로 물러선다. 직후, 연속된 바람을 가르는 소리. 코앞을 베어낼 듯한 속도로 무언가가 지면에 박혔다. 반원으로 빛을 반사하는, 달을 연상케 하는 칼날.

차크람이다.

그것이 두 개. 쿠퍼가 퍼뜩 얼굴을 들자 동시에 상공에서 무희 같은 실루엣이 사뿐 내려섰다. 좌우의 손이 차크람을 뽑는다.

빈틈없이 그에게—— 검은 옷 침입자에게 그것을 들이댔다.

"여기까지다, 고얀 놈!"

——로제.

쿠퍼는 후드 안에서 목소리를 내지 않고 중얼거린다. 왜 여기에——라는 자문에는 금방 답이 나왔다. 글레나 일행이 수상한 자의 습격을 대비해 응원군을 요청한 것이다. 그 요청을 받은 로제티가 주행 중인 열차에서 뛰어내려 되돌아온 것이리라.

훗, 쿠퍼는 눈치채지 못하게 미소 짓는다.

──왜 여기에? 생각할 필요도 없다.

그녀가 엘리제의 가정교사이기 때문이다. 쿠퍼 또한 제자에게 위기가 닥치면 시간이나 공간조차 뛰어넘으리라. 로제티가 이 자리에 급히 달려온 것 역시 생각할 필요도 없이 필연.

침입자의 타깃은 엘리제 엔젤이다.

그렇다면 역시 마지막에 내 앞을 가로막아 서는 것은 너인가──.

쿠퍼는 오른손에 검을 들었다. 그것을 보고 로제티의 눈썹이 치켜 올라간다.

"그 검은 글레나 선배의……?! 당신, 선배들에게 무슨 짓을 한 거야?!"

대답하지 않고 자세를 취했다. 로제티 역시 좌우의 차크람에 마나를 솟구치게 한다.

"좋아, 때려눕혀서 깡그리 토해내게 해주겠어!!"

위세 좋은 노기와 함께 땅을 박찼다. 쿠퍼는 옆으로 미끄러지듯이 피한다.

안면의 바로 옆 공간을 차크람이 가르고, 천 조각이 조금 찢겨졌다. 쿠퍼는 다리를 노리고 찌른다. 그러자 로제티의 하반신이 뛰어올랐다. 완전히 천지를 뒤집으면서 공중에서 다시 한번 양팔을 흩뜨리며 눈에도 보이지 않을 만큼 빠른 5연격.

쿠퍼는 그 공격을 전부 검으로 처리하고 반격을── 넣으려고 하지만 타이밍이 늦었고, 머리 위를 뛰어넘어간 로제티는 한

번 더 공중제비를 구사하며 거리를 둔다.

"헤에."

이 싸움, 여유를 보이는 자는 로제티였다.

《족쇄》가 쿠퍼를 괴롭히고 있었다. 우선 쿠퍼는 대놓고 마나를 사용할 수 없다. 어썰트 스킬은 아예 논외. 손에 익은 검은 칼을 지니고 있지 않은 것도 물론이거니와 평소와 같은 자세, 발놀림, 검술을 보이는 것만으로도 알 만한 사람에게는 힌트를 줄 우려가 있다.

그리고 무엇보다 중대한 것은——.

죽이는 것은 고사하고 중상을 입혀서는 안 된다는 점이다. 피해자를 내면 쿠퍼가 이런 짓을 하는 의미가 없어지고 만다.

요컨대 쿠퍼와 친밀하면 친밀한 상대일수록 혹독한 전투가 되는 것이다.

그런 이유에서도, 로제티는 그야말로 최강의 적이었다…….

그러나 물러설 수 없다.

애거스티가 '최소한의 자비'라고 말했었던 것처럼 쿠퍼가 손을 쓰지 않으면 다른 에이전트가 엘리제의 목숨을 빼앗을 것이다. 메리다에게도 클래스 변이술을 행하여 더욱더 만전을 기할지도 모른다. 쿠퍼조차도 자취를 감추고, 그렇게 되면 저택의 메이드들은? ——머리가 없으면 소란을 피울 수도 없을 것이다. 그리고 거기까지 수상한 《사고(事故)》가 거듭되면 로제티도 진상 규명에 나서려고 하지 않을까.

결국 마지막에는.

로제티의 입을 막기 위해 백야 기병단의 자객이——.

백야는 한다. 묘비를 하나 추가하는 것 정도는 일도 아니다.

이겨야 한다……!

쿠퍼는 손을 칼자루에 미끄러뜨린다. 익숙지 않은 펜서 스타일의 자세를 취했다. 로제티도 매끄럽게 응하며, 쿠퍼의 눈에 많이 익은 무용 같은 동작으로 팔다리를 편다.

두 사람을 중심으로 투기가 팽창, 퍼붓는 비조차 공중에서 튀었다.

이 싸움, 쿠퍼의 활로는——.

""쉿!!""

날카로운 날숨과 동시에 쌍방 모두 땅을 박찼다. 상대적으로 무시무시한 속도, 빗방울 모양조차 눈으로 볼 수 없는 초스피드로 격돌하고 강철이 울린다. 롱소드와 차크람이 격렬하게 맞물렸다. 두 사람의 코앞에서 현기증이 날 듯한 스파크가 튀어 순간적으로 쿠퍼의 입가를 비춘다.

——지금이다!

쿠퍼는 오른손만 칼자루에서 떼어 튕겨 올렸다. 그러자 한 박자 늦게 휘둘러진 로제티의 왼팔과 정확히 충돌하고 그 손목을 붙잡는다. 그녀의 눈동자가 휘둥그레졌다.

로제티는 중거리전 타입인 메이든 클래스이지만 무의식적으로는 근접전을 선호한다. 그녀 본인의 기질 탓도 있을 것이다. 아무튼 쿠퍼가 육탄전 자세를 보여주면 그녀가 그에 호응하리란 것은 쉽게 예상할 수 있었다. 이것으로 한 수.

지체 없이 두 수!

쿠퍼는 근거리에서 더욱 파고들어 그녀에게 육박한 다음 붙잡은 손목을 완강히 놓치지 않고 내던진다. 팔을 축으로 로제티의 반신이 튀어 올랐다. 그녀의 양발이 지면에서 떨어지는 것을 확인하고서 쿠퍼가 '좋아!' 하고 내심 쾌재를 부른 것도 잠시.

뒤통수에 격렬한 충격을 받았다.

로제티는 내던져지는 중임에도 불구하고 초절적인 밸런스 감각을 발휘해 그 힘을 역이용하여 쿠퍼의 후두부에 발뒤꿈치를 때려 박은 것이다. 순간적으로 시야가 새하얘지는 감각이 강타했다. 결국 그녀의 팔에서 손을 놓는다.

서로 뒤엉키듯이, 거의 동시에 쓰러진다.

조금 먼저 벌떡 일어난 로제티는 떨어뜨린 차크람에 손을 뻗는다.

아직 쓰러져 있는 쿠퍼는 하반신을 튕겨 차크람을 멀리 걷어찬다.

그러면, 하고 로제티는 대신 롱소드를 줍고 머리 위로 높이 치켜들었다.

차크람은 두 개 있다. 쿠퍼는 남은 한쪽을 움켜쥐어 아슬아슬하게 검을 막아냈다.

째애앵! 재차 금속음이 울린다.

로제티가 위. 쿠퍼가 아래로, 말을 탄 것처럼 깔고 있는 상태──.

장갑(掌匣)에는 철판이 들어가 있다. 검의 도신을 냅다 잡아,

딴 방향으로 돌려 지면에 박히게 했다. 물 흐르듯이 자연스러운 연계로 그녀의 복부에 킥. 로제티는 후방으로 뒤집혔다.

허억허억, 쿠퍼는 헐떡이면서 몸을 일으킨다.

추잡한 싸움이다…….

그러나 이것이 바로 쿠퍼의 노림수였다. 메치기나 관절기를 중점적으로 초지근거리에서 공격하면 로제티도 상대의 스타일을 알아챌 여유는 없을 거라는 속셈이다.

로제티는 뒤로 구르는 바람에 검을 놓치고 말았다.

쿠퍼도 사용할 생각이 없는 차크람을 내던진다.

도발이라고 받아들였는지 공중에 심홍색 잔상을 남기고 로제티의 모습이 사라졌다. 직후, 명치를 납이 정통으로 때린 것 같은 묵직한 통증이. 로제티는 달려오면서 그대로 날린 훅 한 방으론 만족하지 않고 양팔이 희미해질 정도의 속도로 연타를 계속 날렸다. 공기가 파열한다.

어깨, 배, 가슴. 뼈에까지 울릴 정도의 격통을 쿠퍼는 오로지 근육으로 견뎠고, 겨우 로제티의 라이트 스트레이트가 피로감을 살짝 비친 직후에! 그 팔에 온몸으로 달라붙는다.

"아앗……?!"

느슨한 한 발을 날린 것은 실수인 거다. 쿠퍼는 자연스럽게 그녀를 짊어지고 던져버렸다. 뒤통수부터 지면에 내동댕이친다. 쾅!! 충격에 지면이 들썩였다.

쿠퍼가 손을 떼자 로제티의 팔은 힘없이 스르륵 늘어진다.

쿠퍼 쪽도 숨이 끊어질 것 같다…….

온몸의 뼈와 근육이 비명을 지르는 것을 들으면서 쿠퍼는 몸을 돌린다.

질질 끌 정도는 아니지만, 발걸음도 무척 둔해졌다.

그 다리가 갑자기 멈췄다.

아니, 《붙들렸다》고 하는 편이 맞다. 믿기 어려운 표정으로 내려다보니, 무덤에서 되살아난 것처럼 로제티가 쿠퍼의 하반신에 달라붙어 있었다.

"못 보낸다······!!"

쿠퍼는 깜짝 놀라 숨을 죽였다.

그 순간 몸을 지탱하던 발이 들어 올려져 쿠퍼의 몸이 뒤집혔다. 가까스로 낙법을 쳤지만 온몸을 바닥에 세게 부딪혔다. 흙투성이인 손발이 이제는 누름돌 같다.

한편 로제티는 손발을 짚고 일어나더니 얼마든지 싸워주겠다는 형상으로 격투 자세를 취했다. 육체의 기본 스펙은 쿠퍼 쪽이 뛰어날 텐데······ 어째서 밀리고 있는 걸까. 쿠퍼는 의문이 든다.

──아니, 생각할 필요도 없었다.

쿠퍼 스스로 '이기고 싶지 않다'고 생각하기 때문이다. 마음가짐에서 지고 있다.

조금 전 로제티의 눈을 보고 뼈저리게 깨달았다······.

쿠퍼는 두 손바닥으로 지탱하여 간신히 상체를 들어 올렸다. 다치게 하고 싶지 않다는 오만한 소리를 늘어놓은 주제에 이렇게까지 얻어맞았으니, 남이 보면 기가 찰 노릇이다. 아까의 성도 친위대와는 경우가 다르다……. 로제티만은 힘으로 뚫고 나갈 수 없다.

왜냐면 그녀는 제자, 엘리제를 위해서 버티고 서 있기 때문이다.

만약 입장이 반대라면 쿠퍼가 메리다를 지키기 위해서 가로막은 상황이라면, 검으로든 주먹으로든 온갖 고통을 당한다고 해도 무릎을 꿇는 일이 있을 수 있을까?

결코 없다……. 설령 목숨이 다하더라도 끝까지 계속 싸울 것이다.

그렇기에《최강의 적》――.

"……당신에게는 못 당하겠군요."

들리지 않도록 지면을 향해 속삭인다.

애당초, 그렇다, 애초에 이 잠입 임무 자체가.

행여 순조롭게 엘리제 앞까지 도달한들, 쿠퍼가 그녀의 의지를 꺾어 누르고 그 마나를 빼앗을 수 있을까?

가능할 리가 없다.

모조리 어긋난 계획이다!

최초의 한 수를 두기 전부터 이미 막혀 있었던 거나 마찬가지였던 셈이다……――――.

쿠퍼는 폐 속의 공기를 전부 토하면서 완만한 움직임으로 일어났다. 로제티는 빈틈없이 자세를 취하고서 진흙에 젖은 오른쪽 주먹을 얼굴 옆으로 잔뜩 당긴다.

힘껏 위력을 모은 활과 같이.

시위가 놓인 것 같은 엄청난 기세로 돌진해왔다. 이미 체력에 여유가 없을 것이다. 상대방이 움직이지 않는 것은 여유인가, 함정인가. 단단히 쥔 오른쪽 주먹에 전신전령의 힘을 담아, 잔꾀를 부리면 그것까지 꿰뚫어주겠다는 듯한 일격이——.

우뚝 서 있는 쿠퍼에게.

그 왼쪽 뺨에 정확히 꽂혔다. "어라?" 오히려 허를 찔린 것 같은 표정의 로제티. 상대 검은 옷은 마네킹같이 후방으로 붕 날아갔다. 낙법을 취하는 모습조차 보여주지 않고 지면을 튀어서 몇 미터 거리를 구른 끝에 머리부터 산울타리에 돌입.

작은 가지와 잎이 성대하게 흩날린다.

긴 두 다리가 나뭇가지인 양 쑥 뻗어 있었다…….

으으응? 강타를 날린 장본인이 도리어 걱정되는 상황.

신음 소리가 났다.

"아야야……! 조금은 힘을 조절할 줄도……."

"엥?"

로제티는 눈을—— 귀를 의심했을 것이다.

그 친숙한 목소리에. 검은 옷은 낑낑대며 산울타리에서 기어나오더니 경계하는 그녀를 개의치 않고 얼굴을 감추는 후드에 손가락을 대고…… 싱겁게 뒤로 걷는다.

그리고 그 정체와 대면한다. 나부끼는 흑발——

로제티의 눈이 일찍이 본 적 없을 정도로 둥그레졌다.

"세상에…… 쿠, 쿠……?!"

"…………."

본얼굴을 노출한 쿠퍼는, 뭐라고 말하기 어려운 표정으로 허무하게 웃는다.

로제티는 두 손으로 얼굴을 싸매고 어떻게든 사태를 이해하려고 했다.

"쿠, 쿠, 쿠가 조금 전까지의 시커먼 녀석?! 내가 실컷 패고, 차고……!"

"그건 피차일반이니까요."

"왜, 왜 그런 꼴을 하고 있는 거야?!"

"본얼굴을 들키고 싶지 않아서요."

"글레나 선배들이 저승에서 울고 있어!!"

"안 죽었거든요. ——아, 저거, 돌려주세요."

널브러져 있는 검을 시선으로 가리킨다. 피가 한 방울도 없다면 증거는 될 수 없을 것이다.

로제티는 다시 한번 머리를 싸맸다. 터질 것 같은 상황을 머리에 꽉꽉 눌러 담고 있는 모양이다. 그녀 나름대로 온 정신을 쏟아 무언가를 생각하고 있다.

얼굴을 들었다.

그리고 화낸다. 바짝 다가오자마자 쿠퍼의 목덜미를 졸랐다.

"……설명해줘. 왜 이런 엉뚱한 짓을 한 거야?"

"이야기할 수 없습니다."

"그러고 보니 역에서 헤어졌을 때부터 상태가 이상했어! 왜, 항상, 아무것도 나한테 얘기해주지 않는 거야?! 사정을 가르쳐주면 나도 협력했을 텐데……!!"

쿠퍼는 자조하는 기미로 웃고서 그녀를 내려다본다.

"제가 뭘 하려고 하는지도 모르면서요?"

"아니. 알아."

로제티는 그것만은 단언했다.

허를 찔린 그에게 얼굴을 쭉 가까이 댄다.

"듣으나 마나 또 아가씨들이 핀치에 처한 거겠지."

"……어떻게."

"네가 이런 터무니없는 짓을 하는 이유는 그것밖에 없잖아! 쿠는, 진짜, 자신을 너무 가벼이 생각해……. 무엇보다도 먼저 자신을 사랑하는 법을 배워야 한다고!!"

"…………."

──조금, 이해하기 어려운 소리를 한다.

쿠퍼는 지금까지 줄곧 《존재하지 않는 인간》이었다. 프란돌에 당도하고 나서 주위로부터 "사라져."라는 저주를 계속 받았고, 백야에 들어가고 나서는 "언제 죽어도 상관없게끔 해라."라는 명을 주입받아 왔다. 그래서 이렇게 오래 누군가와── 아, 그렇군. 이렇게 오랫동안 같은 임무에 착수하고, 같은 이름으로 불리고, 목소리를 외울 만큼 누군가와 같은 시간을 보낸 것은, 정말로 어머니를 여의고 나서 처음 있는 일이다.

그 금발의 주인과 만날 때까지는 세상에 색이 있는 것조차도 잊고 있었는데──.

구두 소리가 울린다.

"로세티 님! ──쿠피 선생님?!"

기숙사에서 중앙정원으로 달려 나온 메리다였다. 이미 취침 시간은 지나서인지 네글리제를 입고 있다. 조금 혼란스러워하는 눈치지만, 그녀는 두 사람 사이로 끼어들었다.

"왜, 왜 두 분이 싸우고 계시는 건가요?!"

"아니, 이거, 싸움이라고 해야 하나, 나도 아직 이것저것 묻고 싶은 게——."

다그치듯이 사방에 램프 불빛이 피었다.

아직 거리는 있지만, 학원 강사들의 목소리가 다가온다.

"느꼈어요?" "네, 틀림없이 칼을 부딪치는……." "친위대분들이 쓰러져 있어요!"

얼굴이 새파래진 것은 로제티 쪽이었다.

"역시……!"

단 하나 도망갈 길이 있다. 메리다가 온 기숙사 안으로 이어지는 문이다. 로제티는 쿠퍼를 잡아당겨 일으킨 다음 메리다도 함께 막무가내로 등을 밀었다.

"내가 어떻게든 수습할게—— 메, 메리다 님은 그 바보 좀 어떻게 해줘!"

"네, 네엡! ——예? 바보요?"

어쨌든 들키면 안 된다. 쿠퍼 본인보다도 오히려 메리다 쪽이 정신없다. 쿠퍼의 등을 기숙사로 통하는 문에 밀어 넣는다. 그리고 로제티가 글레나의 검을 뒤로 숨긴 것과 동시에.

각자 램프를 손에 들고서 험악한 표정의 강사들이 중앙정원에 급히 달려왔다.

"로제티 선생님! 조심하세요, 학원에 수상한 자가 숨어들어 있다고 해요!"

"아, 으—음. 방금 제가 혼쭐을 내줘서…… 저쪽! 저쪽 방향으로 도망친, 것 같던데?"

"그렇군요, 이쪽이요!"

"네! 아니아니, 아니에요! 그쪽은 안 돼요~~~!!"

손가락으로 가리키는 곳이 들썩이고 있었기 때문일 것이다. 강사 한 명이 문 쪽으로 향했다. 메리다는 거듭 쿠퍼의 손을 잡아당겨 가장 가까운 방으로 도망쳐 들어가야 했다.

바로 담화실이다.

중앙정원 쪽 문이 열리는 소리. 강사의 발소리가 언제 이쪽으로 다가오더라도 이상하지 않다. 대체 어떡할 셈인지—— 메리다는 쿠퍼를 불이 꺼져 있는 난로로 밀어 넣었다. 그다지 여유 없는 그 공간에 자신도 들어간다.

이걸로 따돌릴 수 있을까? 쿠퍼는 불안하기만 하다.

"금방 발각되고 마는 건 아닐지……."

"걱정 마세요. 이쪽, 벽의, 안쪽에…… 영차."

쿠퍼에게 몸을 싣고 팔을 뻗어서 간신히 닿은 벽돌 일부를 손가락으로 민다.

그러자 신기하게도.

쿵, 하고 벽돌이 안쪽으로 미끄러졌고 동시에 쿠퍼의 등을 떠받치고 있었던 벽에서 무게가 사라졌다. 그의 체중을 버티지 못해 벽과 함께 180도 뒤집혀버린 것이다.

회전문이다. 기숙사에 이와 같은 장치가 숨겨져 있었을 줄이야…….

"어이쿠."

뒤통수를 바닥에 부딪치지 않도록 주의하면서 자신에게 쓰러지는 메리다를 꽉 껴안는다.

성 프리데스위데 여학원은 성과 같은 위용을 자랑하는 곳. 어쩌면 쿠퍼가 아직 파악하지 못했을 뿐, 이러한 신비가 더 숨겨져 있을지도 모른다.

예상대로라고 해야 할까, 뒤쫓아온 강사는 바로 옆방부터 이 잡듯이 샅샅이 뒤지기로 한 것 같다. 쿠퍼가 재빨리 회전문을 닫음과 동시에 담화실 문이 열렸다.

숨을 죽인다.

메리다는 입술 앞에 집게손가락을 세운 뒤 안쪽을 콕콕 가리켰다.

난로 안의 비밀 통로――인 걸까. 쿠퍼처럼 비교적 체격이 좋은 청년은 기어야 간신히 빠져나갈 수 있을 정도로 좁다. 또한 군데군데 길이 분기되어 있다. 메리다는 그 복잡한 미로를 이미 숙지하고 있는 모양이다. 뒤에서 적절한 지시가 온다.

메리다가 선도하는 편이 빠른 게 확실하지만 어쩔 수 없다.

5분 정도 강아지처럼 기고, 또 기어서 겨우 한숨 돌릴 정도로 트인 공간에 도착했다. 여기에서부터 여러 갈래로 길이 갈라져 있다. 환기구도 갖춰져 있었다.

푸하아, 메리다는 얄팍한 가슴을 쓸어내린다.

"아까는 어떻게 되나 싶었어요⋯⋯."

어느 정도 자유로워졌다. 쿠퍼는 일단 메리다를 야단쳐야 했다.

천사 같은 뺨에 손바닥을 붙이고 부드럽게 쥔다.

"아가씨, 대체 무슨 터무니없는 짓을 하시는 겁니까."

"터, 터무니없다고요? 그건 선생님이겠죠! 저, 우연히 들었어요. 강사 선생님들이 '침입자가 있다'고 이야기하는 걸. 그, 그래서 어쩌면, 어쩌면 싶어서 몰래 상황을 보러 왔더니⋯⋯."

아아, 이 얼마나 못된 아이인가. 쿠퍼는 메리다의 가냘픈 등을 꼭 껴안는다.

쓰러져버리는 건 아닐까 싶을 만큼 연약한 감촉과 열을 가슴 가득히 느꼈다.

메리다의 뺨도 확 빨개진다.

"서, 선생님⋯⋯?"

"소식이 없어서 계속 걱정하고 있었습니다. 뭔가 나쁜 일은 없었습니까?"

"서, 선생님이야말로 답장을⋯⋯! 아니, 그건 어쩔 수 없었고. 저, 저는 괜찮아요. 프리데스위데에는 제 편이 많이 있으니까요."

"훌륭하네요, 아가씨. 좌절하지 않고 힘내왔군요."

"저, 저기, 선생님, 소, 손이 그."

"아가씨⋯⋯ 아가씨. 뵙고 싶었습니다──."

"선생님, 나중에! 나──중──에~~~!"

어떻게 양손을 버둥거려서 가정교사의 포옹을 푸는 메리다.

살짝 머리카락을 흐트러뜨리면서 메리다는 작은 몸으로 헥헥 어깨를 오르내렸다.

"진짜, 진짜! 선생님은 잠깐 못 만나면 금세 요런다니까요."

"면목 없습니다. 아가씨가 몹시 원하시는 얼굴을 하시고 계셔서, 저도 모르게."

"아, 안 그랬어요! 진짜, 선생님, 뭔가 좀 엘리 같아요——."

쿠퍼는 깜짝 놀라 얼굴을 들었다.

"……아가씨는 엘리제 님이 있는 곳을 알고 계십니까?"

"어? 네. 아, 그러고 보니 저 학생회에 들어갔거든요? 그래서 특별반인 엘리와도 아주 잠깐이지만 이야기할 수 있어요."

다만, 하고 울적하게 고개를 젓는다.

"최근엔 저희, 최대한 같이 있지 않도록 하고 있지만요."

"……역시 뭔가 생각이 엇갈리는 것이 있으신지?"

"네?"

"실례. 벨라헤이디아 이사장님에게 순종하고 있는 엘리제 님의 모습을 직접 봐서, 도저히 납득이 안 되어 그렇습니다. 어쩌면 또…… 혼자서 무언가를 안고 계시는 건가 해서 말입니다."

"아, 네. 그렇긴 한데…… 으음, 어떻게 말하면 좋으려나."

메리다는 입술을 손가락으로 찌르며 고심하다 이내 얼굴을 들었다.

──백문이 불여일견, 이라고 말하고 싶은 듯이.

"선생님, 이쪽으로."

숨겨진 통로 하나로 솔선하여 들어간다. 쿠퍼는 뭐가 뭔지 모르겠다는 심경이면서도 뒤를 따르지 않을 수 없었다.

기숙사의 어딘가로 이어져 있다고 생각된다만―― 그러고 보니 지금은 이미 학생의 취침시간을 지났을 때겠다. 바깥의 소동은 어떻게 됐을까……. 침입자는 이제 없다, 라고 전파되면 수색 방향도 정문 부근으로 이동할 터인데.

언제까지 이렇게 메리다와 안온한 시간을 보낼 수 있을까.

얼마 지나지 않았지만, 통로의 막다른 곳에까지 다다른 모양이다. 메리다는 새카만 벽을 살며시 건드린다. 주먹을 만들어 두 번, 세 번 약간 세게 두드렸다.

예상 못한 반향음.

벽의 반대쪽으로부터 목소리가 들려온다.

『암호는?』

"샬롯 블랑망제."

메리다가 막힘없이 대답하자 쿵 하고 건너편에서 묵직한 소리가 들렸다.

또다시 정교한 비밀 문이 열리고 희미한 빛이 쏟아져 들어온다――.

메리다는 열린 문 쪽으로 망설이지 않고 내려섰다. 그 순간, 문 바로 옆에 있었던 듯한 소녀가―― 아마 조금 전 암호를 물어본 학생이 메리다에게 달려들었다.

쿠퍼는 모르는 얼굴이다……. 아마 신입생 중 한 명이리라.

"메리다 언니! 걱정했어요!"

"잠깐 상황을 보고 오기만 한다고 했잖아. 오버하지 마."

"언니가 있어 주시지 않으면 불안해서 못 견디겠어요……."

문 건너편은 그럭저럭 넓은 공간 같다. 몇 명의 목소리가 이어진다.

"메리다 언니가 돌아오셨어!"

"가르쳐줬으면 하는 것이 있어요! 책으로는 아무리 해도 이해가 안 돼서."

"메리다, 잠깐 시간 되니? 다른 반과의 교대시간 말인데——."

비좁은 비밀 통로 안에서는 도저히 상황을 파악할 수 없다. 쿠퍼는 약간 주눅 들면서도 메리다를 따라서 신중히 문 건너편으로 내려섰다.

눈 부신 빛이 눈동자를 찌른다.

"꺄아악! 남성분이야!"

왠지 반가운 날카로운 비명과 함께 시선이 온몸을 팍팍 찌르는 것이 느껴졌다.

순식간에 조용해지고 곧 메리다의 목소리가 맑은 파장이 되어 퍼진다.

"걱정 마, 내 가정교사 선생님이야. 다들 신경 쓰지 말고 《수업》 계속할래?"

"누, 누군가 했더니 쿠퍼 님……!"

"아, 정말, 놀라게 하지 말아주세요!"

몇 명인가는 들은 기억이 있는 메리다의 동급생들의 목소리.

쿠퍼는 거기서 간신히 실내의 상황을 명확히 확인할 수 있었다. 평범한 교실의 두 배 넓이는 될 방에 생각했던 대로 많은 학생이 모여 있다. 강사도, 글래스 펫들의 모습도 보이지 않는다. 젊디젊은 여학생들뿐이다…….

이쪽에서는 트레이닝복을 입은 학생들이 목검으로 대련을 하고 있었다.

저쪽에서는 네글리제 차림의 하급생이 책상에서 교본과 눈싸움을 벌이고 있다. 그녀들 사이를 오가는 상급생이 이따금 손이 멈춰 있는 학생에게 정확한 힌트를 가르쳐주었다.

아연실색하여 서 있을 수밖에 없는 쿠퍼 옆에 메리다가 나란히 선다.

"이 방은 말이죠, 숨겨진 문으로만 들어올 수 있는 비밀의 장소예요. 저희는 이렇게 이사장님의 눈이 닿지 않는 곳에서 자율학습을 하고 있어요. 3학년은 2학년에게, 2학년은 1학년에게 배우고 싶다고 생각하는 것을 필요한 만큼 가르쳐요——."

자랑스러운 듯이 가슴을 쭉 편다.

"어엿한 레이디로서 학원에서 성장하기 위해!"

"……모든 학생이 교대하면서? 용케 들키지들 않고 있군요."

"그건 엘리 덕분이에요."

메리다는 조금 쑥스러운 듯이 웃는다.

쿠퍼가 내려다본 곳에서 그녀는 역시나 조금 안타깝게 이야기했다.

"엘리는 이사장님에 대한 반발을 멈추고 《착한 아이》를 연기하고 있어요. 미스 벨라헤이디어는 이미 완전히 엘리를 신용하고 특별학생 취급하고 있죠——. 그래서 엘리만은 발키리 부대에 감시당하지 않고 자유로이 움직일 수 있어요. 학생 모두가 수업하는 데 필요한 것, 교과서나 훈련 도구 같은 것을 조달하면서 이 방이 발각되지 않게끔 지켜주고 있는 거예요."

키득. 쓸쓸히 웃는다.

"그것을 위해서라도 이사장님에게 찍힌 저와는 그다지 만나지 않는 편이 좋은 거죠."

"……그 엘리제 님이. 아가씨에게 찰싹 붙어 있었던 그분이?"

"현재는 저희가 프리데스위데에서 가장 《언니》니까요. 이젠 셴파 언니도, 크리스타 회장도, 미토나 회장도 학원에 없어요……."

외롭지 않을 리는 없다——.

그럼에도 메리다의 눈빛은 똑바로 앞을 향하고 있었다.

"그러니까 우리가 동생들을 이끌어줘야 돼요. 언니들이 제게 그렇게 해준 것처럼, 동생들도 '성 프리데스위데에서 배우길 잘했다'고 진심으로 생각해주길 바라요. 언니들에게 질 수는 없죠!"

"…………."

쿠퍼도 지금까지 많은 것을 배우고, 조금은 몸도 마음도 성장했다 생각하고 있었다.

그런데 이 소녀는 차원이 다르다……. 대체 어느 틈에 그렇게 멀리 달릴 수 있게 된 겁니까? 바로 얼마 전까지만 해도 성당 뒤에 쭈그리고 앉아 울고 있는 어린애였는데.

역시 언젠가 나를 죽일 자다——………….

쿠퍼는 그녀의 뺨에 손바닥을 댔다.

"……학원이 이토록 변해 버렸는데도 아가씨들은 변함없이 자기 자리를 의연하게 지키고 있었군요."

"서, 선생님?"

"아가씨. 부탁이 있습니다."

메리다에게 상급생으로서의 긍지가 있는 것처럼 쿠퍼에게도 가정교사의 긍지가 있다.

설령 일상이 폭풍에 휩쓸려버렸다고 해도——.

여기서 져서야 되겠는가!!

의지가 솟구치는 눈빛으로 메리다를 꿰뚫으며 말했다.

"저를 엘리제 님이 있는 곳으로 데리고 가주십시오."

† † †

다행히도 발키리 부대인가 하는 것이 학원 내에 배치된 반작용인지, 작년까지는 곧잘 입이 닳도록 교칙을 내세웠던 기숙사 사감도 최근엔 학생들의 자유를 존중해주고 있는 모양이다. 취침시간이 지나고도 여전히 기숙사 내를 둘러보는 시스터의 그림자 하나 없다.

평소와 같이 기숙사 탑 6층의 《그 장소》에 다다르는 것은 지극히 용이했다.

숭후한 문을 연다.

그 앞에는 후끈후끈, 꽃향기를 내는 수증기가 자욱했다——.

모범적인 상급생에게만 사용이 허락된 호화로운 대욕장. 탈의실에는 누구의 모습도 없지만, 슬라이드 도어 건너편에는 번쩍번쩍한 등불이 비쳐 보인다.

물소리가 들린다. 누군가가 입욕 중인 모양이다.

생각할 것도 없이 엘리제다.

"항상 이 시간에 들어가 있어요, 엘리."

맨발로 찰박찰박 바닥을 걸어가는 메리다.

"엘리제만 늦게까지 안 자도 뭐라 안 하거든요. 그래서 우리 학생회 애들 먼저 들어갈 수 있도록 늘 이 시간에……. 잠깐만 기다려주세요, 불러볼게요?"

"그럼 저는 일단 바깥에——."

"아, 그래도! 혹시 발각되면……."

"으음, 그럼 확실히 큰일입니다만…… 안 되겠군요. 그럼 평소와 같이."

『——리타?』

참방. 문 건너편에서, 욕조에서 나오는 소리가 난다.

믿고 싶지 않지만 찰박찰박 자신들에게 다가오는 기척이 있다. 메리다는 "엘리, 잠……!" 하고 소리치다 말고 아슬아슬하게 자신의 입을 막았다. 큰 소리를 내서 시스터를 불러들이면 차마 눈 뜨고 볼 수 없는 상황이 펼쳐질 것이다.

쿠퍼도 마찬가지였다. ——물러나야 하나? 그러나 섣불리 밖으로 뛰쳐나갔다가 누군가와 마주치면 장난으로 끝나지 않는다. 그렇다고 이대로 꼼짝 않고 있을 수도—— 진퇴양난에 빠져 있는 동안, 아아, 무정하게도.

아주 싱겁게 문이 드르륵 미끄러지고.

숨이 막히는 듯한 꽃향기를 감은 채, 목욕을 마친 엘리제가 모습을 보였다.

완전히 방심한—— 실오라기 하나 걸치지 않은 채로.

"리타, 목소리가 들렸는데 이런 시간에…… 무, 슨…………."

한눈에 알아챘을 것이다.

가장 사랑하는 사촌 자매만이 아니라 추방당한 줄 알았던 청년의 시선이 있는 것을.

메리다와 쿠퍼는 도화선에 불이 붙은 폭탄을 달래는 것처럼 몸짓 손짓으로 열심히 전파했다. 쉿, 쉿, 쉬잇——…………!

엘리제의 두 주먹이 부들부들 떨렸다. 은색 머리카락 끝에서 물방울이 떨어진다. 목덜미부터 뺨까지 수치의 색이 확 번지고, 직후 번개같이 배스 타월을 끌어당긴다.

중요한 곳만 겨우 가린 채 바닥에 주저앉아.

"방심했어……!"

이게 몇 번째 치욕이냐고 말하고 싶은 듯이 입술이 일그러진다.

"설마 이렇게까지 해서 엿보러 올 줄이야……! 쿠퍼 선생님을 쉽게 봤어……."

"심한 오해입니다, 엘리제 님. 설명할 기회를 주신다면……."

여하튼 비명이 터지고 대소동이 일어나는 사태만은 피해서 다행이다.

……왠지 '늘 있는 일'이라고 말하는 듯한 관계성이 작용해 이 정도로 끝난 것 같지만, 쿠퍼로서는 솔직히 납득이 가지 않는다. 왜 익숙해진 걸까…….

"그래서?"

배스 타월을 단단히 몸에 감고 나서 엘리제는 차가운 곁눈질을 보낸다.

아직 뺨이나 피부는 열이 빠지지 않은 것처럼 새빨갛지만.

"만족했어? 아니면 아직?"

"정말로 불행한 사고였습니다. 설마 이렇게 재회하리라곤 꿈에도 생각지 못했습니다──."

최소한의 서론을 깔고 쿠퍼는 말을 꺼낸다.

긴 의자에 걸터앉은 엘리제와 그 옆에 바싹 붙는 메리다에게.

"……아가씨들께서 결정하셔야만 하는 것이 있습니다."

그 어조의 변화에 메리다와 엘리제도 어리둥절하며 얼굴을 마주 보았다.

심각한 사태, 라는 것이 전해진 것이리라. 메리다가 쿠퍼를 올려다본다.

"결정해야만 하는 것, 이라고요?"

"놀라시겠지만 부디 들어주세요. 지금 두 분의 목숨을 노리는 자들이 있습니다."

피할 수 없는 이야기다. 이미 알몸이 어떠네 하는 것은 부차적인 문제.

엘리제는 쿠퍼의 의중을 살피듯이 몸을 내밀었다.

"……그래서 쿠퍼 선생님은 우리를 구하러 온 거야?"

"아가씨들은 실감이 안 날지도 모르겠습니다만, 지금 프란돌은 정변의 한복판에 있습니다. 두 분도 기사 공작 가문으로서 입장이 있는 몸, 여러 가지 세력이 귀한 몸을 노리고 있습니다. 어떤 자는 이용하고자, 또 어떤 자는 매장하고자……."

설마 그 하수인의 한 명이 눈앞에 있는 청년이라고는 생각할 수도 없겠지만.

현실미가 없는 이야기에 네글리제 차림의 소녀와 배스 타월 차림의 소녀는 얼굴을 마주 보았다.

메리다는 확신하지 못한 말투로 말한다.

"으음, 그러면 쿠퍼 선생님과 함께…… 기병단에 도움을 청하러……?"

"아뇨, 유감스럽게도——."

이것만은 진심으로, 쿠퍼는 씁쓸한 듯이 잘생긴 얼굴을 일그러뜨린다.

"이젠 등화 기병단도 신용할 수 있다고 말하기 어렵습니다. ——메리다 아가씨. 혁명 때 그들이 《예언의 아이》라는 아가씨의 입장을 이용한 것을 기억하고 계시겠죠? 지금은 그것이 최악의 방향으로 굴러갔구나 생각해주세요."

"……저 때문에."

자신에게도 있었던 비슷한 일이 생각나서일까. 메리다는 미간을 찌푸린다.

엘리제도 쓰라린 듯 눈을 가늘게 떴다.

"우리가 존재해서 문제가 일어나고 있는 거네."

"솔직히 말씀드리면 그렇습니다."

"어떡하면 좋지?"

신뢰의 눈길이 좌우에서 쳐다본다.

쿠퍼는 일단 상체를 일으키고 잠시 시간을 두었다.

……어떡하면 좋지, 라. 쿠퍼도 이곳에 다다를 때까지, 스스로도 영문을 알 수 없게 될 만큼 사고가 혼미했었다. 조금 전 《여동생》의 설교가 뇌리를 가로지른다.

쿠퍼가 마음을 속여서까지 지키고 싶었던 것은? 제자들인가? 여동생인가? 저택에서의 생활. 가정교사로서의 입장. 어둠의 조직과는 동떨어진 학원에서의 나날──.

그 전부를 놓고 싶지 않다고 생각하는 것은, 분에 넘치는 착각일지도 모른다.

그렇다면── 쿠퍼는 검은 옷의 가슴팍을 눌렀다.

거기에 넣어져 있는 것은 그의 비장의 카드가 될 《극약》이 담긴 작은 병이다.

"……솔직히 이번만은, 제가 두 분의 목숨을 맡는 것만으론 소용없습니다. 그러니 메리다 아가씨, 엘리제 님."

양손으로 각각의 가냘픈 어깨를 단단히 잡는다.

붉은 눈동자와 푸른 눈동자를 교차로 응시했다.

"두 분께서도 부디 단단히 각오해주시기 바랍니다. 설사 지금까지의 상식이 뒤집힌다 해도, 아가씨들의 모습 그대로 계속 의연하게 있겠다는 각오를."

　그 후 쿠퍼의 입에서 흘러나온 말에——.

　어린 공작 가문 영애들은 목소리를 잃을 정도로 큰 충격에 휩쓸렸다.

† † †

　랜턴 안쪽에 비가 내린다.

　신의 분노를 산 것 같은 폭풍이 다가오고 있었다.

메 리 다　엔 젤

클래스 : 사무라이

HP	4057	MP	385		
공격력	396(335)	방어력	326	민첩력	434
공격지원	0~20%	방어지원	—		
사념압력	32%				

주 요 스 킬 / 어 빌 리 티

은밀Lv5 · 심안Lv5 · 결계효과반감LvX / 역경Lv4 / 항주(抗呪)Lv6 / 환도사신(幻刀四神)·설월풍아(雪月風牙) / 발도진타
(抜刀眞打)·화조인직(火鳥刃織) / 천도술(千刀衛)·앵화(櫻華) / 비의쌍도술(秘義双刀衛)·하늘 찌르기(天ノ穿)

엘 리 제　엔 젤

클래스 : 팔라딘

HP	4408	MP	486		
공격력	373	방어력	437	민첩력	392
공격지원	0~25%	방어지원	0~50%		
사념압력	30%				

주 요 스 킬 / 어 빌 리 티

축복Lv6 / 위광Lv5 / 플레임 엘리트Lv5 / 증폭로Lv6 / 저력Lv5 / 디바인 하울링 / 이스 카자도 브랜디스
/ 루사 루카 페트로나 / 브라이트 이브

LESSON: V ～글래스 루아얄～

어젯밤부터 내리기 시작한 비는 약해지기는커녕 오늘 밤에 최고조를 맞이하는 중이었다.

이제 우산 없이는 외출도 만만찮다. 카디널스 학교구 주민들도 레이볼트 재단을 받아들인 것을 슬슬 후회하기 시작하지는 않았을까……. 사람 하나 없는 거리를 흠뻑 젖은 채 질주하다 보니 자연스레 그런 생각이 들었다.

애거스티 본즈 교수였다.

"휘이~! 엄청나구만, 이거!"

상의를 우산 대신 사용하면 뚫고 나아갈 수 있다──라는 예측은 완전히 빗나갔다. 클로버 사장, 그 인간은 대체 인공 구름 생성장치(벌룬 시드)인지 뭔지 하는 물건으로 얼마나 억척같이 구름을 모은 거지? 새카만 하늘이 가로등의 빛까지 전부 까맣게 칠해서 마차의 왕래조차 알아챌 수 없거늘!

다 글렀군. 그는 깨끗이 포기했다.

무도회의 전말을 확인하러 갈 생각이었지만 어딘가에서 우비를 조달하지 않으면 문전박대당할 것이다. 어차피 그의 관심사는 엘리제 엔젤이 확실히 이 세상을 떠났는가를 확인하는 일뿐이다. 그 신통찮은 아들의 충성심이 어느 정도인지를.

그러고 보니, 하고 기억에 의지해 잘 보이지도 않는 모퉁이를 왼쪽으로 돈다.

시가지로 가지 않고 이대로 약간 외진 곳을 향해 가면—— 거봐라, 찾았다!

한눈에도 명문가의 것으로 보이는 광대한 부지를 둘러싼 담에, 고풍스러운 대문.

망을 보는 부류가 없는 것을 확인——.

"실례." 하고 양해를 구하면서 대문을 지나 그대로 구불구불한 돌바닥을 더듬더듬 나아간다.

비와 나뭇잎이 스치는 소리가 만들어내는 오케스트라를 들으며 식물원을 빠져나가니…… 놀랍게도 온기가 있는, 환한 불이 켜진 부지에 도착했다. 마치 고독한 여행을 위로해주는 별 같다. 그 녀석이 빠졌을 만하군, 하고 속으로 휘파람을 불면서 현관 처마로.

최소한의 예의로 옷깃을 정돈하고 나서 노크를 했다.

문 너머로 가련한 대답.

철컥, 하고 문 사이로 얼굴을 슬쩍 비친 것은 젊디젊은 메이드 소녀다.

"어머, 애거스티 교수님!"

"여어, 안녕."

수염 정도는 깎고 올 걸 그랬나. 흠뻑 젖은 모습은 어떻게 봐도 수상한 사람일 것이다.

그러나 메리다 저택의 메이드장 에이미는 현관을 벌컥 열고 애거스티를 들여보내 주었다. 참 싹싹한 아가씨다──라기보다는《쿠퍼의 가족》이라고 소개를 해둔 덕이리라. 그 녀석이 전면적으로 신용을 받고 있는 것이다.

부럽구만.

이 아이들이 자신 때문에 다치면 무척 속상하겠지──.

교수의 속마음 따윈 상상조차 못하고 에이미는 앞장서서 복도 끝으로 달려갔다.

"새 타월을 가지고 올게요. 응접실에서 기다려주세요."

"아니, 젖었으니 여기서 기다릴게요. 미안해요, 설마《랜턴 안》에서 비를 맞을 줄은 몰라서 완전히 방심했지 뭡니까."

"우후후. 지금, 따뜻한 홍차를 내올게요."

에이미가 분주하게 저택 안으로 사라지자 교대하듯이 반대쪽 복도에서 다른 메이드들이 모습을 보였다. 솔직히 말하면 메이드장 말고는 이름을 기억하지 못한다만⋯⋯. 아무튼 애거스티는 수상쩍은 티가 만발하는 억지웃음을 띠어본다.

"헤헤, 일하는데 방해해서 미안합니다요."

"애거스티 교수님! 바깥 날씨가 참 짓궂죠."

"애거스티 교수님이다~ 어서 오세요."

"이야~ 두 사람 다 이런 날도 부지런하군요⋯⋯. ────어우, 짐이 굉장한데."

저도 모르게 솔직히 중얼거린다.

두 메이드가 가는 팔에 어울리지 않는 가구를 고생하며 옮기고 있었기 때문이다. 그런 힘쓰는 일은 기껏 있는 남자인 쿠퍼에게 시키면 되련만……

"방 가구 배치를 바꾸는 건가요?"

"아뇨, 안 쓰는 방을 정리하는 중이에요."

"헤에, 그래요……. …………?"

이 순간 그는 말할 수 없는 위화감이 들었다.

메이드들이 온 방향, 복도의 끝. 그쪽에는 필시…… 이 저택의 주인인 메리다 엔젤의 방이 있었을 것이다. 방의 배치만은 머리에 입력해 두어서 안다.

메이드들은 무거워 보이는 가재를 밖으로 실어 나르는 중이다.

"……안 쓰는 방?"

"네? 네, 그런데요."

"잠깐 실례."

애거스티는 서슴없이 발을 내디뎠다.

융단을 적시는 것도 아랑곳하지 않고 눈을 껌벅이고 있는 메이드들의 옆을 지나간다. 그 앞의 쌍바라지 문은 열려 있었다.

──어둡다.

문 앞에 다다르고 애거스티는 아연실색했다. 실내에는 침대와 책상과 같은 최소한의 가구밖에 남아 있지 않아 생활감이 전혀 느껴지지 않는다. 벽장 안도 텅 비었다.

두 메이드가 의아한 얼굴을 하고 따라온다.

"저, 저희 저택의 빈방에 무슨 일 있나요? 교수님……."

"여기에 살고 있었던 메리다 엔젤은 어떻게 됐지?"

"메…… 메리, 다?"

메이드들은 진심으로 이해할 수 없다는 듯이 얼굴을 마주 보았다.

──설령 일류 여배우의 명연기일지라도 애거스티는 간파할 수 있다.

복도를 뛰어 돌아갔다. 거리낌 없이 2층으로 가는 계단을 올라가자 마침 2층에서 내려오는 에이미와 마주친다. "애거스티 교수님?!"

무시하고 층계참에 멈추어 서서, 거기에 있는 문을 열어젖혔다.

"……치잇!!"

저도 모르게 혀를 차는 애거스티.

아니나 다를까 쿠퍼의 거처였을 그곳도 텅 비어 있었다. 평범한 창고로 변해 있다. 새 타월을 손에 든 에이미는 몹시 곤혹스러운 모습이었다.

"교, 교수님? 저어, 타월을……."

"당신, 쿠퍼 녀석과 메리다 양이 어디로 갔는지 알고 있나."

"쿠, 쿠……? 죄송해요, 누구를 말씀하시는 건가요?"

애거스티는 머리가 지끈거렸다. 젖은 앞머리를 누른다.

어떻게든 이성을 붙잡는 한편 여봐란듯이 집게손가락을 치켜들었다.

"그럼──그럼 당신들은 왜 이런 외진 곳에서 살고 있는 거지."

"네? 으음, 그건……."

예전에 읽은 책의 내용을 생각해내는 듯한 눈빛.

"주인님께서 쓰지 않는 별장의 보전을 맡기셔서…… 네, 맞아요. 그래서 저희 네 사람이 이 저택을 지켜왔어요. ……으음, 어라? 어머?"

책 페이지가 누락됐음을 깨달은 걸까.

에이미는 고개를 갸우뚱한다. 그 모습이 무척이나 순수해 보였다.

"그래서 애거스티 교수님은——무슨 일로 이 저택에 오신 거였나요?"

"……."

"당신은, 어디의, 누구?"

애거스티는 몸을 돌렸다.

계단을 뛰어 내려간다. 어느새 수상쩍게 보는 메이드들의 시선을 끊어버리며 현관에서 뛰쳐나간다. "실례했수!" 하고 마지막으로 최소한의 예의를 차린다.

아까보다도 한층 강렬해진 빗방울이 온 얼굴을 때렸다.

이미 윗도리를 뒤집어쓸 여유도 없이 돌바닥을 뛰어 돌아간다.

"한번 해보자 이거지, 그 자식!!"

호우고 나발이고 욕설을 퍼붓지 않고는 있을 수 없다.

에이미를 비롯한 저택의 메이드들에게 무슨 일이 일어난 것인가, 생각할 필요도 없다. 메리다와 쿠퍼에 관련된 기억이 봉인된 것이다. 흡혈귀의 아니마라는, 매우 강제적인 수단에 의해. 확실히 저 상태라면 사랑히는 그들에게 불행한 일이 있었다고 해도 슬퍼할 수 없을 것이다.

인질의 가치를 없앴다──라고 말하고 싶기라도 한 걸까.

애거스티가 손을 대기 전에 쿠퍼 자신이 먼저 손을 댐으로써.

"빌어먹을 놈!!"

비에 원망을 토하면서 가능한 한 빠른 발놀림으로 뛴다.

마지막을 지켜볼 수 있으면 충분하다고? 당치도 않은 소리!

무도회는 이미 시작됐다──.

† † †

비의 심술은 예상 이상으로, 애거스티는 가는 내내 애를 먹었다. 간신히 무도회장에 도착했을 무렵에는 슬슬 날이 바뀌어가는 시각이었다.

무대는 어제도 방문했던 매그놀리아 필 아카데미.

로터리에는 마차 몇 대가 주차되어 있었다. 무도장으로 이어지는 길고 긴 계단을 올라가── 불쾌한 얼굴을 하는 프런트에 기병단 중역이라는 증거의 휘장을 보여주고서 흠뻑 젖은 몸뚱이로 파티장에 난입한다.

엘리제 양의 모습은…….

보이지 않았다. 성 프리데스위데 일행은 아직 도착하지 않은 걸까. 마침 지나가는 급사에게서 와인 한 잔을 받고 단숨에 들이켜고 나서 다른 급사가 든 쟁반에 되돌려 놓는다. 물방울이 뚝뚝 떨어져서 주위의 손님들이 매우 차가운 눈초리로 쏘아본다.

상관없다. 그렇게 해서 겨우 숨 좀 돌렸나 싶은 찰나에.

미리 짠 것처럼 확성기로부터 들은 기억이 있는 목소리가 울려 퍼졌다.

『이곳에 오신 여러분 아주 오래…… 오―호호호! 아주 오래 기다리셨습니다, 오홋. 방금 오늘의 주역이 도~~~착하신 모양입니다! 자, 박수!!』

"클로버……!"

애거스티는 젖은 상의 안에 숨긴 리볼버를 몰래 움켜쥐었다.

계단의 층계참에서 주목을 모으고 있는 것은 컬러풀한 턱시도를 입은 피에로였다. ……아니, 저 화장에 오소독스한 검은 연미복을 입었다면 거꾸로 더 튀겠다만, 어쨌든 간에 현재 보고 있으면 눈이 아픈 그를 직시하는 데는 배의 노력을 기울여야 했다.

외견이 문제가 아니라 저 남자, 본래는 일개 참가자에 지나지 않음에도 불구하고 완전히 이 무도회의 주최자 행세를 하고 있다. 그런 그가 만반의 준비를 하고 마이크를 손에 들었다는 것은.

예상대로, 그 직후 회장에 "오옷!" 하고 술렁거리는 환호성이 번졌다.

클로버가 말하는 《주역》이, 벨라헤이디어 이사장을 선두로 한 성 프리데스위데의 소녀들 아홉 명이 화려한 드레스 차림으로 2층 안쪽에서 나타난 것이다.

그 광경으로 말할 것 같으면, 아홉 겹의 보석에 둘러싸인 검은 까마귀. 벨라헤이디어가 입을 연다.

"초대를 받아 이렇게 참석했습니다. 학계의 명사 여러분?"

충계참을 지켜보는 다른 참가자들로부터 잇따라 감탄의 한숨이 새어 나왔다.

"저분이 엘리제 엔젤 님인가. 아름다워지셨어⋯⋯."

"다들 무기를 차고 있군. 연무라도 하려나?"

아홉 명의 소녀는 저마다 다른 무기를 허리에 차고 있었다. 롱소드에 메이스, 차크람에 스태프── 과연, 클래스별로 가장 모범적인 학생을 학원에서 선발하여 온 모양이다.

그렇다는 말은── 역시 있다. 기사 공작 가문이면서 이단인 사무라이 클래스로 이름을 떨쳐온 메리다 양도 줄의 가장 끝에 늘어서 있었다. 특별히 기쁘지도 싫지도 않은 얼굴이다.

클로버 사장은 양팔을 벌려 일행의 내방을 환영하고── 벨라헤이디어 이사장을 일단 먼저 보내고서 일부러 메리다의 앞까지 찾아온 뒤 과장된 인사를 했다.

"약속된 《예언의 아이》!"

"⋯⋯⋯⋯."

메리다는 여전히 감정을 드러내지 않고 그를 올려다본다.

피에로 남자는 2보, 3보 뒤로 물러나 의수 소리를 내며 호들갑을 떤다.

"오랜만입니다. 저를 기억하고 있으신지?"

"격조하였습니다, 프레지던트 클로버."

메리다는 무릎을 굽히며 숙녀의 본보기와 같은 인사를 했다.

클로버는 좌우 집게손가락을 들고서 노래하며 잘못을 지적한다.

"해피~~ 클로~버어~!"

크흐흠!! 여봐란듯이 헛기침을 울린다.

철사처럼 꼿꼿이 서 있는 모습의 벨라헤이디어 이사장이 정면을 향한 채로 기다리고 있다.

오기로라도 얼굴을 돌리지 않을 것이다. 힐끗, 눈으로만 째려보았다.

"당신은 저를 기다린 거 아니었어요?"

"실례. 이 피에로, 시든 꽃보다 더 흥미가 동하는 것이──."

힐이 강렬하게 바닥을 짓밟았다. 이제는 아래층에서 지켜보고 있는 다른 참가자들 쪽의 간담이 서늘하다. 녹록치 않은 기병단 관계자들 역시 마찬가지였다.

"이거 폭풍이 치겠구만……."

그런 주위의 소곤거리는 소리를 들으면서 애거스티 교수는 다른 의미로 식은땀을 흘리고 있었다.

벨라헤이디어 이사장이 당연한 듯이 바로 옆에 두고 있는 사람은…… 결코 잘못 볼 일 없는 순혈사상가의 기치, 엘리제 엔젤 양이다. 어제 조하르 학회에서 직접 봤을 때와 딱히 아무런 차이가 없다. 쿠퍼, 그 자식! 마음속으로 욕을 퍼붓는다.

처치해두라고 명령했음에도 불구하고 녀석은 예상대로 그것을 거부했다.

메리다 양까지 더불어, 엔젤 자매는 당연하다는 얼굴로 무도회에 나타났다……!

그렇다면 쿠퍼는? 저택 메이드들의 입을 막은 시점에서 어떤 굳은 결심을 했다고 여겨지지만 이 자리에 그의 모습은 없다. 그뿐만 아니라 메리다 양과 엘리제 양을 만류하지 않고 무도회에 내보내다니, 무슨 생각을 하는 걸까.

혹은 이것 역시 녀석의 암살계획의 일환?

이 자리에서 엘리제 양을 죽이기 위해 굳이 방치하고 있는 걸까. 애거스티는 다른 참가자를 밀어제치고 앞으로 나가려 했다. 그러나 주위의 사람들도 좀처럼 자신의 관람석을 양보하려고 하진 않는다. "자네는 뭔가." 노현자가 시선으로 주의를 주었다.

자신이 눈에 띄어선 의미가 없다——. 에잇, 망할! 초조함을 느끼면서 조금이라도 조준하기 쉬운 포지션을 찾는다. 오른손은 벌써 품 안의 리볼버를 쥐고 있었다.

이리될 줄 알았으면 준비를 해올 걸 그랬다. 후회가 막심하다.

이대로 쿠퍼가 착수하지 않는다면 애거스티 자신이 엘리제를 저격하여 해치울 수밖에 없다. 아주 커다란 소동이 될 것이다. 주위에는 기병단 관계자도 많이 있다. 자신이 붙잡히는 정도로 끝난다면 그나마 다행이지만……. 찬스는 순간. 총탄은 단 한 발.

돌이킬 수 없는 일이 되기 전에 저 소녀를 묻어버려야 한다!

벨라헤이디어 이사장은 이사회 동지들을 동반하고 왔나 보다. 부인 한 명이 공손하게 앞으로 나와 계단 아래의 사람들에게도 보이도록 양손에 든 쿠션을 내보였다.

오옷. 새어 나오는 신사 숙녀들의 목소리.

쿠션 때문이 아니다—— 거기에 놓인, 좌우 한 켤레의 유리로 만든 구두 때문이다. 듣던 대로 비보라 부르기에 걸맞은 신비성……. 특히 마담들의 눈동자는 유리에 반사되는 일곱 가지 색의 빛에 완전히 사로잡힌 듯하다.

평생에 한 번은 신어보고 싶다고 소망할 것이다.

그러나—— 저것이 가공할 마력을 간직한 저주의 도구라는 사실을 잊어선 안 된다.

클로버 사장은 "호." 하고 입 모양을 둥글게 하고 있었다.

"미스 벨라헤이디어. 그것이 학회에서 말씀하셨었던……?"

"글래스몬드 팰리스의 비보, 상드리용의 구두입니다."

흐흥, 이사장의 콧구멍이 커진다.

"이렇게 가지고 나온 것은 특별한 일이에요……. 원래라면 구경조차 할 수 없는 물건이니까."

"호호오."

클로버 사장은 일부러 익살스러운 동작을 취해 벨라헤이디어를 치켜세워 주었다.

번뜩, 그의 의안이 사납게 빛난 것을 애거스티만이 알아챘다.

……저 자존심 높은 이사장은 이해하지 못한 것 같다. 클로버의 감언이설에 넘어가서 '끌려 나왔다'는 사실을. 자신이 얼마나 큰 실수를 저지른 것인지 본인은 상상도 못하리라.

순수 순혈사상가로서 벨라헤이디어는 확고한 어조로 말한다.

이 무도회장에 있는 모든 사람에게 전달되도록.

"상드리용의 구두는 착용자의 진실을 찾아냅니다……. 구두에 질문하면 참된 눈으로 옳고 그름을 가려주지요. 자신을 신으려는 자가 질문에 대해 거짓말을 하는지 어떤지를—— 어디 보자, 잔 크롬 클로버 님?"

엘리제의 어깨에 손을 놓는다.

맹금류인 양 그녀의 손톱이 파고들었다.

"당신은 이렇게 말씀하셨죠, '기사 공작 가문은 열성이다'라고. 이제 와서 취소해도 소용없어요!! 제가 자랑하는 《팔라딘》, 엘리제 님의 고상한 피에 묻고 지금 이 자리에서! 그 뻔뻔한 낯 가죽을 벗겨드리겠습니다……!"

아래층의 기병단 관계자들도 흥분한 상태다. 피부를 찌르는 듯한 적의가 집중된다.

확실히 그 주장이 그냥 나오는 대로 지껄인 소리임이 증명된다면 그가 설 자리는 사라진다──.

클로버 사장은 오히려 유쾌하다는 듯이 양팔을 벌려 시선을 받아들였다.

"오~호호! 철회 따윈 하지 않아요, 저는 확신하고 있습니다. 《예언의 아이》가 기사 공작 가문의 계보에 종지부를 찍는다……. 그 확증을 얻을 수 있을 거라고!"

어디까지나 우연이겠지만──.

아니, 설마 서는 위치까지 계산하여 인사하러 간 걸까. 그때 클로버의 뒤쪽에는 마치 엘리제 양과 거울을 맞댄 것처럼 메리다 양이 꼼짝 않고 서 있었다.

《팔라딘》과 《예언의 아이》.

같은 엔젤 성을 가진 자매지만── 참가자들은 마른침을 꿀꺽 삼켰다.

벨라헤이디어 이사장은 회초리를 꺼낸다.

"그럼 바로 토론회를 시작할까요?"

아래층의 사람들이 놓칠세라 몸을 내밀었다. 사선이 가로막혀 애거스티는 혀를 차며 옆으로 이동할 수밖에 되었다. 손님의 틈을 누비며 우왕좌왕……

그러고 있는 동안에도 클로버 사장은 웃는 얼굴로 대응한다.

"물론입니다. 그럼 구두를 그쪽에……"

이사 한 명이 걸어 나와서 벨라헤이디어와 클로버, 대치하는 두 사람의 정확히 중간이 되는 바닥에 쿠션을 내려놓았다. 그러고 나서 조용조용 물러나간다.

프리데스위데 학생 여덟 명도 자연스레 벽 쪽으로 이동했다.

유일하게 남아야만 하는 것은 엘리제다——.

무도회장의 분위기가 당장에라도 파열할 듯이 긴장됐다. 이미 아카데미 악단도 연주를 멈춘 상태. 급사들도 전부 숨죽이고 돌아가는 판세를 지켜보고 있었다.

애거스티의 주위에서 누군가가 소곤거린다.

"지금 몇 시야?"

누군가가 대답했다.

"곧 열두 시야."

장기전도 마다치 않을 것이다——.

벨라헤이디어 이사장이 먼저 걸어 나온다.

회초리 끝으로 유리 구두를 쿡 찔렀다.

"축복받은 피일 것."

빈정대는 것처럼 클로버를 보면서. 그것이 이사장 측의 《질문》이다.

클로버는 유리 구두만 보고 있었다. 마술사가 들고 다닐 법한 같은 지팡이를 꺼낸다.

같은 요령으로 지팡이 머리로 구두에 신호를 보냈다.

"──가장 오래된 피일 것."

유리 구두에 파도가 기어가는 것처럼 빛의 반사 방식이 변했다.

모두가 마른 침을 삼키며 층계참을 응시한다.

그런 가운데 여전히 저격 위치를 찾아 배회하고 있는 애거스티는 매우 불쾌한 표정을 보냈다. 그러나 이 상태로 토론회가 진행되어버리면 매우 좋지 않다. 백야가, 이 도시국가가 철저하게 숨기고자 하는 진상이 소상하게 밝혀질 가능성이 크다.

그의 조바심이 가속도적으로 높아져 가는 동안에 엘리제가 걸어 나온다.

구선 앞에서 멈추어 선다.

자신의 구두를 벗는 움직임이, 참가자들로부터는 안타깝게도 느껴질 것이다.

맨발이 되고, 먼저 왼발을 유리 구두로──.

그러자 발가락이 들어가고, 뒤꿈치가 싸이고, 복사뼈가 완벽한 위치에 멈춘다.

"오옷~." 흔하다고 하면 지극히 흔한 광경에 온 회장에서 감탄하는 숨소리가 새어 나왔다.

마치 오늘, 지금 이 순간 엘리제가 신기 위해서 만들어진 것처럼…….

벨라헤이디어 이사장은 득의만면해져서 숙적을 노려보았다.

"보셨어요?"

클로버 사장은 한층 더 진한 피에로 스마일을 띠면서 정관한다.

──그럼 그거면 됐다, 라는 듯이.

클로버가 도통 대꾸를 하지 않자 벨라헤이디어는 망연히 콧방귀를 낀다.

"다음은 오른쪽이에요."

엘리제는 왼쪽에 유리 구두를 신은 채 쿠션 위에서 발을 되돌렸다.

이어서 오른발을 내민 단계에서──.

애거스티는 마침내 결단했다. 그렇다, 쿠퍼 녀석은 예상대로 엘리제 양을 제 손으로 죽일 생각이 없다. 그럼 대체 왜 무도회에 내보냈는가 하는 의문이 있지만…… 그것은 녀석을 붙잡은 다음에 샅샅이 추궁해주면 될 따름이다.

젖은 상의 안쪽에서 리볼버를 쥔다.

사선은 가혹하다. 거리는 아슬아슬.

다리가 안 좋기 때문에, 일단 나는 틀림없이 붙잡히고 말 것이다.

주위의 이들까지 피해를 볼지도 모른다── 제기랄! 그 멍청한 아들놈!

조금이라도 명중률을 높일 방법 없나. 주저하고 있는 동안에도 상황은 변한다.

엘리제의 오른발이 쿠션 위로 움직이고 발가락 끝이 구두로 들어간다.

애거스티는 턱없는 짓인 줄 알면서 리볼버를 뽑았다.

총구를 막 내밀려고 한── 그때.

으윽, 하고 아파하는 듯한 목소리가 불쑥 울렸다.

아주 희미했지만, 고통에 찬 목소리는 파도처럼 회장 전체로 번진다.

──엘리제가 아파하고 있다.

"……왜 그러지?"

이사장이 매서운 눈빛으로 묻는다. 애거스티는 총신을 중간까지 내비친 채 멀찍이 눈살을 찌푸렸다. 주위의 참가자들에게도 술렁이는 소리가 번진다.

엘리제의 오른발은── 구두에 들어가지 않았다. 힘을 주면 줄수록 사이즈는 작아진다고 말하기라도 하듯, 철석같이 거부하고 있다.

그녀는 아무 망설임도 보이지 않고 말했다.

"못 신겠어요."

회장의 술렁거림이 단숨에 증가했다. 클로버 사장이 무척 재미있다는 듯이 입가를 막았다.

"……그, 그런 말도 안 되는 일이 어디 있어요!!"

벨라헤이디어 이사장은 허둥지둥 엘리제의 발에 달려들더니 발목을 오른손에, 구두를 왼손에 들고 억지로라도 쑤셔 넣으려고 힘을 주기 시작했다. 엘리제의 무표정이 일그러진다.

"아, 아파……!"

"당신은 아주 오래전부터 프란돌을 다스려온── 축복받은 팔라딘의 혈통! 이 구두가 그것을 인정하지 않을 리 없어요! 자, 신어요── 발가락을 찌부러뜨려서라도!!"

그때, 벽 쪽에서 튀어나온 그림자를 벨라헤이디어는 알아채지 못했다.

달려들자마자 이사장을 바닥에 밀치고 열화와 같은 형상으로 사촌 자매를 감싼다.

"엘리한테 난폭하게 굴지 마!"

"오옷, 예언의 아이……. 메리다 엔젤……!"

두려워하듯이 중얼거린 것은 아래층의 참석자다. 벨라헤이디어는 바닥에서 입술을 떨고 있다.

메리다는 무엇을 생각했는지, 엘리제 대신 쿠션을 향해 돌아섰다.

다소곳이 구두를 벗고 오른발을 내민다.

엘리제와 똑같은 각도로 발가락을 넣고──.

이럴 수가! 백야의 애거스티를 포함해 전원의 안구가 덜컥 튀어나오게 만들었다.

뒤꿈치를 넣고서 가볍게 힐로 바닥을 콩콩 찔러 보인 것이다. 구두는 그녀의 발에 꼭 맞았다. 유리 구두가 메리다의 발등을 싸면서 눈부시게 빛난다.

폭약이 터진 것처럼, 순식간에 온 회장에 논의가 잇따랐다.

"무능영애가── 아, 아니, 예언의 아이가, 유리 구두에 인정받았어?!"

"엘리제 양이 조건에 맞지 않았었는데 메리다 양에게는 맞았다라……?"

"그, 그런데, 저것 봐! 왼쪽 구두는 엘리제 님의 발에!"

"좌우 기준이 다르다는 걸까요……?"

"미, 미스 벨라헤이디어! 이건 대체 무엇을 의미하는 겁니까?!"

매달리듯이 부르짖는 목소리에 이사장은 간신히 정신을 차렸다.

메리다는 모델처럼 오른발을 내디디고 그 발로 빛나는 유리구두를 과시한다.

분노의 감정이 이사장의 머리를 지배했다.

짐승같이 벌떡 일어난다.

"분수도 모르고! 당장 이리 내요!"

누구보다도 빠르게 움직인 것은 엘리제였다.

메리다의 허리에 손을 돌린 다음, 들리는 발도 소리. 그녀가 애용하는 《도》를 뽑으면서 스텝을 밟는다. 춤추는 듯한 발놀림으로 이사장의 앞을 가로막고, 칼끝을 들이밀었다.

벨라헤이디어는 기겁하며 나자빠지지 않을 수 없었다.

화악, 도신을 달려 올라간 마나에 눈을 의심할 수밖에 없다.

푸른색————.

그녀가 자랑스럽게 여기고 있을 엔젤 가문의 은백색 마나와는 조금도 비슷하지 않다.

시간이 얼어붙은 것처럼 장내 모든 이의 말문이 막힌다.

벨라헤이디어 이사장만은 눈앞의 현실을 부정하고, 안구와 목소리를 떨면서 소리쳤다.

"부, 부, 붙잡아!!"

한 박자 늦게 프리데스위데의 이사들이 득달같이 달려들었다.

그러자 이번엔 메리다가 즉각 반응했다. 교대하듯이 엘리제의 허리에 손을 돌린 다음 그녀의 장검을 소리높이 뽑아 들면서 스텝. 엘리제와 등을 맞댄 채 장검을 번쩍 들어 이사회 사람들을 견제한다.

그리고 도신에서 솟아오르는 은빛 마나──.

도대체 무엇이 어찌 되었기에! 이젠 벨라헤이디어 이사장이나 클로버 사장만이 아니라 학계의 저명한 현인들, 마나에 대해 해박한 기병단의 중진들도 눈앞의 광경을 이해하기 어렵다는 듯이 패닉을 일으키고 있었다.

"메, 메리다 님이 또다시 팔라딘의 마나를?"

학사 한 명이 격렬하게 고개를 흔든다.

"엘리제 님의 저것은 사무라이 클래스잖아……."

누군가의 말을 다른 누군가가 즉각 부정한다.

"어, 누가 누구였나요?"

거울을 마주한 듯한 두 소녀의 미모에, 현기증이 나는 사람까지 있다.

이윽고 전원이 하나같이 똑같은 의문에 이르렀다.

──누구야?

누가 《팔라딘》이고, 누가 《무능영애》냐?!

그런 장내에 단 한 명, 어금니를 꽉 깨물고 있는 인물이 있다.

바로 애거스티 교수다. 그만은 대강 짐작이 갔다. 예상대로 터무니없는 짓을 저질렀다. 그, 등신 같은, 멍청한 아들놈이! 메리다가 팔라딘을, 엘리제가 무능영애를 연기하고 있는 이 상황은 녀석이 꾸민 것임이 틀림없다.

기가 막히지만 쿠퍼는 《양쪽》을 상대로 시도한 것이다.

클래스 변이술을———·········

† † †

"저희의 마나를 바꿔 넣는다, 고요?"

메리다가 되새기는 말이 대략적인 작전의 내용이었다.

시간은 무도회 전날 밤. 장소는 성 프리데스위데 여학원의 모두 잠들어 조용해진 기숙사 탑 6층, 대욕장. 네글리제 차림의 메리다와 배스 타월 한 장인 엘리제를 앞에 두고 쿠퍼는 눈높이를 맞추는 것처럼 무릎을 꿇은 채 이야기하는 중이었다.

신도 무서워하지 않는 《카디널스 학교구 탈출계획》의 전모를———.

"유감스럽게도 지금까지와 같은 생활을 고집하다간 두 분에게 미래는 없습니다. 그렇다고 해서 단순히 자취를 감추는 것만으로는…… 결국 엘리제 님이 《팔라딘》이고, 메리다 아가씨가 그에 상반되는 《예언의 아이》라는 모순이 그림자처럼 붙어 다니게 될 겁니다. 《프란돌》 어디로 도망친다 할지라도."

"그래서 도망가기 전에 연기를?"

"그렇습니다. 엘리제 님을 기치로 삼고 싶은, 성도 친위대를 필두로 한 순혈사상가. 메리다 아가씨의 처지를 자기 좋을 대로 해석하려고 하는 레이볼트 재단—— 거기에 열광하는 시민. 그들의 의도를 아주 멋지게 뒤엎어줍시다. 그렇게 해서 그들이 망연자실하고 있는 동안에 사건의 진상을 모호하게 만든 채 두 분은 모습을 감추는 겁니다."

시민들과 기병단의 일촉즉발의 상태를 미룰 수 있을지도 모른다.

주장의 구심점이 되는 두 사람마저 신기루가 된다면——.

쿠퍼는 무거운 마음을 품고 바닥을 응시했다.

지나치게 희망적인 관측이긴 하지만……————.

"……두 분의 목숨을 노리는 자도 상황만 변한다면 발을 빼줄지도 모릅니다."

"쿠퍼 선생님이 저희를 지키기 위해서 생각해주신 방법인걸요."

영애들은 얼굴을 마주 보고서 해맑게 고개를 끄덕였다.

"따라갈게요."

"감사합니다, 레이디. ——그러면 구체적인 단계로 들어가겠습니다만."

"으음, 넵. 마나를 바꿔치는 연기는, 어떻게 하면……?"

"이쪽을."

쿠퍼는 손가락 끝으로 작은 병을 보여주었다.

……원래는 엘리제를 위해서 준비해온 마나 소실약이다.

미량에 조절만 하면 마나 기관에 자극을 주기만 하고 끝난다.

"이 약으로 아가씨들의 마나 기관을 일시적으로 마비시킬 겁니다. 효과가 계속되는 동안 두 분은 비능력자 인간과 다름없습니다. 그러면 동시에 각자의 마나를── 그러네요, 이파리 몇 장 정도의 이미지로 상대에게 나누어 줍니다."

"그렇게 하면……?"

"위장하는 것이 가능합니다. 본래의 마나가 봉인되고 대신에 빌린 마나가 발휘됩니다. 그러면 마치 서로의 마나가 바뀐 것처럼 꾸밀 수 있습니다."

"그렇군요!"

순순한 메리다와는 대조적으로 엘리제는 조금 수상한지 고개를 기울인다.

"……왜 쿠퍼 선생님은 그런 약을 가지고 있는 거야?"

"그, 그건 말입니다."

"도서관 책에서도 읽은 적이 없는 건데."

크흠, 헛기침하여 난처한 대화를 중단시킨다.

다시금 허리를 곧게 펴고서 신묘하게 설명하다.

"약은 최소한으로 쓰겠습니다. 다만 그런 만큼 효과가 매우 제한됩니다……. 아마 두 분이 빌린 마나를 사용할 수 있는 것은 검이라면 휘두르기 단 한 번. 더구나 그 약간의 퍼포먼스 때문에 몸에 공연한 부담이 갈 수도 있습니다."

"……뭐, 마나를 없애거나 옮기는 건 보통 일이 아니니까."

조금 무서운 생각이 든 것일까, 엘리제의 표정도 얼어붙는다.

"구체적으로…… 뭘 어떻게 하는데?"

"…………내과적인 수법과 외과적인 수법이 있습니다."

"외과?"

쿠퍼는 약간 망설였지만 얼버무려봐야 소용없다. 솔직히 말해주기로 했다.

"──몸을 절개하고 마나 기관에 직접 손을 대는 겁니다. 효과가 즉시 나타나는 것이 최고의 메리트이긴 합니다만, 마나 기관이 활성화되면 마취도 들지 않게 되므로 수술 중의 통증을 직통으로 받게 됩니다. 수술 후에도 꽤 오래가고요."

히이익!! 자매는 서로를 부둥켜안았다.

……덧붙여서, 좌우간 시간이 아쉬운 인체실험의 경우에는 오로지 외과적인 수단이 취해진다. 2년 전 서클릿 나이트에서 두 사람을 유괴한 여명 희병단의 악당들도…… 메스로 재빨리 끝내려고 했었던 것은, 반입해왔었던 기재로 확증 가능하다.

클래스 변이술을 받은 자는 예외 없이 폐인으로 변한다.

그중에는 수술 중의 정신적 쇼크를 견디지 못한 자도 많다고 들었다…….

쿠퍼가 이야기하는 말의 여운만으로도 엘리제는 고개를 좌우로 붕붕 흔들었다.

"못 해, 못 해, 못 해, 싫어. 절대로 안 돼……!"

"그럼 내과적인 수단을 선택할 수밖에 없습니다. 약으로 몸의 안에서부터 서서히 효과를 퍼뜨려 가는 거지요. 효과가 나타날 때까지 상당한 시간이 걸리는 것이 난관이고, 당연히 그만큼 깊고 오랜 통증과 고통을 참으셔야 합니다만……."

적게나마 안심시키려는 듯 미소를 지어 보인다.

"몸에 무리가 없다는 의미에서는 이쪽을 선택하시는 것이 제일 좋습니다."

"약이라……. 그 말은, 으음, 요컨대."

메리다는 확 붉어진 뺨을 두 손으로 누른다.

"그거……겠네요?"

"으, 으음. 저도 아무래도 부담스러운지라, 어디까지나 차선의 방법으로——."

"뭐야, 그거라는 게. 뭐야?"

두리번두리번, 엘리제는 메리다와 쿠퍼의 얼굴을 번갈아 본다.

쿠퍼가 난감해하고 있자 메리다가 그녀의 귓가에 입술을 가까이 가져간다.

소곤거리는 귓속말.

흠흠 하며 듣고 있었던 엘리제의 얼굴이—— 어느 단어를 경계로 펑! 하고 끓어오른다.

"벼, 변태!"

비극의 여주인공처럼 엘리제는 긴 의자에 털썩 주저앉았다.

배스 타월의 끝자락이 매우 위태로워져 있는 것을 가르쳐드리고 싶다…….

"메스로 협박해서 내 퍼스트 키스를 빼앗으려 하다니……!!"

"아무도 그런 귀축 같은 짓은—— 저, 정 힘드실 것 같으면."

"으윽, 좋아! 마음대로 하도록 해."

"네?"

엘리제는 명배우처럼 원통해하며 입술을 꽉 깨물었다.

"올 것이 왔을 뿐⋯⋯. 쿠퍼 선생님은 계속 이 찬스를 노리고 있었어. 항상 그랬다고. 그러니 저항해봤자 소용없어⋯⋯. 변태, 이 변태 선생님!"

"요컨대 참아주시겠다는 걸로 알면 되겠습니까?"

"여, 역시 안 되겠어!"

뭔가 매우, 이해하기 어려운 소녀의 마음이 작렬하고 있는 모양이다. 일심동체인 메리다조차 손쓸 방도가 없다는 투로 시선을 왕복시키면서 돌아가는 상황을 지켜보고 있었다.

엘리제는 "후──, 후──." 하고 열탕에 잠긴 고슴도치처럼 위협하고 있다.

"쿠, 쿠퍼 선생님이 하는 건 안 돼."

"흐음."

"내, 내가 할래. 그러면 아슬아슬⋯⋯ 닿을락 말락 한 정도로 허락해줄게."

한 발자국 헛디디면 업보를 짊어지고 나락으로 떨어진다는 건가──.

그거야말로 새삼스러운 이야기였기 때문에 쿠퍼는 쾌활하게 다가섰다.

"그럼 바로 시작할까요. 무도회가── 아니, 토론회가 내일 이 시간이라고 생각하면 미룰 수 없습니다. 지금 이 자리에서 끝내버리는 것이 로케이션으로 봤을 때도 딱 좋습니다."

"로, 로케이션?——어라? 그런데 잠깐만. 쿠퍼 선생님."

두 손바닥을 쭉 내밀고 청년의 가슴팍을 막는 엘리제.

"나랑 리타가 서로의 마나를 교환하는 거 아니었어?"

"맞습니다."

"그런데 왜 선생님이 나랑?"

"그렇게 되어 있기 때문입니다."

"무, 무슨 말이야……??"

쿠퍼와 메리다의 마나가 거의 동질한 것이라서——라는 것은 비밀로 치고, 어쨌거나 두 사람의 마나 기관을 마비시키기 위해서 시술에 능숙한 쿠퍼와 약을 주고받을 필요가 있기 때문이다. 수고는 한 번에 치르겠다는 얘기다.

소녀의 부드러운 피부에 피를 묻힐 가능성을 우려해서 쿠퍼는 젖은 상의를 벗고 홀가분해졌다. 검은 옷은 얼룩을 얼버무려준다. 동시에 메리다에게 지시했다.

"아마 이 욕실에 모래시계가 있었을 텐데요? 입욕용 시계가……."

"네엡. ——으음, 또 선생님이 피를 쓰기로?"

"아뇨, 이번에 피를 쓰면 정보가 너무 진해져서 말입니다."

혀를 내밀고 그것을 손가락으로 가리킨다.

타액. 될 수 있는 한 효과를 억제할 필요도 있고, 이런 액체로 충분할 것이다.

메리다는 이해했는지 고개를 끄덕이고서 모래시계를 가지러

욕실로 들어갔다.

　그리고──………….

　몇 분 후. 쿠퍼는 벼랑 끝에 몰린 토끼처럼 바들바들 떠는 엘리제를 마주 보고 있었다. 긴 의자에 걸터앉아 움직이려 하지 않는다. 쿠퍼는 한계까지 희석한 소실약── 아니, 마비약과 이식약을 배합한 액체를 오른손에 들고 왼손에 모래시계를 치켜들었다.

　"엘리제 님, 주의점이 한 가지 있습니다."

　보호본능을 불러일으키는 새빨간 미모가 쿠퍼를 올려다본다.

　쿠퍼는 오른손도 들어 올려 약과 모래시계가 잘 보이게 했다.

　"제가 약을 머금고 나서 이 모래시계의 모래가 다 떨어질 때까지는 전부 마셔주시기 바랍니다. 너무 느긋하게 하면 제 몸에 흡수되어 버리는지라."

　"아, 아, 알았어……."

　"그럼 바로."

　"자, 잠깐만! 로망!"

　네네, 로망──이라고 받아넘기면서 쿠퍼는 곧바로 약을 들이켰다.

　메리다와는 반대로 마음의 준비를 할 시간을 줘버리면 아무리 시간이 지나도 결단을 내리지 않는 타입이리라 생각했기 때문이다. 거의 동시에 메리다가 손을 뻗어 모래시계를 뒤집는다.

　모래가 떨어지기 시작하고──예측대로, 이로써 더는 도망칠 길은 없음을 엘리제는 각오한 것 같다. 쿠퍼의 어깨에 손을 돌리고, 긴 의자 위에 무릎을 대고 선다.

복숭앗빛 입술이 쏙 다가왔다.

쿠퍼는 우물우물 입안을 꿈틀거리고 나서 혀를 날름 내민다. 얼굴의 위치는 쿠퍼 쪽이 꽤 높다. 모아둔 타액과 약이 혼합되고…… 걸쭉하게 혀를 타고 흘러나온다.

은혜로운 꿀처럼.

엘리제는 퍼뜩 혀를 뻗어서 그것을 핥아먹었다. 목구멍에서 꿀꺽하는 소리. 쿠퍼의 의도를 깨닫고서 병아리같이 입을 벌리고 혀를 의지해 꿀을 계속 받아들인다. 꿀꺽, 꿀꺽. 입술이 녹아버릴 것 같은 열이 거친 숨과 섞여 서로의 얼굴을 달아오르게 했다.

숨소리가 입술과 코끝에 전해진다.

직접 입술을 맞추는 것보다는 마음이 편한 줄 알았는데 의외로 어렵다. 엘리제는 금방 숨이 막혔고, 꿀꺽 소리를 낸 순간 얼굴 위치가 어긋난다. 모처럼의 꿀이 입가로 흐르고, 그것이 턱에서 쇄골에 늘어져 가슴까지 타고 흘러내렸다. "아으윽." 부끄러워하는 신음. 그럼에도 다시 열심히 혀를 뻗고 입술을 벌린다.

끈적끈적 흘린 꿀로 쇄골이 젖지 않게 하기 위해——.

본인이야 있는 힘껏 분발하는 중이겠지만 옆에서 보고 있는 쪽은 금방이라도 머리가 끓어오를 듯한 광경이다. 메리다는 열이 바싹 오른 표정으로 눈앞의 광경을 주시하고 있었으나, 문득 긴 의자 위에서 조용히 모래를 떨어뜨리고 있는 모래시계가 생각난 모양이다.

……당사자들의 노력도 헛되이 벌써 상하의 세력권은 뒤집혀

있었다.

아주 조심스럽게 엘리제의 어깨를 쿡쿡 찌른다.

"이, 있잖아, 엘리? 열심히 하고 있는 건 좋은데, 그."

보이게끔 모래시계를 치켜든다.

"시간이."

"······!!"

무언가 각오를 다진 낌새가 들었다.

와락, 엘리제는 쿠퍼의 목에 팔을 휘감았다. 그리고 그가 내밀고 있는 혀에── 쭈웁 달라붙는 게 아닌가.

어쩜 이리 대담할까! 메리다는 입가를 두 손으로 막았다.

엘리제는 입술이 포개지기 직전까지 쿠퍼의 혀를 머금은 다음 거기서부터 혀끝까지 츄르릅 하고 입술을 미끄러뜨렸다. 단숨에 타액을 핥아먹는다. 그리고 다시 혀를 절반까지 머금고 혀끝으로 츄르릅······. 까딱하면 키스가 될 정도로 가까운 거리에서 혀를 가득 물었다 싶더니 그대로 자신의 입안에서 서로의 혀를 휘감은 채 츄르릅, 츄르릅, 츄르릅······.

엘리제는 이미 완강히 눈을 뜨지 않겠다며 견디고 있는 표정이었다.

자신의 행위를 냉정하게 바라보면 수치심이 폭발해 버리리라······.

눈물겨운 노력의 몇 분 후.

"헤엑······ 헤엑······!!"

긴 의자에 두 손을 풀썩 짚으면서도 강적을 극복한 소녀의 모습이 거기에 있었다. 눈까지 새빨갛다. 그럼에도 엘리제는 쿠퍼를 노려보고 승리를 선언했다.

"키, 키, 키스는 안 했어!"

"그렇사옵니까."

"나의 승리야!"

"미처 알아보지 못했습니다."

실제로는 몇 번인가 입술끼리 닿았던 것 같은 기분도 들지만 —— 물론 기분 탓인 걸로 하고 공손히 머리를 숙이는 쿠퍼다. 그나저나 어느 틈에 내기로 변했지?

메리다는 모래가 다 떨어진 모래시계를 손에 들고 엘리제 옆에 걸터앉았다.

"그럼 다음은 엘리가 나한테, 맞나?"

"네. 약은 지금 충분한 양이 엘리제 님의 몸에 흡수되어 있으므로, 엘리제 님의 체액을 통해서 두 분이 서로 나눠주세요. 제가 타이밍을 지시하겠습니다."

"알았어요."

그런 주종의 대화에 엘리제는 헉! 하고 상체를 일으켰다.

마치 질색하던 약을 극복한 아이가 상을 받은 것처럼 ——.

허둥지둥 긴 의자에 반듯이 고쳐 앉고 별로 의미도 없는데 배스 타월을 매만진다.

"그랬지. 다음은 나와 리타…… 리타, 나."

"응, 엘리."

"나, 리타와 있으면 아무것도 무섭지 않아……!"

메리다는 자애로움으로 가득한 미소를 띠고 눈을 감았다.

망설임 없이 메리다의 얼굴이 다가오자 엘리제 쪽이 순간적으로 난처해졌다. 어떡한다, 어떡하면 좋지, 하고 좌우를 살피나 이미 시야에는 사촌 자매의 미모뿐.

온몸이 굳는다.

눈을 꽉 감고, 이 순간을 그저 받아들이자 생각하고 있는데──.

할짝.

볼에 느낀 열에 당황한다.

허를 찔린 엘리제가 눈을 부릅뜨니 자신의 정면에 메리다의 얼굴은 없었다. 아니, 밀착하고는 있지만 그녀는 엘리제의 옆얼굴에 혀를 대고 있었다.

강아지가 장난치듯이 뺨을 핥고 있다.

"할짝, 할짝, 할짝……."

"꺄아악, 뭐야? 가, 간지러워……."

"엘리가 목욕 중이어서 다행이야. 땀을 많이 흘리고 있잖아. 할짝할짝."

"땀?!"

엘리제는 바싹 달라붙어 장난치는 사촌 자매를 꽉 껴안아 말리면서, 깜짝 놀라 쿠퍼에게 물었다.

"땀도 되는 거였어?! 키스하기 전에 말하지, 좀!"

"아뇨, 그래서 '딱 좋은 로케이션이다'라고……. 하지만 어쨌든 땀으로 하려면, 일단 제가 한 번 씻어야만 했습니다. 그런 다음 서로 땀투성이 상태에서 그와 같은…… 스킨십을 해야 해서 말입니다."

어질, 하고 엘리제의 의식이 멀어지기 시작했다.

그런 그녀의 눈물을 쪼옥 빨아들이면서도 메리다는 아무렇지 않은 모습이다. 모래시계의 남은 시간에 신경을 쓰면서 가정교사를 살폈다.

"이, 이런 식으로 하면 될까요……?"

"……유감스럽게도 뭔가 부족하군요. 너무 시간을 들이면 엘리제 님의 부담이 커지니……. 지장이 없다면 이렇게, 살과 살로 피부를 통해 거둬들이게끔 해주신다면 좋겠습니다."

"피, 피부를 통해……. 아, 알았어요."

뭘 알았다는 걸까? 엘리제가 현기증이 난 것 같아 메리다는 그녀의 배스 타월에 손을 댔다. "미안해." 하고 양해를 구하면서 매듭을 푼다.

막을 기력도 없는 사이에 타월이 긴 의자로 주르르 떨어졌다.

"히이익."

1학년 때부터 전혀 발전이 없는 평야가 드러났다. 꽃이 필 때라는 듯이 오뚝 선 벚꽃색이 반들거린다. 쿠퍼가 보고 있는데! 그리고 메리다는 끝까지 함께하겠다는 의지의 표명인지, 자신도 네글리제를 걷어 올려서 무구한 알몸을 노출했다.

엘리제와 쌍둥이같이 아담한 가슴이 팅 흔들리고, 데코레이트된 버찌가 싱싱한 핑크색을 과시했다. 쿠퍼는 뒤늦게나마 등을 돌린다.

"저는 이러고 있을 테니……."

"하, 하지만 그러면 알맞은지 어떤지 봐주실 수 없지 않나요?"

"그러네요……. 그, 그럼 실례하겠습니다."

돌아선다.

엘리제는 터무니없다는 듯이 격렬하게 고개를 흔들었다.

"아, 아, 안 돼! 쿠퍼 선생님은 저쪽 보고 있어!"

"분부대로――."

"하지만 엘리, 그러면 언제까지 서로 껴안고 있어야 하는지 모르는데?"

"그럼 계속 꼭 안고 있으면 돼!!"

"아뇨, 엘리제 님이 땀을 너무 흘려도, 아가씨가 약을 너무 많이 거둬들여도――."

"으, 으~음. 그러면 이렇게 해서 서로의 아찔한 곳을 가리고……."

"이대로도! 충분히! 엄청나게!! 아찔해!"

"하지만 그러면."

"그렇다면."

"그래도."

"으――음."

"으~음…………."

이러지도 저러지도 못하게 돼서 쿠퍼는 정색하고 바로 정면에 앉았다.

긴 다리를 꼬고서 무대의 단장같이 손뼉을 친다.

"자, 파이팅!"

그제야 단념했는지 두 사람은 팔을 돌려 차분히 서로를 껴안았다.

하다못해 소녀의 존엄만은 지키고자 가슴을 서로 꽉 누르긴 했지만…… 도리어 요염하게 몽우리의 육감을 가르쳐준 데다 몸을 비비 꼴 때마다 두 사람의 민감한 《버찌》끼리 키스를 나눈다. 자매가 나란히 ""으응"" 이러면서 이상하게 달콤한 목소리가 새어 나온다.

이런 광경, 사랑하는 사람의 시선에는 공연히 음탕하게 비치지나 않을는지…….

"이, 있잖아, 리타……."

엘리제는 자신의 적나라한 처지에 눈물이 글썽이지 않을 수 없다.

"나는 왜 아까부터 이렇게 수치스러운 일을 겪고 있는 거야?"

"무슨 소리야, 엘리. 우리 둘 다 오래전부터 뼈저리게 느낀 일인데."

그런 사촌 자매의 눈물을 모자라나마 메리다는 쪼옥 핥아주었다.

이미 수치심의 바늘이 도를 넘은 것 같은 미소로——.

"쿠퍼 선생님이랑 알게 된 것, 그게 이유의 전부야."

"자~아, 두 분 다. 효율이 오르도록 다리도 감아봐 주시죠~."

지휘자의 무자비한 목소리가 고한다.

그에게 직접 어프로치 하는 것과는 다른 종류의 부끄러움. 엘리제와 메리다가 모래시계의 느리디느린 모래를 원망스럽게 생각하는 것은 이전에도 이후에도 없고, 지금뿐일 거라 생각됐다…….

† † †

떠올리기도 몸서리나는 노력이 겨우 열매를 맺어서, 지금 매그놀리아 필 아카데미 무도회장에서 메리다 일행의 계책은 최대한의 효과를 발휘하고 있었다.

사무라이 클래스의 칼을 손에 들고 《무능영애》와 같은 마나를 방출해 보인 엘리제.

다른 한쪽은 팔라딘 클래스의 장검을 당당하게 치켜들고 《팔라딘》 그 자체인 은백색 마나를 과시하는 메리다. 누구도 그 광경을 받아들이기 어려워 멀뚱히 서 있을 수밖에 없었다.

종이 울린다──.

열두 번의 종이. 등을 맞댄 메리다와 엘리제는 퍼뜩 얼굴을 돌렸다.

작은 목소리로 날카롭게 속삭인다.

"시간이야!"

쿠퍼가 사전에 가르쳐줬었던 약의 효과가 다하는 시간이다. 메리다와 엘리제의 마나 기관은 서서히 마비에서 회복되어 원래 클래스의 힘을 되찾을 것이다. 또한 서로에게 빌려주고 있었던 미량의 마나는 아까 사무라이와 팔라딘 클래스의 무기를 한번 휘두른 것으로 싱겁게 다 써버렸다.

다시 한번 그 능력을 증명해 보여라, 라고 강요받으면 계획이 틀어진다.

요컨대——.

여기서부터는 도망치는 것이 승리! 바로 그거다.

"오자마자 죄송하지만—— 물러가겠습니다!

메리다와 엘리제는 최소한의 예의로서 참석자들을 향해 인사한 다음 유리 구두를 신은 채 돌아섰다. 주위에서 정신 차리고 붙잡으려 했으나 몇 초 늦었다.

계단을 뛰어 내려가 무도장을 횡단하는 동안에도 아무도 말을 걸지 않는다. 아연실색한 시선만이 질질 따라붙고, 메리다와 엘리제는 손을 맞잡고 출구를 향한다.

무도회장을 나가 로터리로 내려가는 긴 계단을——.

내려가던 도중 메리다는 발이 걸려 넘어지고 말았다.

엘리제가 바로 부축하여 다시 세우지만 오른발에 위화감이.

유리 구두가…… 걸려 넘어진 상단에 남겨져 있었다. 집으러 돌아가려고 하는 엘리제를 한쪽이 맨발 상태인 메리다가 잡아당긴다.

"상관없어, 엘리. 도망치는 게 우선이야!"

그것도 그렇다며 서로 수긍하고서 남은 계단을 단숨에 뛰어 내려간다.

미리 짠 것 같은 장소에 마차가 주차되어 있었다. 마부 자리에는 친숙한 목소리의 소녀가 둘 앉아 있었다. 다만 평소 입는 붉은 교복 대신 특별주문한 마부 옷을 입고 있다.

"메리! 엘리! 이쪽이야!"

"잘했어?!"

바로 학생회 동료인 미도와 노마다. 사전에 계획을 털어놓고 협력을 부탁해둔 것이다. 메리다는 "응!" 하고 대답하면서 비를 피하듯이 마차 내부로 굴러 들어간다.

엘리제도 올라타고서 문을 닫는다. 마부 자리의 두 사람이 채찍을 휘둘렀다.

"좋아, 전속력으로 달려!"

"예~이, 가르간달리아 호!"

"대충 이름 붙이지 마!"

히히잉, 가칭 가르간달리아 호가 울음소리를 내고 고삐의 지시에 따라 돌바닥을 박찼다. 마차가 달린다. 메리다는 비가 계속 내리는 바깥 광경을 확인하고 나서 커튼을 닫았다.

"성공이야! 성공 맞지?"

"성공일 거야, 분명."

엘리제도 만족스럽게 고개를 끄덕여 응답한다.

조금 전 벨라헤이디어의, 이사회의, 학회 참가자들의 어안이 벙벙한 표정은 정말이지 걸작이었다! 클로버 사장 한 명만 반응이 어떠했는지 기억에 없지만── 아무튼 이대로 메리다 일행이 행방을 감춰버리면 진상은 어둠 속에 남게 된다.

싸워야 하는 이유가 불명료해지면 시민들의 대립도 다소 누그러지지 않을까──.

"아까는 정말 명연기였어, 엘리."

메리다는 계속 칭찬해주고 싶었다.

유리 구두를 한쪽. 메리다를 위해서 양보하는 시추에이션.

두 사람이 같은 혈통임을 확신했었기에 가능했던 대담한 행위지만…….

그러나 엘리제는 머리를 좌우로 흔들었다.

"아니야, 리타. 그거, 연기 아니야."

"어?"

"정말로 한쪽밖에 신을 수 없었어. 되게 아팠어……."

억지로 쑤셔 넣다 만 오른발 뒤꿈치를 엘리제는 위로하듯이 쓰다듬는다.

듣고 보니 그녀의 오른발에는 희미하게 붉은 흔적이 남아 있다. 구두에 거절당한 것이다.

"……하지만 나는 신었는데?"

메리다가 의아해하며 오른발을 든다.

그렇시만, 아아, 잊고 있었다. 오른쪽 유리 구두는 떨어뜨리고 왔다.

"어떻게 된 일일까……?"

그 물음에 대답할 수 있는 자는 마차 안에는 없다.

애당초 워낙 긴장했었던 터라 복기하는 것조차 쉽지 않다. 벨라헤이디어 이사장과 클로버 사장은 각자 어떤 질문을 꺼냈었더라? 누가 누구의 구두에 어떤 질문을 던졌었는지도……——.

메리다 일행 당사자들이 떠나고 난 뒤에야 무도회장의 사람들은 풍선이 터진 것처럼 정신을 차렸다. "아까의 마나를?" "확실히 알 수 있었어!" 근처 사람들과 감정에 맡긴 의논을 시작하지만 해답을 낼 수 있을 리도 없다.

　장본인들은 이미 사라졌다. 왜 아무도 불러 세우지 않았나! 서로 엉뚱한 책임 전가까지도 시작됐다.

　"그, 그 소녀들은 어디로 간 거야? 예언의 아이와 팔라딘은……."

　"어느 쪽 이야기를 하는 건데!"

　"나도 몰라!!"

　조금이라도 관련이 있는 자에게 비난의 목소리가 집중됐다. 기병단 관계자들이 집단을 이뤄 계단을 뛰어 올라가 층계참에 있는 클로버 사장에게 따지고 든다.

　"어이, 광대! 《유전을 구축하는 자》는 무슨……. 입에서 나오는 대로 기사 공작 가문을 모욕한 거면 네놈, 그냥은 못 넘어갈 줄 알아!!"

　"오호호? 저만 비난받는다는 것도 이상한 이야기군요."

　클로버는 오히려 이 혼란을 즐기는 것처럼 말끝이 들떠 있었다.

　"애당초 메리다 양을 《무능영애》라며 멸시했었던 것은 주로 귀족분들 아니었는지? 그녀의 진짜 클래스는 팔라딘이었다──그리고 이 무슨 충격적인 사건인지! 순혈사상가 분들이 자랑해 마지않던 엘리제 양이 기사 공작 가문답지 않은 사무라이였습니다!"

　"그, 그긴 잘못 본 것이 분명하다!!"

클로버는 여봐란듯이 탄식한다.

"저렇게 또 자신의 잘못을 모른 체하고~."

그리고 거기서 그는 "아니?" 하고 층계참을 둘러보았다.

"미스 벨라헤이디어는 어디??"

그 벨라헤이디어 이사장은 무도회장을 뛰쳐나간 상태였다. 비를 맞고 머리카락을 흩트리면서 계단을 뛰어 내려가는 도중에 반짝하고 빗방울을 튀기는 빛 덩어리를 본다.

상드리용의 구두가 오른쪽만 비에 젖어 계단에 남겨져 있었다.

벨라헤이디어는 홀딱 젖었지만 웅크리고 구두를 줍는다.

"…………."

조금 전까지 마차가 주차되어 있었던 빈공간을 칙칙한 눈동자로 응시했다.

† † †

작전대로 일이 진행되고 있다면 메리다 일행은 다음 목적지로 이동하고 있을 무렵일 것이다——.

쿠퍼는 무도회장으로 보낸 제자들의 동향이 궁금해서 견딜 수 없었지만, 그녀들의 일은 그녀들 스스로에게 맡길 수밖에 없다. 더 이상 기병단도 의지할 수 없는 지금, 손이 모자라기 때문이다. 학생회 친구들이 도와준 점은 그저 감사할 따름이다…….

메리다 일행의 임무는 세상의 생각을, 무도회를 마구 휘젓는 것.

그리고 쿠퍼 측의 역할은 탈출 루트 확보였다. 여기서 감쪽같이 엔젤 자매가 자취를 감추지 못하면 무도회에서의 작전이 전부 수포로 돌아가고 만다.

쿠퍼는 역에 있었다.

플랫폼에서 지금 막 출발하려고 하는 열차를 지켜보고 있다.

정확히는 그 앞에서 여행 채비를 마친 삼인조를.

"로제, 두 분은 부탁하겠습니다."

로제티는 그거면 됐다는 듯이 은근히 만족한 기미다.

"——나만 믿어. 이 아이들을 데리고 한 바퀴 《관광》하고서, 프리데스위데에 바래다주면 임무 완료잖아?"

그녀가 두 손으로 머리를 툭툭 어루만지는 것은, 붉은 장미 교복을 입은 금발과 은발 자매. 학원의 학생이라면 모두 머릿속에 떠올리는 메리다와 엘리제——.

그 모습으로 변장한 학생회 친구, 유피와 소니아였다. 노마와 미도는 신장 차가 심해서 무도회 측을 서포트하러 이동해 있다. 그리고 어느 정도 메리다와 엘리제와 체격이 비슷한 유피와 소니아는 변장을 한 채 학교구에서 여행을 떠나기로 한 것이다.

말하자면 대역이다.

캠벨에서 이동한다고 하면 누구나 역에서 열차를 이용하는 것을 떠올린다. 하지만 메리다와 엘리제는 이미 세간에서도 얼굴이 팔린 상태라, 역무원이나 다른 승객의 목격정보를 통해 꼬리가 잡힐 가능성이 크다. 따라서 그 방법은 채용할 수 없다.

역으로 이용해서 가짜 정보를 뿌리는 게 유효하다.

가발을 쓰고 완벽히 자매가 된 유피와 소니아의 앞으로 쿠퍼는 몸을 구부렸다.

"……말려들게 해서 죄송합니다, 두 분 다."

"아, 아니에요……!"

그다지 남성에게 면역이 없는 것 같은 소니아는 새빨간 얼굴로 두 손을 흔든다.

"그, 그 두 사람이야말로 뭔가 큰일이 난 것 같던데……."

"쿠퍼 선생님이 저희에게까지 도움을 청하는 일은 좀처럼 없었는걸요."

반면 유피는 학생회장을 맡고 있는 만큼 당당하다.

역대 학생회장인 크리스타나 미토나 못지않은 품격을 풍기며 웃는다.

"저야말로 제 학생회 동료를 잘 부탁할게요, 선생님?"

홋. 쿠퍼도 자신만만하게 미소를 돌려준다.

"맡겨주십시오."

그때, 아직 아득히 먼 후방에 찌릿 하고 정전기 같은 기척이 느껴졌다.

매그놀리아 필 아카데미 무도회장에서 추격대가 출동하여 메리다와 엘리제를 찾고 있는 것이리라. 레이볼트 재단의 사원인가, 등화 기병단의 과격파인가……. 아무튼 대역 두 사람에게 손을 닿게 해선 안 된다는 것은 명백하다.

쿠퍼는 재차 날카롭게 로제티와 눈짓을 나눴다.

"슬슬 가주세요. 거듭 부탁합니다만 무엇보다 두 분의 안전을 최우선으로—— 만약 조금이라도 위험하다 판단되면 바로 정체를 밝혀주십시오.”

“쿠야말로 두 사람을 잘 부탁할게!”

“네. 연락방법은 가르쳐드린 대로—— 조만간 꼭 합류합시다!”

“응!”

탁. 주먹을 서로 부딪치고 나서 헤어진다.

소녀 세 명의 뒷모습이 열차 안으로 사라진 것을 확인하고 쿠퍼도 발길을 되돌렸다.

플랫폼을 나온다.

창구 앞에서 검표원과 옥신각신하는 집단을 스쳐 지나갔다. “아니야, 티켓이 필요한 게 아냐! 이 사진의 소녀를——.”“이봐, 홈 건너편에.”“저건 밤색 머리잖아!” 정장 차림인 것으로 보아 레이볼트 재단일 것이다. 과연 클로버 사장은 조치가 빠르다.

전혀 관계없는 척을 하면서 쿠퍼는 역을 나온다.

바깥은 호우다. 빗발은 지금이 바로 최고조일 것이다.

누군가를 찾고 있는 것이라도 아니면 괜히 싸돌아다닐 주민 따위 있을 턱이 없다——.

그런데도.

거리로 내려가는 긴 계단 아래에 누군가가 서 있었다. 우비도 없이. 완전히 불이 꺼진 담배를 문 채 한쪽 손으로 지팡이를 짚고 있다. 쿠퍼를 올려다보고 미동도 않는다.

쿠퍼는 상대방이 올라오기를 기다리지 않고 계단을 내려갔다.

역 앞 광장. 그리고 쏟아지는 빗속에서 대치하고 기다리는 사람은——.

백야 기병단의 애거스티 본즈는 말했다.

"너 인마, 이대로 도망칠 수 있을 줄 아는 거냐."

쿠퍼는 자연스럽게 허리의 칼 위치를 확인한다…….

† † †

쾅! 의상실 문이 덜컥 열렸다.

뛰어들어온 것은 파티 드레스 차림의 메리다와 엘리제다. 흔들리는 마차를 타고 도착한 곳은 그녀들의 친숙한 성 프리데스위데 여학원. 곧 이 교사와도 헤어져야 한다……. 진급한 지 얼마 되지도 않았는데!

감상을 분주하게 정리하면서 메리다와 엘리제는 드레스를 벗는다.

무도회로 떠나기 전 바로 여기서 몸치장을 하면서 탈출 준비 또한 마쳤던 것이다. 벽장에 숨겨둔 각자의 사복으로 재빨리 갈아입는다. 메리다와 엘리제는 서로를 거울인 양 보면서 옷매무시를 가다듬었다.

타이의 각도를 고쳐주면서 메리다는 묻는다.

"준비는 됐어? 엘리."

자매의 옷자락을 펴고서 응하는 엘리제.

"어디에 가더라도 우리는 영원히 하나야."

서로의 사복 차림에 완벽하다는 듯이 고개를 끄덕인다.

방의 구석, 행거 랙에 쑤셔 넣어둔 트렁크를 끄집어내고──.

마지막으로 애용하는 무기를 손에 든다.

그리움에 젖어 실내를 한 바퀴 둘러보고 나서 메리다는 말했다.

"출발하자!"

"잠깐!!"

깜짝 놀라 메리다와 엘리제가 뒤돌아보니, 문 앞을 숨과 머리카락을 어지럽힌 《검은 까마귀》가 가로막고 있었다. 죽을힘을 다해 뒤쫓아 왔는지, 5년은 늙어 보인다.

"벨라헤이디어 이사장……."

메리다로서도 뜻밖이라고 생각하지 않을 수 없다. 이 무슨 집념인가. 함께 무도회로 간 다른 학생들도, 이사회 사람들도 깡그리 내팽개치고 온 것 같다.

그런 그녀의 손에는 한쪽뿐인 유리 구두가 단단히 쥐어져 있었다.

"어떤 속임수를 썼는지 모르겠지만……!!"

어찌나 세게 쥐고 있는지 당장에라도 유리가 산산조각 날 것 같다.

"당신들, 순혈사상가인 이 나의 얼굴에 잘도 먹칠을 했군요!!"

그녀 혼자뿐이라면 단박에 졸도시키고 강행돌파 할 수도 있을 것이다.

그러나 벨라헤이디어는 이성을 잃었으면서도 주도면밀했다. 메리다와 엘리제는 깜짝 놀라 주춤하지 않을 수 없다. 그녀를 따라 유리 인형 몇 개가 실내에 난입한 것이다.

글래스몬드 팰리스의 충실한 첨병, 발키리 부대.

호호, 하고 벨라헤이디어는 떨리는 목소리로 웃는다.

교육자로서 아이에게는 결코 보여줄 수 없을 추악한 표정이다.

"그런 꼴을 하고 어디에 가려고 하는 건지 모르겠네? 너희는 이제부터 나와 무도회에 돌아가서 이렇게 말해야 해. '죄송합니다' 라고!! 이사장님을 거역해서 죄송합니다. 짓궂은 장난을 쳐서 죄송합니다. 진심으로 사과해—— 자아—— 지금 당장!!"

모두 잠들어 조용한 학원 사람들이 벌떡 일어날지도 모르는 큰 소리였다.

엘리제마저 약간 겁내고 있는 가운데 메리다는 그녀를 감싸면서 의연하게 앞으로 나온다.

"……전에도 말했을 텐데요."

유리 병사들의 몸을 투과하여, 그 너머에 있는 검은 까마귀를 똑똑히 시선으로 꿰뚫는다.

"저는 당신에게 사과하지 않아요."

"……이래서 문제야. ……건방진 아이는."

이사장은 쉰 목소리로 신음한다.

"고분고분한 아이는 좋아하거든?"

음성을 급격하게 변동시키고.

"하지만 명령을 듣지 않는 아이는, 질색이야."

눈알을 뒤집어 깐다.

"너처럼 말이지!!"

"…………."

"자, 발키리들아—— 저 아이를 붙잡아주렴!!"

이사장이 팔을 휘두르자 메리다와 엘리제는 날카롭게 자세를 갖췄다.

그러나—— 그 사이에 있는 자들이 움직이지 않는다.

열이나 되는 발키리는 무기도 안 들고 유리 눈동자로 이사장과 메리다를 번갈아 보기만 했다. 벨라헤이디어는 침을 튀기면서 연신 소리친다.

"왜, 왜 멍하니 있는 거예요! 이 반편이 같은—— 쓸모없는—— 골동품 인형 쓰레기들!! 학교장의 명령이 안 들리는 겁니까?! 빨리, 저것들을 잡으라고!!"

『………….』

그러나 단 하나도 미동하지 않는 것을 보고, 문득 엘리제가 무언가를 깨달았다.

시험 삼아 말을 걸어본다.

"……이사장님을 붙잡아줘."

뭐어? 벨라헤이디어가 깔볼 수 있었던 것은 정말로 일순간에 불과했다.

10체의 발키리 부대가 일제히 움직이기 시작했다. 문 방향으로. 벨라헤이디어 이사장에게 떼를 지어 가 그 팔다리를 심하다 싶을 정도의 밀도로 내리누른다.

이사장은 당연히 눈을 부라리기만 할 뿐 변변한 저항도 할 수 없었다.

그 손에서 유리 구두가 떨어진다——.

"뭐, 뭐야?! 대체 왜 이러는 거예요?! 내가 누군지 몰라서 이래!!"

물론 발키리는 귀를 기울이지 않는다. 메리다도 눈이 의심스러운 광경.

그러나 다른 한 명, 엘리제는 납득한 것처럼 고개를 끄덕이고 있었다.

"……역시. 이사장님이 대학에서의 발표회 때 말했었어."

"내, 내, 내가 뭐라고……."

"'상드리용의 구두를 좌우 양쪽 다 신으면 글래스몬드 팰리스의 주인으로 인정받는다.' 라고. 나는 한쪽밖에 안 신었지만 리타가 다른 한쪽을 신어줘서——."

메리다도 겨우 이해하고 사촌 자매의 손을 깍지 낀다.

"아하! 지금 우리, 둘이서 유리 성의 주인으로 여겨지고 있는 거구나!"

엘리제는 진심으로 기쁜 듯이 웃으며 고개를 끄덕인다.

그렇다는 걸 알았으면, 하고 메리다도 주눅 들지 않고 발을 내디뎠다.

아주 좋은 아이디어가 떠오른 것이다——.

바닥에 방치된 유리 구두를 주워들고 그대로 웅크려 앉는다. 아등바등 발버둥치는 이사장의 오른발을 붙잡자 반동으로 인해 그녀가 신고 있었던 신발이 빠진다.

어머, 안 돼, 라고 하는 듯이 메리다는 대신 그녀의 발에 미끄러뜨려 준다.

상드리용의 구두를——

벨라헤이디어도 그 감촉을 느끼고 깜짝 놀라 발을 내려다보았다.

"무, 무, 무슨 짓을 하려는 겁니까?"

"이사장님에게 묻고 싶은 게 있어요."

메리다는 매혹적인 미소로 빙그레 웃으며 벨라헤이디어를 쳐다본다.

"입학식 때 말씀하셨죠? 이사장님이 교칙을 엄격하게 하는 것도, 학생들을 다그치는 것도, 전부 저희 학생을 소중히 생각하기 때문이라고⋯⋯."

"⋯⋯!"

"그 말, 정말인가요?"

벨라헤이디어는 반사적으로 신음한다.

"다, 다, 다, 당연하지!! 나는 너희가 소중해! 눈에 넣어도 아프지 않을 만큼 예뻐하고 있단다?! 그러니 제발, 이 꺼림칙한 구두를⋯⋯."

"그렇게 대답해도 후회 안 하겠어요?——만약 거짓말이라면."

"히익!"

메리다는 벨라헤이디어가 알아채지 못하게 슬쩍 그녀의 발등을 손톱으로 찔렀다.

"유리 구두가 벌을 내린다⋯⋯고 했죠? 당신의 발가락을 단단히 조르고, 뒤꿈치를 부수고, 복사뼈를 찢고——."

"히, 이…… 아아아……?!"

"다시는 걷지 못하게 되어버릴지도!!"

콱! 단숨에 손톱에 힘을 준다.

소리 없는 절규가 벨라헤이디어의 목구멍에서 솟구쳤다.

데굴, 흰자가 돌아갔다. 손발이 붙잡혀 있는 터라 오히려 몸을 지탱하지 못하고 그대로 주르륵 바닥에 무너져 내렸다. 입 끝에는 게거품을 물고…… 정신을 잃은 것 같다.

메리다는 반쯤 어이가 없이 내려다본다.

"1학년 애들도 견뎠다는데."

물론 페이크다. 메리다는 상드리용의 구두의 올바른 사용법을 모른다. 벨라헤이디어의 오른발에서 훌렁 빼냈다. 남은 것은 미미한 손톱자국 정도다.

엘리제가 자신이 신고 있었던 왼쪽 구두를 가지고 왔다.

좌우를 모아, 근처에 있었던 발키리 하나에게 내민다.

"이것 좀. 아무도 찾을 수 없는 장소에 숨겨줘."

『맡겨주십시오.』

"그리고 학원의 모두를 지켜줄래? 더는 누구도 울고 그러지 않아도 되게끔. 프리데스위데가 이전까지와 같은 따뜻한 배움터로 있을 수 있도록……."

모든 발키리가 메리다와 엘리제를 에워싸고 공손히 인사를 했다.

『『『분부대로 하겠습니다. 미스 상드리용.』』』

두 사람은 낯간지러운 듯이 얼굴을 마주 보고 웃었다.

그 후 엘리제는 갑자기 무엇인가 깨달은 것처럼 벨라헤이디어 옆에 웅크리고 앉는다. 뭔가 그녀의 주머니를 뒤지고 있는 모양인데…… "있다." 하고 환호성.

손가락 끝에 유리로 된 열쇠를 걸고 보여준다.

바로 글래스몬드 팰리스를 봉인하는 문의 열쇠다. 메리다는 쾌재를 불렀다.

"잘했어, 엘리!"

이로써 직원실을 탐색하는 수고를 덜 수 있다. 둘이서 다시 트렁크를 집어 들고서 많은 발키리의 배웅을 등지고 의상실에서 달려나간다.

목적지는 말할 것도 없다, 유리 궁전 글래스몬드 팰리스다!

"로제 선생님이랑 유피, 소니아는 괜찮을까?"

"로제티 님에게 맡길 수밖에 없어. 우리가 할 수 있는 건……."

메리다는 사촌 자매의 질문에 표정을 굳게 다잡아 보였다.

"한시라도 빨리 비블리아 고트로 가서 쿠퍼 선생님을 기다리는 것뿐이야!"

그것이 쿠퍼가 지시한《정규 탈출 루트》다. 기차역은 추적자 누구라도 생각할 수 있는 옵션인 데다 많은 사람의 눈에 띈다. 그렇다면 그쪽에는 대역을 보내고, 메리다 일행은《뒷문》을 통해 카디널스 학교구를 탈출하자는 것이다.

대미궁을 매개로 프란돌의 모든 캠벨과 이어지는 비블리아 고트를 통해──.

감상에 젖지 않을 수 없다.

언제 돌아올 수 있을지도 모르는 긴 여행의 시작 같다는 생각도 든다. 저택의 메이드들은 쿠퍼가 말하길, 관계없는 척할 수 있도록 기억조작을 가했다고 했다. 자신들이 돌아오면 문제없이 재회할 수 있다곤 해도…… 메리다는 마음을 괴롭히는 바늘을 의식하지 않을 수 없었다.

철이 들었을 때부터 언니들처럼 따랐는데.

그러나 더는 그 따뜻한 가슴에 어리광부릴 수 없다.

계속 보호만 받아서선 안 된다──.

자신이 그녀들을 지킨다는 각오를 다져야 한다!

"엘리네 집은?"

짧은 질문에 엘리제는 달리면서 붕붕 고개를 흔든다.

"오셀로 씨와 하인들은 일부러 그대로 놔뒀대."

엔젤 가문의 강력한 뒷배가 있으면 세간의 발칙한 자도, 쿠퍼가 말하는 과격파 세력도 섣부른 짓은 할 수 없다……라는 판단일까? 소녀들은 최대한 사정을 헤아린다.

그건 그렇고 비가 엄청나다──.

기껏 갈아입었는데 교내를 횡단하는 것만으로도 흠뻑 젖었다. 신발에 흙이 튄다. 비를 다 토해내면 구름은 갠다고 들었지만 무엇보다 중요한 출발의 때를 호우로 맞이할 줄이야.

이윽고 비에 가려진 시야에 높은 울타리가 보이기 시작했다.

엄중하게 닫힌 문이 나왔다.

성 프리데스위데 여학원의 가장 안쪽── 두 사람은 올려다봐야 할 정도로 큰 문 앞에 다다른다. 메리다는 한 손으로 머리카락을 동여매고 엘리제는 곧장 유리 열쇠를 꺼냈다.

그리고 열쇠 구멍에 다가가고── 고개를 갸웃한다.

"어라?"

"왜 그래, 엘리?"

"이미 열려 있어……."

끼이익── 말이 다 끝나기도 전에 문이 열렸다.

맞은편에서.

제일 먼저 시야에 들어온 것은 신비스러운 유리 궁전. 세차게 퍼붓는 빗방울. 떠도는 안개. 반투명한 외벽을 흘러내리는 비의 장막은 암흑 속에서 어딘가 피를 흘리고 있는 것처럼 보이기도 한다.

누군가가 서 있다.

글래스몬드 팰리스의 정문을 등지고 누군가가 앞길을 가로막고 있었다. 전신이 검정 일색. 군복같이도 보이지만 후드를 깊이 눌러 쓰고 있어 본얼굴은 엿볼 수 없다.

작은 체구.

소녀 같은 실루엣──.

"당신은……!"

메리다는 순간적으로 떠올리고서 경계했다. 다름 아닌 이 글래스몬드 팰리스에서 열린 2년 전의 루나 뤼미에르 선발전. 그 최종국면에서 난입했던 수수께끼의 습격자가 아닌가! 쿠퍼와 블랑망제 학원장으로부터 "걱정 없다."라는 말을 들었었지만……

그 공포가 다시금 실체를 동반하여 나타났다.

천천히 후드 안에서 얼굴을 든다.

언젠가처럼, 어디선가 훨훨 내려온 칠흑의 메모가 의사를 전달한다.

『아무 데도 못 가』『놓치지 않겠다』

비에 젖어 쪼가리가 된 그것은, 어딘가 울면서 쓴 것같이도 보였다.

애 거 스 티 본 즈

클래스 : 거너

HP	????				
공격력	???(???)	**MP**	???		
공격지원	0~25%	**방어력**	???	**민첩력**	???
사념압력	??%	**방어지원**	—		

주 요 스 킬 / 어 빌 리 티

열시(熱視)Lv9 / 원거리전 지식Lv9 / 마스터 스미스Lv9 / 탄도예측Lv9 / 미래예측LvX / 불릿 커스텀
《내장파괴》 / 불릿 커스텀《관철(貫鐵)》 / 불릿 커스텀《염조(焰照)》

블 랙 마 디 아

클래스 : 클라운

		MP	748		
HP	6563	**방어력**	717	**민첩력**	717
공격력	717(604)	**방어지원**	0~20%		
공격지원	0~20%				
사념압력	50%				

주 요 스 킬 / 어 빌 리 티

열화모방LvX / 반석Lv9 / 견고Lv9 / 발소리 죽이기Lv9 / 매력Lv9 / 집중사격Lv9 / 보이지 않는 주
문Lv9 / 봉사의 마음Lv9 / 브리짓 레이스 / 가이스트 클래식 / 유천영류(幽天影流)·몽상(夢想)의 태
도(太刀) / 클레오 네메시스 / 세븐스 스켈티오 / 호로로기우스 판타즈마

LESSON : VI ~꿈에 살고 싶어~

몇 미터 앞도 분명치 않은 빗속에서 두 남자가 대치하고 있었다.

한쪽, 지팡이를 짚은 애거스티가 어깨를 으쓱한다.

"아비는 다정하니까 말이다. 네게 원래대로 무를 찬스를 주마."

빙그레 웃는 입에 물린 담배는 이미 축축하다.

"엔젤 자매의 머리를 가지고 와. 당장, 여기로."

다른 한쪽, 쿠퍼의 눈썹은 꿈틀하지도 않는다.

직립 부동자세로 이미 임전태세에 들어가 있다. 그러나 적은 쿠퍼가 한걸음에 좁힐 수 있는 간격의 아슬아슬한 바깥에 있다. 검은 칼의 길이뿐만 아니라 거기에서 파생되는 환도술의 범위까지 숙지하고 있는 모습……. 괜히 백야의 교도관(教導官)이 아니란 건가.

거기까지 매끄럽게 사고하고서 쿠퍼는 살짝 웃는다.

《적》인가.

예전의 동료를 상대로……. 나도 어지간히 프란돌의 시류에 휩쓸리고 있나 보다.

그러나 물러설 수는 없다.

다시 예리한 표정을 짓고 얼굴을 들었다.

"타협할 수 없는 제안이군."

"그럼 임무에서 나와라. 네게는 적합하지 않은 일이었어."

"거절한다."

상대의 관록에 지지 않으려고 쿠퍼는 가슴을 편다.

"그 소녀의 생살여탈은 내게 있다. 누구에게도 넘기지 않아."

"하……하하하하하!"

애거스티는 배를 잡고 웃었다.

몹시 비위에 거슬린다.

그다지 본 적 없는 종류의, 악의의 표현법이다.

"하하, 하하하! 그럼 됐다, 다른 《아이》들 보고 처리하라고 하면 그만이지."

"그러지 마. 아까운 말을 잃고 싶지 않다면."

"네가 무능영애를 지키겠다는 거냐? 살인 청부업자가 타깃을?! 원, 농담도 작작해야지. 우리는 정의의 사자가 아니란 말이다!!"

처음부터 설득할 수 있으리라곤 생각하지 않았던 것 같다.

애거스티는 미련 없이 의논을 끝내고 지팡이를 버렸다.

쿠퍼로서는 적의 증원을 경계하고 있었으나——.

본인이 직접 싸울 생각인 걸까? 제일선을 물러난 그 몸으로?

애거스티는 망설이는 모습을 보이지 않고 경고한다.

"그만 됐다. 지금을 기해 너를 백야의 기사에서 제적한다. 그러면 뭐가 남지? 존재하지 않는 놈…… 그 가짜 이름도 목숨도 전부 돌려받으마."

그리고 문득 생각난 것처럼 히죽 웃었다.

"대신 그 여동생인가를 네가 빠진 자리에 넣어주지."

"…………."

쿠퍼는 동요를 얼굴에 드러내지 않는다. 상응하는 고난은 각오하고 있었던바……. 이 앞으로도 쿠퍼와 메리다, 로제티와 엘리제에게는 시련의 여정이 기다리고 있다.

말하자면 눈앞의 남자는 그 입구의 문지기.

격파하지 않으면 길은 없다!

쿠퍼는 위세 좋게 왼쪽 허리에 손을 돌려 칼자루를 쥔다.

"나는 메리다 아가씨의 기사, 쿠퍼 방피르."

소리높이 발도하고서 검은빛이 나는 칼끝을 숙적에게 들이댔다.

길은 정면으로만 이어져 있다. 더는 망설일 까닭도 없다──.

"그녀의 길을 막는 자는, 베겠다."

"……해봐라."

그렇게 응수한 애거스티의 실루엣이 흔들렸다.

쿠퍼 역시 눈을 부릅뜬다. 애거스티가 있던 공간에 빗발이 더욱 거세져, 흡사 녹는 것처럼 적의 모습이 홀연히 사라진 것이다.

비…….

쿠퍼는 두 발을 벌리고 허리를 낮췄다. 전방위로 언제, 어디에서 적이 덮치더라도 대처할 수 있도록 신경을 곤두세운다. 검은 칼이 생물인 양 천천히 꿈틀거렸다.

발포음——.

이라고 생각했더니 그것은 천둥소리였다. 그 소리에 쿠퍼는 퍼뜩 얼굴을 들었고, 직후에 사각에서 총탄이 날아온다. 비틀어 끊을 듯이 허리를 틀어 간신히 칼로 요격.

도신이 진동하면서 불똥을 튀기고 탄환은 튕겨 나갔다.

번개가 칠 줄이야……! 재빠르게 발을 미끄러뜨려 자세를 조정하면서 쿠퍼는 마음속으로 욕을 하지 않을 수 없었다. 대체 왜 이 타이밍에 발생하기 시작하는 것인지, 설마 백야와 레이볼트 재단이 뒤로 연결된 것인가? 하는 말도 안 되는 상상까지 한다.

물론 단순한 악운이겠지만.

쿠퍼는 오감을 총동원하여 주위를 살핀다. 그리고 절망적인 사실을 깨달았다.

——이 상황, 무엇을 의지하여 총탄을 피하면 되는 거지?

시야는 몇 미터가 한계. 천둥소리가 총성을 흉내 낸다. 동시에 섬광이 발화염을 가리고 있다……. 놈의 담배 냄새는? 이런 호우 속에서 코가 무슨 소용이냐!

요컨대.

완전히 피할 방법은 존재하지 않는다……! 피를 볼 각오는 해야 할 것이다. 그렇다면, 하고 쿠퍼는 즉시 지면을 찼다. 웅덩이가 다리를 둔하게 만들지만 질풍같이 뛰어다닌다.

다시 한번 천둥소리——.

가 아니라 총성이었다. 아주 희미한 초음파 같은 이음. 쿠퍼는 초감각에 의지하여 직전에 탄도를 확인하고 포물선을 그리는 검섬으로 총탄을 받아쳤다. 귀신같은 솜씨다.

대책은 하나. 시야가 닿는 몇 미터의 거리에 탄환이 들어온 순간, 거기서부터 피탄될 때까지의 찰나 동안 전방위를 확인하고 탄도에 칼을 비집어 넣을 수밖에 없다. ──무모하기 짝이 없다. 직격을 피한 것만으로도 기적으로, 받아친 탄환은 살짝 각도가 틀어져 쿠퍼의 어깻죽지를 도려냈다.

비명을 삼킨다.

그리고 지체 없이 튀어나갔다. 지면에 닿을락 말락 든 칼끝을 최후의 돌입과 함께 단숨에 쳐올린다. 빗방울 무리를 쓸어버리고 일순 시야가 트였다.

적의 모습이 있어야 했다.

──없다.

탄도로 보아 확실히 이쪽에서 발사됐을 것이다! 거리를 잘못 계산하지는 않았는데……. 더구나 놈은 다리가 좋지 않다. 발포 후 즉시 이동 같은 기본적인 전투조차 힘겨울 터──.

헷갈리기 쉬운 천둥소리.

아니, 이번에도 총성이다. 그것을 감지할 수 있었던 까닭은 《살의》라고 표현할 수밖에 없다. 쿠퍼는 육체가 멋대로 반응하는 대로 등 쪽으로 칼을 치켜들었다. 설마, 하면서도 요격.

무리한 자세로 칼을 휘두른 탓인지 잘못 튕겨내어 총탄은 옆구리에 파고들었다. "크으!" 쿠퍼의 방어력을 돌파하는 그 왕년과 같은 사격능력에는 혀를 내두를 수밖에 없다.

특히 놀랄 만한 점은.

"말도 안 돼, 빠르다……!!"

그는 순식간에 쿠퍼의 배후로 돌아 들어갔다. 틀림없다. 무언가가 있다. 거기서 쿠퍼는 자신이 벤 공간에 떠돌고 있는 것을 발견했다.

하얀, 연기……. 구름?

아니, 증기다! 이제야 수긍이 간다. 애거스티 그 인간은 강철궁 박람회 때와 똑같이 레이볼트 재단으로부터—— 흑천 기병단으로부터 기계장비를 조달한 것이다.

쿠퍼와 로제티도 그들의 천막에서 그 위력을 부득이하게 직접 확인했다.

증기추진 기동장갑……! 그것을 다리 대용으로 삼고 있는 게 틀림없다.

어디론가부터 빗소리에 섞여 목소리가 들린다.

"난 은퇴한 몸이니까 말이야. 경미한 핸디캡 정도는 불평하지 않겠지?"

"……치잇!"

쿠퍼는 지면을 찬다.

그러나 번화가에 뛰어들려고 한 순간, 5연발의 총탄이 돌바닥을 도려냈다. 저도 모르게 헛발질을 한다. 《어린애 생각이라는 게 뻔하지》라고 핀잔주듯 목소리가 이어졌다.

"미리 말해두겠는데 나는 네가 가는 곳곳마다 탄환을 흠씬 뿌릴 거야. 지금이야 주민들이 외출해서 얼마 안 되지만 시가지에 들어가면 유탄의 위험도 커지겠지?"

"……윽."

"네가 아는 사람의 머리가 날아갈지도——."

천둥소리가 목소리를 덮는다.

어떻게 놈은 나의 움직임을 꿰뚫어 보고 있는 걸까?

이유는 거너 클래스 특성의 한 가지, 《열시(서모그래피)》가 확실하다. 현재 애거스티의 눈은 색이 아니라 체온을 보고 있는 거다! 아무리 쿠퍼가 사무라이 클래스의 능력으로 기척을 차단하더라도 인간인 이상 몸의 열을 지워버릴 수는 없다.

이 정도로까지 대책이 막히는 상대였을 줄이야……

애거스티의 목소리가 등 뒤에서 야금야금 정신을 도려낸다.

"너는 한 발 먼저 나를 해치우면 그걸로 다 되는 줄 알았을지도 모르겠다만. 솔직히 말하면 이미 지시는 내려놨어. 프리데스위데에 잠복 중인 블랙 마디아에게 말이야."

"——윽."

"오늘을 지나고도 엔젤 자매가 양쪽 다 생존한 경우, 둘의 목숨을 빼앗으라고 했지. 이런, 그러고 보니 벌써 《오늘》이 아니었군. 열두 시 종은 울렸어——."

보이지 않는 빗속 건너편에 사신의 웃음을 환시한다.

"《지금》이다. 지금쯤 너의 학생은 무서운 살인 청부업자에게 습격당했을 거야. 구하러 가지 않아도 되는 거냐, 선생?"

여봐란듯이 격철을 올리는 소리.

이미 종은 울렸다. 일은 터졌다. 우리의 시련은 시작됐다.

극복하지 못한다면 그 대가로 목숨을 지불하게 될 것이다…….

† † †

명랑한 학원에 칼 소리가 울린다.

아니다, 폭발 같은 타격음이 프리데스위데의 교내를 횡단하고 있었다. 천둥소리가 얼버무리지 않았다면 학원 사람들도 이상을 알아챘으리라. 그 정도로 무시무시하고 포학한 검의 폭풍이 일었다.

공격하고 있는 것은 물론 검정, 즉 마디아다. 오른손의 검으로 산울타리를 베어 넘기더니 왼손으로 꽂은 메이스는 화단에 크레이터 같은 큰 구덩이를 만들었다. 그 충격이 상상을 초월하는 압력이 되어 두 소녀는 후방으로 날아갔다.

"크윽……!"

메리다는 이를 악물면서 가까스로 애도를 손에서 놓지 않았다. 트렁크는 벌써 어딘가로 내팽개쳐버렸다. 강풍에 농락당하면서도 유연하게 착지한 다음 비의 기세에 질세라 돌격. 지면을 스칠 듯한 저점으로부터 검정의 안면을 노리고 사부에게 직접 전수받은 찌르기를 날린다!

하지만 이것이 통하지 않는다. 검정은 망령같이 미끄러져 칼끝을 피한 다음 마치 공포조차 느끼지 않는 것처럼 지체 없이 찌르기로 역습한다. 왼쪽 허벅지가 찢어졌다──. 진짜로 날이 바짝 선 살인검이다! "아으윽." 신음하며 메리다는 몸을 구부렸다.

"리타……!!"

빌드 과정 없이 신속한―― 협공 신호를 냈었을 텐데. 이를 갈며 엘리제가 메리다의 앞에 미끄러져 들어왔다. 장검으로 검정의 롱소드를 걷어치우나 그 위력이 화가 된다. 검정은 엘리제가 오른손을 치워버린 반동을 이용해 왼손을 수평으로 휘둘러 메이스 헤드를 정통으로 맞췄다.

옆구리에 통타를 받은 엘리제는 "커헉." 하고 침을 튀긴다.

『행동패턴이』『읽기 쉽군』『여전히』

잉크가 번진 검은 메모 따위 읽고 있을 여유도 없다.

검정은 그대로 메이스를 힘껏 휘둘러 엘리제를 지면으로 날려버렸다. 스텝을 밟으면서 한 바퀴 회전하고 물 흐르듯이 우측의 검을 치켜든―― 것을 본 순간, 메리다는 스스로 지면을 구르면서 간격 밖으로 벗어났다.

시시하다는 듯이, 부웅, 비를 베는 검정.

메리다는 아픈 다리를―― 괜찮아, 상처는 깊지 않아. 대충 어루만지고 칼에 의식을 집중하면서 몸을 일으켰다. 엘리제도 장검은 손에서 놓지 않았다. 뼈는 부러지지 않은 것 같다.

그러나 활로가 보이지 않는다.

"2대1인데……!"

학원의 상급생으로서 뼈저리게 한심하다. 애당초 싸우고 있는 동안 어느 틈엔가 점점 글래스몬드 팰리스로부터 멀어지고 있다. 즉, 그녀들의 공격이 거의 통하지 않는 것이다. 반대로 상대가 파고들면 파고든 만큼 메리다와 엘리제는 결정타를 피하려고 뒤로, 가장 안전한 방향으로 도망치게 된다.

한심해라!

1학년 때 루나 뤼미에르 선발전에서 첫 전투를 치른 이래 메리다와 엘리제도 상당한 수련을 쌓아왔다. 그렇기에 지금 약간이나마 알 수 있다. 검정의 스테이터스는 메리다와 엘리제 둘이서 맞서도 도저히 바닥이 보이지 않았다.

대체 후드 속의 인물은 누구인가…….

아니, 쿠퍼가 말했었다. 현재 메리다와 엘리제의 목숨을 노리는 자들이 있다고.

눈앞의 검정은 아마 그 《살인 청부업자》의 필두가 확실하다.

……따끔. 어째서일까, 적의 정체를 상상하다 보니 가슴이 두근거린다.

언젠가 어딘가에서 비슷한 감각을──. 그런 위화감을 메리나는 떨쳐 버린다.

"엘리, 이쪽이야!"

뛰기 시작한 메리다가 사촌 자매와 함께 그 자리를 떴다. 검정은 시선만으로 좇는다.

여기에 이르러서도 두 사람 다 아직 무사한 것은 강운이었다.

엄밀히는 비의 도움이었다.

비 때문에 검정은 메리다와 엘리제의 모습을 포착하지 못해 거리를 오인하는 일이 많아 보였다. 일방적으로 공격을 하고 있는 만큼 비의 디메리트를 정면으로 받고 있는 인상이 든다.

그렇다면.

메리다와 엘리제가 향하는 장소는 정해져 있었다. 검정의 기척은 정확하게 쫓아온다.

지리를 훤히 아는 교내를 달려 나가 어떤 건물의 실내로.

제7연무장 《투 베르튀르》──.

지붕이 비를 차단해서 마침내 시야가 선명해졌다. 메리다와 엘리제는 입구에서 멈춰 서지 않고 안까지 달린다. 그 연무장의 태반을 차지하는 대규모 설비는 거인을 위한 나선계단이라고나 할까. 혹은 회오리 모양의 건조물──.

아무튼 통로가 소용돌이치면서 천장 부근까지 뻗어 있고 요소에 장해물이 설치되어 있다. 반갑다……. 메리다와 엘리제도 1학년 때는 이 장해물 코스 돌파시간을 참고로 스테이터스 수치를 쟀었다.

갓 입학한 무렵에는 마나를 쓰지도 못해 손도 발도 못 내밀었었지만───…………

감상에 젖어 있을 틈도 없이 어느 정도의 거리를 두고 메리다와 엘리제가 뒤돌아본다. 실외로부터 가시화된 검은 살의가 물밀듯이 뛰어 들어왔다.

온몸이 흠뻑 젖어 있다.

하지만 메모는 아까와는 비교도 되지 않을 만큼 읽기 쉬워졌다.

『유일한』『어드밴티지를』『포기하다니』

『빗속에서』『계속 떨고 있었으면』『좋았을 것을』

『여기서라면』『더 이상』『실수하지 않아』

기분 탓인지 흩날리는 메모도 많고 수다스럽게까지 느껴진다.

그러나 틀린 말은 없다. 메리다와 엘리제가 스스로 전장을 바꾼 것은 우책으로 보인다.

그러나 여기가 아니면 안 되는 이유가 있다. 옥외에서는! 지지는 않겠지만 결코 이길 수도 없기 때문이다. 비에 체력을 조금씩 빼앗기면서 서서히 목숨이 깎여져 나갈 뿐이니까.

그래서 재빨리 장소를 바꾼 것이다.

조금이라도 승기가 남아 있는 동안에——.

"우리가 할 말이야. 여기서는 네 새카만 모습도 아주 자~알 보인다구."

메리다의 말은 지기 싫어서 내뱉는 허세인가?

엘리제의 눈빛에서도 전의는 사그라지지 않은 것처럼 보인다.

"……여기에는 셴파 언니도, 키이라 님도, 사라도, 블랑망제 학원장님도, 로제티 님도, 쿠퍼 선생님도 없어."

그러니까. 메리다는 얼굴을 든다.

그러니까 이번에는. 칼자루를 단단히 쥔다.

"나와 엘리 둘이 당신을 쓰러뜨릴 거야."

"…………."

그리고 무기를 들고 자세를 취하는 그녀들의 늠름한 얼굴에 검정도 무언가를 감지한 모양이었다.

이런 표정일 때의 그녀들은 십중팔구 무언가 노림수가 있다.

오랫동안 교제했기 때문에 헤아릴 수 있다…….

검정은 후드 안에서 알아채지 못하도록 시선을 왕복해 연무장의 전체 모습을 다시 한번 둘러보았다. 그리고 그 구조로부터 '혹시' 하고, 어떤 가능성을 발견한다.

통로는 나선을 그리면서 위로, 더 위로 이어져 있다. 자신과 칼날을 주고받으면서 밀리는 대로 물러나 천장 부근까지 유도할 생각이 아닐까. 거기에서 단숨에 뛰어내려 출구를 향한다——위세 좋은 말로 적을 도발한 것도 다 페이크?

그런 가능성을 머리에 넣은 채 검정은 이종(異種) 이도류 자세를 취했다.

메리다와 엘리제를 얕잡아보진 않는다. 수습기사로서는 파격적으로 강하니까.

하지만 검정은 기병단 전체에서도 파격적인 존재다. 한 명에 팔 하나면 충분히 대처할 수 있다. 이것이 2대1이라도 밀리지 않는 이유다.

저들은 알아챘을까?

이것저것 생각하려고 하다가 검정은 살짝 고개를 젓는다.

더욱 자세를 낮추고, 넘치는 살의에 온몸을 맡겼다…….

공중에 정전기가 인다.

메리다와 엘리제의 첫수는——.

스텝.

날카롭게 바닥을 차 나선통로로 뛰어올랐다. 검정은 짐승같이 뒤쫓는다. 일단 바닥을 차는 압력이 월등하다. 공기를 파열시키면서 포탄같이 뛰어오르더니, 일직선으로 튀어나가며 그대로 메리다에게 일격을 가한다. 닿기 직전에 엘리제가 끼어들어 요격.

장검과 메이스가 순간적으로 맞물리고, 검정은 그 반발로 뒤로 물러선다.

"예상대로 클라운 클래스……!"

엘리제는 나부낀 적의 검은 옷에 주목하고 있었다. 온몸에 매달린 일곱 종류의 무기와 그 위치. 검정은 한창 허공을 날아가는 중에 등 쪽에 손을 돌리고, 이어서 힘 있게 휘둘렀다.

차크람이 무시무시한 회전속도로 날아왔다.

검 중앙부로 막으면 쪼개진다! 그것을 사촌 자매보다 일순 빠르게 감지한 메리다는 춤추는 듯한 발놀림으로 앞에 나와 칼을 한일자로 휘둘렀다.

수평으로 날아오는 차크람을 《선》으로 막은 것이다.

몇 밀리만 벗어나도 칼은 허공을 가르고 메리다는 차크람을 정통으로 맞았을 것이다. 그러나 메리다는 검정조차 혀를 내두를 만큼 정밀하게 회전방향에 맞춰 칼을 댔다. 그대로 등골이 얼어붙는 듯한 긴장감 속에서 베어 넘긴다. 맹렬한 스파크와 맞바꾸어 차크람이 튕겨 나갔다.

검정에게 손발의 자유가 있었다면 휘파람을 휘익 불었을지도 모른다. 하지만 검정은 휘파람 대신 차크람을 던진 쪽 팔의 검지와 중지를 비틀었다. 튕겨 나간 차크람에 마나의 줄이 휘감겨 있는 것이 보였고, 강제로 궤도를 되돌렸다.

메리다의 등을 노리는 차크람을 이번엔 엘리제가 알아챈다. 이미 속도도 위력도 무섭지 않다는 듯이 타이밍을 확인하면서 장검으로 올려쳤다.

바로 위로 튕겨 나간 차크람은 줄에 끌어당겨져 검정의 손가로.

공중에서 붙잡았다 싶었는데 적은 어느 틈엔가 왼손에 칼을 뽑고 있었다——.

자유자재.

상대의 페이스대로 마음껏 싸우는 저 전투 스타일을 허용하다가는 승기가 없음을 메리다와 엘리제는 이미 깨닫고 있었다. 적과 충돌할 때까지의 근소한 유예 시간에 눈짓을 교환한다.

——찬스는 한 번.

메리다와 엘리제는 더욱 뒤로 물러나 검정의 돌격을 피하면서 위로 향했다. 검정은 바닥에 박힌 칼을 뽑으면서 죽 휘둘렀다. 가공할 정도로 날카롭다. 바닥이 아무 저항도 없이 일직선으로 갈라지고, 참격이 후방으로 도망가는 메리다와 엘리제를 바싹 뒤따랐다.

사무라이 클래스의 오기로 그것을 막는다.

검정은 쉬지 않고 파고들면서 왼손이 흐려 보이는 속도로 휘둘렀다. 넋을 잃고 바라보게 될 정도로 빠른 난무공격——. 이것을 막는 것은 메리다의 역할이다. 반사신경을 한계 이상으로 끌어내 기적적으로 상대의 속도를 따라잡고, 최후의 일격을 힘으로 물리친다.

뒤늦게 주위를 메우는 대량의 스파크.

하지만 여기서 체크메이트.

메리다가 퍼뜩 알아챘을 때는, 롱 완드의 끝이 복부에 딱 대어져 있었다.

왼손의 칼에 정신이 팔린 틈에 여유 있는 오른손이——.

『안녕』

메모가 흩날린다.

마나 탄이 지팡이에서 작렬했다.

그것을 은백색 마나가 저지한다.

"뭐야." 희미한 검정의 육성. 엘리제의 모습은 그녀의 시야에 없었던 것이다.

그도 그럴 것이 엘리제는 메리다의 배후에서 그녀의 등을 손바닥으로 타격하고 있었다. 부드러운 살 너머로 자신의 마나를 발사하여 검정의 마나를 상쇄한 것이다. 사촌 자매와의 확고한 신뢰관계가 있다곤 해도 터무니없이 막무가내인 기술이다.

——메리다와 엘리제는 이 순간을 애타게 기다리고 있었다.

검정이 왼손과 오른손, 양쪽의 공격을 거의 동시에 마치는 순간을.

메리다는 칼을 버리고, 눈에 보이지도 않을 만큼 재빠른 솜씨로 양손을 주머니에 넣더니 빼자마자 던진다. 오른손으로는 픽을.

안면을 노린 픽을 검정이 초월적인 반사신경으로 피한다. 동시에 메리다는 왼손을.

거기서 던진 앵커가 후드 끝에 걸쳤다. 공중에 번쩍이는 선. 낚싯줄에 걸린 것같이 들리기 시작하는 후드를—— 벗겨지기 직전에 검정이 붙잡는다.

——와이어인가!!

검정의 속마음을 짐작한 것 같은 메리다의 선고.

"후드를 뒤집어썼다는 말은——."

후방으로 밀어붙이며 그 기세를 타고 발끝으로 차올린다. 후드를 누르고 있는 손이 발에 튕겨 검정은 순간적으로 다른 한쪽 손을 동원해야만 했다.

이로써 양손 다 무기를 놓쳤다. 메리다는 사부에게 물려받은 미소를 보여주며 말했다.

"얼굴을 들키고 싶지 않다 이거지? 살인 청부업자님."

"……!!"

엘리제가 움직였다.

교대하듯이 앞으로 나오면서 메리다가 버린 칼을 공중에서 잡는다—— 이도류. 마치 그녀의 스승을 연상케 하는 무용 같은 발놀림으로 일섬.

검정을 비스듬히 베었다. 멈추지 않는다. 유수는커녕 격류를 연상케 하는 노도의 연속공격이 박힌다. 오른손의 장검. 왼손의 도. 로제티에게 직접 전수받은 나선격. 사촌 자매를 본뜬 몸이 아닌가 싶은 고속난무. 본 것 그대로 흉내 내는 쿠퍼 스타일의 발도술—— 그리고 오른손의 장검을 최대한 당긴 다음 강렬한 돌격과 함께 성기사 혼신의 일격을 쑤셔 넣었다.

검정의 옷이 찢어져 날아가고 자그마한 실루엣 역시 후방으로 날아간다.

통로 중간, 층 구분 없이 위아래가 탁 트인 공간까지 튀어나갔다.

고개를 푹 숙이고 의식을 잃는다──.

아니다, 후드 안에서 눈을 부릅떴다.

"얕보지 마라아아아!!"

육성으로 노기를 발하고 사지를 일제히 힘껏 휘두르더니, 마나가 사방으로 흩뿌려졌다.

동시에 그 온몸으로부터 남은 무기가 사방에 확확 날아갔다. 무기들은 검정을 중심으로 마나의 그물로 이어졌고, 마치 불길함을 고하는 북두칠성같이 격렬하게 빛을 발했다.

메리다와 엘리제는 직감적으로 깨달았다. 적의 필살기다!

"《호로로기우스…… 판타즈마아아────────》!!"

북두칠성이 살의를 드러냈다. 맹금류 같은 기세로 일제히 공중에서 발사되어 메리다와 엘리제에게 쇄도한다. 무기가 없는 메리다는 막을 방법이 없었다. 등을 장검으로 얻어맞고 앞으로 밀려 나와 나선통로에서 발을 헛디딘다. "리타!" 자매에게 정신이 팔린 엘리제는 바로 정면으로 날아온 두 줄기의 섬광에 뒤늦게 의식을 되돌렸다.

스스로 부유하는 리볼버와 롱 완드에 의한 유니즌 샷. 비틀어지며 날아오는 두 가지 색의 광탄(光彈)을 피할 방법은 없어, 도신을 교차해 정면으로 받아 낸다. 믿기지 않는 엄청난 위력에, 엘리제는 아주 가볍게 후방으로 나가떨어지고 말았다.

이번엔 천사 같은 엔젤 자매가 낙하할 차례였다.

검정은 저승 가는 길동무로 삼으려는 것처럼 악마 같은 미소를 입가에 걸었다.

──넘을 수 있을까! 이 수라를!!

한계까지 사지를 뻗어, 손을, 발을, 동시에 휘두른다.

추락하는 천사들을 흥성이 뒤쫓는다. 지상으로 내동댕이쳐지기 전에 갈가리 찢으려는 기세다. 이제 공중에 도망칠 곳은 없다. 그 머리를 꼬챙이처럼 꿰려고 일직선으로 육박하는 칼을── 메리다는 직전까지 눈을 크게 뜨고 노려보았다.

더할 나위 없는 타이밍에서 공기를 때리고 전신을 뒤집는다.

칼은 그녀의 어깻죽지를 스치고 참혹한 피를 뿌리면서 슝 날아갔다──.

여기서 그 칼자루를 메리다가 다짜고짜 붙잡았다. 오로지 힘으로 자신의 앞쪽 그리고 자신의 왼쪽 허리, 발도 포지션으로까지 가져간다. 칼이 날뛰지만 깡그리 무시한다. 검정의 눈이 휘둥그레졌다. 메리다는 천지를 뒤집으면서 등 쪽으로 황금색 화염, 마나를 내뿜는다.

사무라이 클래스의 장기, 마나 방출을 추진력으로 사용할 줄이야──!

"하아아아앗─────────────!!"

용감한 노기와 함께 돌격. 천정에서 발사된 화살같이. 그 속도는 검정을 순식간에 따라잡고, 넘었다. 교착과 함께 일섬의 참격을 가하면서 메리다는 바닥으로 착지.

뒤늦게 검정의 등이 지면을 강타!

이어서 천사의 날개가 돋은 것처럼 엘리제가 사뿐하게.

마지막으로 나머지 여섯 개의 무기가 연달아 주위 바닥에 꽂

히고서 연무장은 아주 조용해졌다.

　이미 광란의 북두칠성으로부터 마나는 풀려 있다…….

　이긴 걸까?

　"하아, 하아…… 하아……!"

　메리다는 빼앗은 칼로 아직 신중히 자세를 취하고 있다. 엘리제도 아픈 다리를 질질 끌면서 그 옆으로 달려갔다. 그녀들의 여력은…… 이제 없다. 과연 검정의 상태는?

　"커헉."

　생각 이상으로 자그마한 검정은 괴로운 듯이 헐떡이고서 엎드렸다.

　어떻게든 상체를 일으키고 무릎을 세운다.

　거기서 메리다와 엘리제는 전례 없는 충격에 휩싸였다.

　──검정의 후드가 벗겨져 있었는데.

　본얼굴이 보인다.

　초콜릿 색 피부, 어린 이목구비, 보이시한 머리칼──.

　"라, 클라 선생님……?!"

　그녀는 말을 듣고서야 비로소 알아챘나 보다. 얼굴에 손을 댄다.

　바로 후드를 다시 뒤집어쓰려고 하다가…… 쓸데없는 발버둥이라는 듯이 숨을 내쉬었다.

　이미 늦었다──.

　그러나 메리다와 엘리제는 받아들이기 어렵다는 듯이 두 걸음, 세 걸음 뒷걸음질 친다.

　"라클라 선생님이…… 선발전 때에 나타난, 그……?!"

"…………."

"우리의 목숨을 노리는, 살인 청부업자…………?"

검정은, 아니, 마디아는 체념한 것처럼 지면을 응시할 뿐이다.

무엇을 전해야 할까?

입술이 마음대로 움직였다.

"……이걸로 알았겠지. 이 학원은 내가 감시하고 있어. 이미 너희에게…… 안전히 지낼 장소 따윈 없어."

"…………."

"가라. 그리고 다시는 내 앞에 모습을 보이지 마."

메리다와 엘리제는 어떻게 응해야 옳은 걸까.

거기에 정확한 답을 낼 수 있을 만큼 메리다도, 엘리제도 현명해지진 못했다. 메리다는 일단 웅크리고 앉아 그녀의 칼을 바닥에 놓고, 일어난다.

둘이서 인사――.

그대로 한마디도 않고 발길을 되돌렸다. 후다닥, 연무장에서 나가는 두 사람 몫의 발소리를 마디아는 듣는다.

그녀는 잠시 바닥을 응시한 채 움직이지 않았다.

어째선지 깜빡하고 전하지 못한 말이 있는 것 같은 기분이 들어서 마음속을 살핀다.

아무것도 찾지 못하고 몇 분――.

벌써 사라졌겠지, 생각하면서 얼굴을 든다.

……예상대로 그곳에 제자들의 모습은 없고, 열린 문으로 비바람이 헤매는 게 보였다.

"비…….."

혼자 중얼거리고 천장을 올려다본다.

"비는 싫어."

그때, 지붕에 가로막힌 연무장에서.

딱 두 빗방울이 소녀의 무릎을 톡 적셨다.

† † †

음? 하고 애거스티 본즈는 미간을 찌푸렸다.

《표적》의 거동이 노골적으로 변했기 때문이다. 아까까지는 조금이라도 조준을 빗나가게 할 요량으로 역 앞 광장을 종횡무진 뛰어다녔다. 비를 계속 맞으면서도 그랬으니 스태미나가 보통이 아니다! 결판을 내는 데 이 정도로 시간이 걸리다니, 애거스티로서도 예상 밖이다.

백야 기병단의 에이전트 중에서도 제일가는 속도———.

표적은, 쿠퍼는 그 최대의 어드밴티지를 버렸다. 멈추어 선 것이다. 거너를 상대로 저 무슨 어리석은 행동인가! 자, 쏠 테면 쏴봐라, 라고 말하는 듯이 녀석은 미동도 하지 않는다. 애거스티는 거꾸로 경계 레벨을 올렸다.

쿠퍼의 몸 중심에서.

용솟음치는 듯한 마나가 부글부글 끓어서 주위를 위압하기 시작했다. 몸에 닿은 부분부터 비가 증발하고, 하얀 김이 등 뒤로 피어오른다.

승부에 나섰다―― 그것은 분명하다.

그러나 무엇을 노리는 거지?

한번 포착되면 승부는 한칼에 판가름날 것이다. 애거스티는 절대로 녀석에게 있는 곳을 들킬 수 없다. 아주 잠깐이라도! 동시에 그 역시 이제 남은 마나가 얼마 없다. 역시 전선에서 물러난 영향은 크다…….

답은 한 가지.

애거스티는 비에 뒤섞인 채 절대로 상대가 알아보지 못하도록 하며 있는 마나를 다 해방했다. 간단한 일이다, 오로지 손바닥에 의식을 집중해서 리볼버 약실에만 마나를 밀어 넣으면 된다. 총신이 터질 듯이 떨리고 질세라 마나가 끓어오른다.

특수 주문한 총이 아니면 산산조각 날 것이다.

하지만 애거스티의 애총(愛銃)은 용량의 아슬아슬한 한계까지 주인의 마나를 받아들일 수 있게 설계되어 있다. 이것이 최후의 한 발……. 표적은 일점.

애거스티도 승부에 나선 것이다.

쿠퍼의 노림수는 간파했다! 놈은 다음 공격을 피할 생각이 없다. 총탄을 방어한 다음 반격으로 이행하기 때문에 애거스티의 이동속도에 번번이 농락당했다. 그렇다면 방어를 생략하고 애거스티의 총탄을 확인한 순간에 파고들어 무승부로 끌고 갈 셈일 것이다.

그러면 애거스티가 물러나기 직전 아슬아슬하게 베어버릴 수 있을지도 모른다.

──너의 《다리》가 무사하다면 말이지?

　애거스티는 히죽 웃고서 담배를 깨문다.

　그의 총구가 노리는 것은 녀석의 다리다. 사실 매우 노리기 어려운 부위인데 스스로 멈추어 서줘서 수월해졌다. 움직이지 못하면 반격으로 넘어갈 수도 없다.

　애거스티는 힐끗 자신의 발밑을 내려다보았다.

　슬랙스 바지 뒤쪽에는 레이볼트 재단에서 만든 기동장갑이 장착되어 있다. 솔직히 말하면 이것 역시 그다지 연발이 잘되는 물건이 아니다. 남은 압축증기 양은…… 앞으로 분사 한 번이 고작일 것이다.

　기동력이 없어지면 그때는 애거스티가 쿠퍼에게 맞설 방법이 없어진다.

　이 총탄 한 발로 결정된다──…….

　애거스티는 쿠퍼의 체온을 표적으로 삼아 서서히 총구를 들었다.

　방아쇠에 손가락을 건다.

　동시에 왼손은 기동장갑의 레버를 쥐고 있다.

　총격, 즉각, 이탈.

　쿠퍼가 승리할 요소는──

　없다!!

　──죽어라!

　지룡의 포효 같은 발사음과 함께 최대의 폭발력으로 총탄이 발사됐다. 이 반동을 억제하기 위해서 잠시 두 발로 버티어야 한다. 노타임으로 이탈은 할 수 없다. 그래도 애거스티의 판단대로라면 이탈할 때까지 적의 반격이 자신에게 닿을 가능성은, 제로.

총탄은 공간을 비틀면서 일직선으로 날아갔다.

쿠퍼는 예상대로 움직이지 않는다.

육안으로 볼 수 있는 몇 미터 범위에 들어간 직후, 예상과 같이 그 온몸이 흐려진다. 하지만 늦다. 이 한 발이 애거스티의 최대 탄속. 쿠퍼가 지면을 박차려고 하기 직전 그 허벅지를 총탄이 관통한다.

믿기 어려운 양의 피가 사방에 튀고, 청년의 소리 없는 절규.

애거스티는 속으로 쾌재를 부른다. 잡았다!

앞으로 고꾸라진 쿠퍼의 손에서는 생명줄인 검은 칼이 흘러나오고——.

즉시 손을 돌려 품을 뒤진다.

제로 시간으로 뽑음과 동시에 발사했다.

화약식 데린저를——.

"아니…………."

애거스티의 짤막한 경악의 목소리.

무척이나 자그마한 탄환이, 그러나 순식간에 상대의 탄도를 거슬러 올라갔다. 애거스티는 순간적으로 깨달았다. 왼손의 레버를 당기는 것보다 반역의 유성이 자신에게 송곳니를 박는 쪽이 빠르다.

한 줄기 빛이 애거스티의 실루엣을 꿰뚫고 후방으로 빠져나갔다.

애거스티의 오른손 손바닥이 도려지고 피가 후두둑 날아간다. 견디지 못하고 리볼버를 놓쳤다. 풍압에 그대로 "으윽." 하고 한 발짝 물러난 것이 그의 패배에 결정타를 가했다.

정신이 들었을 때는 사무라이의 모습이 한 발치 앞 공간에 들어와 있었다.

수도에 마나를 입히고 초고속으로 교차하면서 그대로 벤다.

쿠퍼와 애거스티가 선 위치를 중심으로 열파가 팽창했다.

맹렬한 바람이 일시적으로 비를 물리친다.

이윽고 참격음이 하늘 높이 가로지르고, 다시금 격렬한 빗소리가 돌아왔다.

두 전사는 등을 맞댄 것처럼 서서 반대방향을 향하고 있다.

"크윽." 쿠퍼는 비틀거렸다. 구멍이 난 다리를 지나치게 혹사시켰다. 이제 와서 통각이 생각난 것처럼, 허벅지의 총상에서 끝도 없이 피가 흐른다.

그러나 상대 쪽이 훨씬 중상일 것이다.

몸통을 비스듬히 베인 애거스티 교수의 셔츠가 새빨갛게 물들어 있었다. 불안한 발걸음으로 한두 걸음 나아가자마자 옆으로 넘어진다.

바닥에 어깨를 부딪치면서 쓰러지고, 벌렁 나자빠졌다.

가까스로 숨은 붙어 있는 것 같다.

"그 방법이 있었군……. 설마, 네가 총을 사용할 줄이야……!"

그래, 쿠퍼는 순순히 수긍한다.

"이 싸움, 나는 당신이 있는 곳을 전혀 파악할 수 없었어. 하지만 한순간, 정말로 딱 한 점에 한해 당신의 위치를 확신할 수 있는 시간이 있었지."

"내가 총격한 순간, 그 탄도의 직선상⋯⋯!!"

"그 말대로야."

잘라 말하고 쿠퍼는 숨을 후우 내쉰다.

아픈 온몸을 질질 끌며 되돌아가, 비를 맞고 있었던 검은 칼을 주웠다. 허리의 칼집에 넣는다. 그대로 애거스티를—— 그냥 지나치고 번화가로 향한다.

큰대자로 쓰러진 채 그는 말했다.

"죽이고 가라."

쿠퍼는 그쪽을 보지 않고 고개를 젓는다.

"⋯⋯지금의 나는 백야의 에이전트가 아니잖아? 그런데 사람을 죽이면 중죄야. 설령 당신이 존재하지 않는 인간일지라도."

"헤헷, 후회한다?"

"백야로서의 내 목숨은 당신에게 빌리고 있었던 것."

가슴팍에서 주먹을 쥐고, 뗀다.

나비가 날아가는 것을 바라보는 것처럼.

"지금 돌려주겠다."

"⋯⋯⋯⋯⋯"

"내가 오늘까지 살아올 수 있었던 것은 당신 덕분이야. —— 작별이다."

겨우 움직이게 된 다리로 돌바닥을 박찬다.

물이 튀는 소리가 멀어지고, 그것이 그가 나아가는 길을 가르쳐주었다…….

애거스티는 대자로 드러누운 채 큰소리친다.

"언젠가 뼈저리게 느낄 거다!! 자신이 무엇을 적으로 돌렸는지를 말이야! 이제부터 너희에겐 프란돌 전역에서 자객이 파견된다……. 언제까지 그 선생놀이를 계속할 수 있을까?! 아주 재미있게 보고 있으마! 크————하하하하하!!"

호흡이 곤란해질 만큼, 자꾸 숨이 막히는데도 웃고, 웃다, 웃어—.

하아, 한숨 돌린 무렵에는 이미 쿠퍼의 발소리가 들리지 않게 되었다.

빗소리만이 애거스티의 온몸을 감싼다…….

만약 지금, 통행인이 때마침 지나간다면 피투성이인 그의 모습에 비명을 지를 것이다. 에휴, 가볍게 한숨을 쉬며 애거스티는 겨우 움직이는 왼손으로 품을 뒤져 담뱃갑을 꺼냈다.

물에 젖은 하나를 문다.

다음은 라이터…….

불은 피울 수 있을 리가 없었다. 여러 번 부싯돌을 만지작거리지만 의미는 없고, 이내 애거스티는 짜증스럽게 그것을 던져버린다. 돌바닥 위를 미끄러지듯이 굴러갔다.

"불효자 녀석."

찾아내야만 한다는 생각에 우울한 기분이 든다.

배신자 쿠퍼 방피르는 물론이거니와 메리다 엔젤, 엘리제 엔젤. 그 자매를 그냥 내버려 두는 것은 너무 위험하다. 애거스티가 우려하는 최악의 사태가 일어나면, 현재 이루어지는 파벌 투쟁 따위 개들이 다투는 수준으로 여겨질 것이다.

랜턴이 뒤집힌다.

그렇다면 백야 기병단의 사명은 한 가지…….

저지해야 한다.

놈들이 《랜턴 안의 세계》, 프란돌 어디에 숨어 있더라도——.

HOMEROOM LATER

그 폭풍과 함께 지나간 무도회로부터 일주일——.

최근 들어 그 저택의 정문 앞에서는 연일 같은 광경이 펼쳐지고 있었다.

바로 방문객의 쇄도.

그러나 응대하러 나가 있는 젊디젊은 메이드는 어지간히 지긋지긋한 모양이다.

"몇 번을 오셔도 똑같은데요?"

에이미는 이상한 것을 보는 눈빛을 대문 너머로 보내고 있다.

"당 저택에 그런 분은 안 계셔요. 주소를 잘못 알고 계신 건?"

"아니, 그럴 리는 없어. 다 조사하고 온 거라고."

잠긴 대문을 답답한 듯이 흔드는 것은 남자 기자.

포스트잇이 빽빽이 붙은 수첩을 증거라도 되는 양 내세웠다.

"《무능영애》, 아니, 《예언의 아이》, 혹은 《팔라딘》……? 아, 아무튼 간에. 메리다 엔젤이 여기에 살고 있었다는 건 많은 시민이 증언하고 있어!"

에이미의 정말 어이없다는 동작에 남자 기자는 조급해진다.

"이봐, 숨겨두고 있는 거 아니야? 이곳은 엔젤 가문의 저택이지? 당신은 하인이고? 그런데 영애를 모른다는 게 말이 돼!!"

에이미는 맞는 말이라며 대문 너머로 수긍해준다.

"어어, 이곳은 그냥 별채예요. 본가의 사정에 대해선 듣지 못했고요."

"무슨 말도 안 되는──."

"이래 봬도 기사 공작 가문에 연고가 있는 몸……. 그만 물러가 주세요."

현 왕작, 페르구스 엔젤의 이름이 최대의 히든카드다.

그래서 기자도 마지못해 물러갈 수밖에 없었다. 그 어지러웠던 신비 학술회부터 무도회까지, 두 명의 미스 엔젤을 둘러싼 일의 진상은 세간을 매우 떠들썩하게 하였지만, 그 후로 그녀들의 동향은 뚝 끊어지고 아무 소식이 없다.

강압적인 취재를 행하다 윗선으로부터 찍히면 큰일 난다──.

그렇게 해서 그럭저럭 메이드들의 평온한 생활은 유지되고 있었다.

기자의 뒷모습이 멀어지는 것을 바라보고 나서 에이미도 겨우 숨을 내쉬고 돌아선다. 이런 대화가 요즈음 연일, 연일 계속된다! 인근 캠벨에서까지 취재진이 대거 몰려들어 왔을 때는 순회 기사가 중재해야 할 정도의 큰 소동으로 번지기도 했다.

그러나 얄궂게도.

얼마 전까지의 시민이나 기병단끼리 날카롭게 반목하던 분위기는 점차 사라지고 있는 것처럼 느껴진다. 최근엔 활동가들의 강연도 드물고 방청객 또한 줄고 있는 모양이다.

큰 소리로 주장하고 있었던 것이 크게 어긋나서, 망신당하는 일을 피하고 싶기 때문이리라.

그렇다고 해서 진상을 밝히려고 해도, 사건의 인물들이 없다

잠깐이나마 세상에 평온이 돌아온 것 같기도 하다.

하지만 에이미는 어렴풋이 알고 있었다.

지금은 말하자면 큰 폭풍의 중심…… 주위에는 아직 난기류가 소용돌이치고 있음을.

꺼진 것처럼 보이는 맹화는 사람들의 발밑에서 지금도 여전히 연기를 내고 있음을.

아아, 걱정이 끊이질 않는다.

메리다와 쿠퍼는 지금쯤 어떻게 지내고 있을까── 하고.

그 무도회의 몇 시간 전. 흠뻑 젖어서 귀가한 쿠퍼는 메이드들에게 말했다.

지금까지 한 번도 입에 담지 않았던 것을.

† † †

"여러분께서도 협력해주셨으면 합니다."

"협력……이요?"

"네. ……매우 가슴 아픈 일이긴 합니다만."

귀가하자마자 '긴히 할 중요한 이야기가 있다'고 하기에 에

이미, 마일라, 니체, 그레이스, 메이드 네 명은 '뭐야, 뭐야' 하면서 2층의 큰 방에 모였다.

전방위 만능교사 쿠퍼가 동료를 의지하는 것은 매우 드문 일이다.

쿠퍼는 젖은 머리카락도 대충 닦는 둥 마는 둥 하고 깊이, 아주 깊이 무릎을 꿇었다.

그 이유를 괴로운 음성으로 밝혀나간다.

"메리다 아가씨를 지켜드리기 위해서."

간단히 말하면.

"여러분이 마음 아파하실 필요가 있습니다…….

"알았어요, 말씀대로 하겠습니다."

에이미는 바로 대답하고 고개를 끄덕였다.

쿠퍼는 순간 반응하지 못했으나 곧 번쩍 얼굴을 든다.

"……아, 아직 아무 설명도 하지 않았습니다만?"

"네, 뭐……. 하지만 어떤 내용이라도 승낙하는 건 변함없어요."

뒤를 돌아본다. 나머지 세 명의 메이드도 차분했다.

"괜찮지? 다들."

"네~에." "오케이예요." "쿠 씨한테 맡길게~."

"이게 무슨……."

쿠퍼는 도리어 어딘가 화가 난 것 같기도 했다.

"……여러분은 사건의 중대함을 모르고 있습니다. 제가 무슨 짓을 할지……!"

"하지만 다 아가씨를 지켜드리기 위한 거잖아요?"

"그건, 뭐……."

"그러면——."

에이미는 의연하게 가슴에 손바닥을 댄다.

세 명의 메이드를 거느린 어엿한 메이드장의 관록을 풍기며.

"그것은 당연히 저희가 힘을 합칠 일이기도 해요."

"그럴지도 모르겠습니다만……."

"쿠퍼 씨야말로 조금 착각하고 계시지 않나요?"

타이르듯이 하는 말에 쿠퍼도 무심코 "네?" 하고 얼굴을 든다.

그리고 당황했다.

에이미가 그 가슴에 쿠퍼의 얼굴을 꽉 껴안았기 때문이다. 쿠퍼는 무릎으로 선 채 굳어버려 움직이지 못한다. ——어째선지, 어렴풋이 그리운 냄새가 났다.

그의 뒷머리를 에이미는 연상의 손바닥으로 부드럽게 쓰다듬는다.

"아가씨에게 들었어요. 지금 쿠퍼 씨가 저희를 가족처럼 생각해주신다고. 그렇다면 그런 얼굴 하시지 마세요……. 힘들 때는 참지 말고, 저희에게만은 기탄없이 기대세요."

포옹을 풀고 편안한 미소를 짓는다.

"누나니까 말이죠?"

"…………."

쿠퍼는 고개를 숙이고 잠자코만 있다.

……복잡한 성장 과정을 가졌다는 것은 에이미도 어렴풋이

느끼고 있다. 이해하기 힘들까? 쿠퍼는 살짝 고개를 젓고, 공기를 씹듯이 입술을 움직였다.

질색인 채소를 삼키는 아이처럼.

"……지금부터 제가 행하는 일은."

조금 있다가 말한다.

"금방 무의미해질지도 모릅니다."

"무슨 말인가요?"

"그, 저도 예상 밖의 사실을 깨닫게 되어서 하는 말입니다만…… 분명히 지웠는데, 완전히는 사라지지 않았다든가, 저절로 생각나고 그런다든가. 요컨대 아무리 해도 제 힘으로는———."

그는 간신히, 후련한 것처럼 얼굴을 든다.

어떤 얼굴을 하고 있었을까?

기쁘게도 보이고, 울 것같이도 보이고.

기뻐서 울 것같이도———.

그것을 참고 있는 것같이도 보였다.

키득. 웃음이 나온다.

"……끊을 수 없는 관계도 있는 것 같습니다."

그가 하는 말의 의미를 메이드들이 반추하는 것은.

메리다 일행이 카디널스 학교구를 떠나고 3일 후의 일이었다.

† † †

완전히 기억을 잃고 있었던 동안의 일을 꿈속의 사건인 양 회상하면서, 에이미는 겨우 정든 저택의 현관까지 다다른다.

이미 인공 구름은 눈곱만큼도 남기지 않고 날아가 평소와 같은《밤》이 유리 너머로 보였다.

비는 대지에 진흙탕을 남기긴 했지만 그쳤다——.

가로등이 휘황찬란하게 켜지고 온도도 조금 높아졌을까?

에이미는 달아오른 볼을 누르고, 저도 모르게 회상하고 만다.

청년의 샤프한 머리 감촉과 머리카락 냄새를——.

문에 등을 맡기고, 소녀다운 한숨을 쉬지 않을 수 없다.

"조금 대담했나……?"

한쪽 문이 열리더니 세 명의 메이드들이 비죽비죽 얼굴을 슬쩍 비쳤다.

"에이미, 치사해~." "선수를 쳤군요." "쿠 씨한테 감상 물어봐야지."

그흠, 헛기침하면서 에이미는 저택으로 돌아섰다.

메이드장답게 손뼉을 친다.

"자, 오늘도 일해야지, 일! 아가씨와 쿠퍼 씨가 언제 돌아오셔도 좋도록 저택을 반짝반짝하게 청소해놓는 거야. 다락방도, 정원도, 식물원도 말이지!"

직후, 봄을 느끼게 하는 바람이 불고——.

메이드들의 불평인지 웃음인지 분명치 않은 목소리를 하늘 높이까지 날랐다.

PREPARE LESSON

——누군가가 오빠를 부르고 있었다.

자신의 바로 옆에서, 몇 번씩이나. 공손한 목소리로.

오빠는 도무지 대답하지 않는다. 어째서? 들리지 않는 걸까.

"……쉬크잘 공? 혹시, 쉬크잘 공?"

직후, 누군가 어깨를 흔든다.

"살라샤 님! 안 들리세요?"

어? 하고 살라샤는 눈이 동그래져 얼굴을 들었다.

같은 교실의 실장이 눈초리를 치켜뜨고 있었다. "하아." 한숨을 쉬고 상체를 일으킨다.

고지식한 사람같이 관자놀이를 세게 찔렀다.

"공무 때는 그렇게 부르라고 해서 기껏 맞춰주고 있는데……."

"아으, 미, 미안! 아직 전혀 익숙해지지 않아서……."

"그렇겠죠! 그래서 학원에서 연습하고 있는 거죠?"

정신이 드니 교실 전체의 모두가 자신을 보며 키득키득 웃고 있었다. 살라샤는 더욱더 부끄러워져 어깨가 움츠러들었다.

"아으으……!"

"살라샤 님은 정말 학원 안에서는 극단적으로 얌전하다고 할까……. 그 혁명 때의 용감한 드라군 님은 어디 갔셨을까요?"

"미안해……."

"사과하지 않아도 돼요!"

시원시원한 실장에게 주위로부터 "스파르타는 적당히 해."라
는 소리가 날아온다.

그래도 실장은 여전히 살라샤의 어깨를 펴게 하고 싶은 모양
이다.

팔짱을 끼고 왠지 몸을 뒤로 젖히며 으스댄다.

"알겠어요? 쉬크잘 공. 오늘만큼은 그런 식이면 곤란해요."

"어라? 그러고 보니 조금 전에도 '공무'라고……."

"네, 잘은 모르겠지만——."

실장 스스로 어딘가 납득이 가지 않는다는 식으로 미간을 찌
푸린다.

"방과 후에 임시 교직원 회의가 열리므로 쉬크잘 공도 참가해
주기 바란다고 해요. ……학원장님께서 직접."

"뭐지?"

"글쎄요……? 교육개혁인가하는 것이 선언되고 나서 여러
가지로 어수선하니, 뭔가 학원 체제를 재검토하는 일이라도 있
는 걸지도요."

생각해봐야 소용없다는 듯이 고개를 젓는다.

집게손가락을 세웠다.

"그것이 첫 번째."

"다른 것도 있어?"

"…………."

실장은 왠지 말하기 거북한 듯 머뭇거렸다.

그녀는 거침없는 성격이지만 눈치는 빠르다.

잠시 후 조심스럽게 말을 꺼냈다.

"……뮬 라 모르 님에 관해서인데요."

직후에 종소리.

수업시간이 시작됐다. 실장은 "아, 진짜." 하고 답답해하면서도 자신의 책상으로 간다. 뒷이야기는 다음 쉬는 시간에 하면 된다. 살라샤도 양피지와 교본을 준비했다.

수업 전, 아주 잠깐의 공백 동안 살라샤는 생각을 흘린다.

"미우……."

곧 풍채 좋은 여성 강사가 교실에 들어왔다.

평소, 학원의 선생들은 어지간한 일이 없는 한 《쉬크잘 공》을 특별대우하고 그러진 않는다. 하지만 이날은 뭔가 낌새가 달랐다. 강사는 교단에 서자마자 어딘가 뒤숭숭한 모습으로 교실을 둘러본 다음 살라샤의 머리색을 찾아냈다.

"아, 쉬크잘 공── 으음, 이야기 들었어요?"

"네? 아, 네. 교직원 회의에 관한…… 일인가요?"

"홈룸을 마치면 바로 학원장님이 있는 곳으로 가주세요."

이 말에 살라샤가 아니라 주위의 학생들이 얼굴을 마주 보았다.

실장이 손바닥을 슥 든다.

"수업은……?"

"오늘은, 네, 면제가 될 거예요. 저도 갑작스러운 일이라 조금 혼란스러워서⋯⋯. 여러분도 많이 놀라겠지만 너무 소란 피우지 마세요."

무엇을 전하고 싶은 걸까. 강사는 스스로도 잘 이해가 되지 않는 듯한 태도다.

이윽고 그녀는 체념한 것처럼 어깨를 으쓱했다.

교실 문을 향해 부른다. ──문?

"⋯⋯들어오세요."

교실에 있는 전원의 얼굴이 재미있을 정도로 한 방향으로 쏠렸다.

쥐죽은 듯 조용해진다.

누군가가 거기에, 문밖에 서 있음을 알 수 있었다.

""──실례하겠습니다.""

목소리가 겹쳤다.

그 명랑한 음성과 함께 꽃향기가 교실로 날아 들어왔다.

성 도트리슈 여학원의 제비꽃 색깔 푸른 교복.

3학년을 상징하는 배지.

쌍둥이인 양 거울을 보는 듯한 미모──.

금색 머리칼과 은색 머리칼의 2인조.

교실 안의 몇몇 학생이 충격에 빠진 듯 자리에서 일어났다. 어떤 학생은 깜짝 놀라 숨을 삼킨다. 실장 역시 냉정함을 유지하지 못했다.

"거짓말이지⋯⋯?!"

살라샤는 그녀들의 입실을 어딘가 비몽사몽인 기분으로 응시하고 있었다.

술렁이는 것도 당연하다는 듯이 강사는 한숨과 함께 고한다.

"다들! 소개할게요. 오늘부터 여러분의 자매가 될——."

2인조가 걸음을 맞춰 멈추어 섰다.

꾹, 구두 소리를 내고 정면으로 돌아선다.

자매학교 학생들이라면 말해주지 않아도 누구나 아는 고귀한 그녀들의 이름은——.

"전학생인 메리다 엔젤 양과 엘리제 엔젤 양이에요."

순식간에 교실은 혼란으로 가득 찼다. 같은 반 학생들의 동요는 틀림없이 다른 교실에까지 이르러 교사 전체를 흔들고 있을 것이다. 강사는 눈물겨운 노력으로 우왕좌왕하며 소용없는 줄 알면서도 열심히 몸짓으로 호소했다.

"정숙! 다들, 정숙!"

그런 소동 속에서 교단 옆의 엘리제가 메리다의 소매를 쓱쓱 당겼다.

한마디 속삭이고서 손가락으로 가리킨다. 그러자 메리다의 눈동자가 살라샤 쪽으로 향했다.

시선이 얽힌 순간 부드러운 미소의 꽃이 핀다.

어째서일까——.

여러 가지로 물어야만 하는 일이 있건만.

그때의 살라샤는 새로운 계절의 예감에 두근두근 가슴이 설레었다.

후기

　새로운 모험의 시작이 될 제10권, 어떠셨는지요?

　여기까지 읽어주셔서 감사합니다. 저자 아마기 케이입니다. '후기 먼저 읽기 얏호' 파 분들도 부디 본편을 즐겨주시기를 바라 마지않습니다.

　드디어 자릿수가 달라지는 열 번째 권.

　다름 아닌 제가 가장 몸을 떨고 있습니다. 부르르. 시리즈의 시작부터 스토리의 전망은 마음속에 그리고 있었습니다만 머릿속에서 공상하기만 했던 《이 장소》로── 이 장면을, 캐릭터의 이 대사를, 실제로 형체로 만들 날이 오다니!

　그만큼 긴 길을 작품의 캐릭터들과 함께 걸어왔구나, 하고 감개무량하게 생각합니다.

　과연 이 길은 어디로 나아가는 걸까요?

　이 페이지를 넘기는 《귀하》께서도 기대해주셨으면 좋겠습니다.

　여하튼, 그 뭐냐. 가는 곳마다 가지각색의 만남이 있으니까요. ──아앗, 그건 동월 발매되는 만화판 어새신즈 프라이드 제4권!(홍보)

그리고 슬슬 보이기 시작하는 화려한 회장에서는, 현장감 넘치는 음악과 캐릭터들의 목소리가……?(힐끔힐끔 애니화 간판을 보면서)

제가 가장 신이 나서 떠들고 있네요. 반성합니다.(←반성 할 당량)

그럼 언제나처럼 감사 인사를.

이번 서브타이틀《수경쌍희》는 사실 커버 일러스트로부터 착상을 얻었습니다. 일러스트레이터 니노모토니노 선생님, 늘 도와주셔서 감사합니다.

학생회 4인조의 활약은 만화판에서의 생생한 캐릭터 조형에 좋은 영향을 받았습니다. 카토 요시에 선생님, 매번 원고 즐겁게 기다리고 있습니다.

판타지아 문고 편집부를 비롯해 출판 관계자분들께도 거듭 감사를……. 그리고 물론 이 책을 구매해주신《귀하》.

어떠셨나요?

어새신즈 프라이드 제1권부터《여기까지》함께해주셔서 정말로 감사합니다. 여러분이 등을 밀어주시고 응원해주신 덕분입니다.

아무쪼록 다음은 풍요의 계절에…… 꼭 다시 뵙고 싶습니다.

아마기 케이

어새신즈 프라이드 **10** – 암살교사와 수경쌍희 –

2019년 10월 25일 제1판 인쇄
2019년 11월 01일 제1판 발행

지음 아마기 케이 | **일러스트** 니노모토니노 | **옮김** 오토로

펴낸이 임광순
제작 디자인팀장 오태철
편집부 황건수 · 신채윤 · 이병건 · 이홍재 · 김호민
디자인팀 한혜빈 · 김태원
국제팀 노석진 · 엄태진

펴낸곳 영상출판미디어(주)
등록번호 제 2002-000003호
주소 21311 인천광역시 부평구 평천로 132 (청천동)
전화 032-505-2973(代) | FAX 032-505-2982

ISBN 979-11-6466-820-5
ISBN 979-11-319-6068-4 (세트)

ASSASSINS PRIDE Volume.10 ANSATSU KYOUSHI TO SUIKYO SOUKI
ⓒKei Amagi, Ninomotonino 2019
First published in Japan in 2019 by KADOKAWA CORPORATION, Tokyo.
Korean translation rights arranged with KADOKAWA CORPORATION, Tokyo.

아마기 케이
작품리스트

86
-에이티식스-

Ep.5 ~죽음이여, 오만하지 말지어다~

◆

찾으러 오렴── 〈레기온〉 개발자 '제레네'로 추정되는 자가 신에게 남긴 말.

이에 신과 레나, 『제86기동타격군』 일동은 하얀 척후형이 목격되었다는 '로아 그레키아 연합왕국'으로 향하는데……

그것은 생의 모욕일까, 죽음의 모독일까.

연합왕국의 전략은 〈에이티식스〉들조차도 전율할 만큼 상식에서 벗어났다……

혹한의 숲속에 몸을 숨긴 적이, 바로 곁에 있는 '진짜 죽음'이, 그들을 희롱한다──.

〈연합왕국편〉 돌입, 시리즈 제5탄!

아사토 아사토 지음 | 시라비 일러스트 | 2019년 11월 출간
청춘의 상상, 시동을 걸어라!

칠성의 스바루

7

"〈스바루〉는 여기서, 약속한다――."

카인을 타도하고 일곱 번째 별을 되찾은 스바루. 그리고 마침내 아사히를 구하고자 그노시스의 본거지 〈틈새〉로 돌입한 일행을 가로막는 것은 심주의 괴물 '나하쉬'와 그노시스의 수괴 '세트'.

한계가 보이지 않는 세트의 센스와 힘을 되찾은 칠성검 '플라이아데스'가 정면에서 부딪힌다! 그리고 그 사투 속에서, 아사히가 눈을 뜨는데……?

과거와 미래, 게임과 현실이 교차하는 종착점에서, 〈스바루〉가 고른 〈대답〉이란――.

반짝이는 별들이 자아내는 약속의 이야기 대망의 완결!!

 타오 노리타케 지음 │ 부―타 일러스트 │ 2019년 11월 출간
청춘의 상상, 시동을 걸어라!

암살자인 내 스테이터스가 용사보다도 훨씬 강한데요

2

같은 반 아이들과 함께 이세계로 소환되었다가 누명을 쓰고 쫓기는 신분이 된 오다 아키라. 미궁에서 만난 엘프 아멜리아와 그 여동생 키리카의 문제를 해결한 뒤, 그동안 싸우면서 망가진 무기를 수리하기 위해 수인족의 영토로 배를 타고 넘어간다.

수리비와 재료를 조달하려고 항구도시의 모험가 길드에 가입한 아키라. 하지만 갑자기 항구도시를 습격한 마족이 아멜리아를 납치하고, 그런 아키라 앞에 아멜리아를 찾는 소녀가 나타나는데——.

**고독한 암살자 소년이 고독한 소녀와 만나
최강이 되는 이세계 판타지, 제2권!**

아카이 마츠리 지음 | 토자이 일러스트 | 2019년 11월 출간
청춘의 상상, 시동을 걸어라!